VERO ADLER

Der BERG RETTER

ZWISCHEN DEN GIPFELN DAS GLÜCK

Roman

Ullstein

Besuchen Sie uns im Internet:
www.ullstein.de

Wir verpflichten uns zu Nachhaltigkeit

- Klimaneutrales Produkt
- Papiere aus nachhaltiger Waldwirtschaft und anderen kontrollierten Quellen
- ullstein.de/nachhaltigkeit

FSC www.fsc.org
MIX
Papier | Fördert gute Waldnutzung
FSC® C021394

Originalausgabe im Ullstein Taschenbuch
1. Auflage April 2023

Umschlaggestaltung: zero-media.net, München
Titelabbildung: © FinePic®, München (Frau, Mann, Bergvignetten-Label, Edelweiß-Vektor-Illustrationen, Himmel, Naturpapier); Gettyimages / © Dennis Fischer Photography (Landschaft)
Gesetzt aus der Albertina by *pepyrus*
Druck und Bindearbeiten: Scandbook, Litauen
ISBN 978-3-548-06759-9

Kapitel 1

Der Tag war einfach perfekt. Die Sonne strahlte mit voller Kraft, keine Wolke war am Himmel zu sehen, die Aussicht war atemberaubend. Die Berggipfel wirkten, als seien sie mit Puderzucker bestäubt, die Luft war so rein und klar, dass es fast in der Lunge schmerzte, und alles in allem war dieser Panoramablick, den die drei Freunde bei ihrem Gleitschirmflug hatten, postkartenkitschig und an überbordender, alpiner Schönheit nicht zu überbieten.

»Ist das herrlich oder ist das herrlich?«, rief Ludger in sein Funkgerät. Zusammen mit seinen Freunden Patrick und Marco war er für zwei Wochen hier in Garmisch-Partenkirchen. Der Wind war perfekt fürs Fliegen, und das nutzten die Freunde aus. Direkt morgens nach dem Frühstück ging es jeden Tag raus.

»Es ist einfach nur Wahnsinn!«, gab Patrick zurück und beobachtete fasziniert die Welt, die sich unter ihm ausbreitete. Dieses Freiheitsgefühl war immer wieder berauschend. Gestern waren sie am Osterfelderkopf gestartet, doch das war Patrick im Nachhinein zu simpel gewesen, und heute hatte er deswegen ein Fluggebiet mit größeren Herausforderungen ausgesucht – das um die Zugspitze sollte es sein.

Marco und Ludger waren erst skeptisch gewesen. »So lange fliegen wir noch nicht«, hatte Ludger gesagt. »Ich bin dafür, dass wir einen Ortskundigen mitnehmen. Lasst uns doch einen geführten Flug buchen.«

»Ach was. Die sagen doch eh Nein, weil noch kein Winter ist«, hatte Patrick entgegengesetzt. »Angeblich soll man dort nur in den Wintermonaten fliegen. Aber ich bin ja nicht hergekommen, um nur ein bisschen rumzuflattern. Ich will was erleben. Außerdem ist es schon Spätsommer.«

»Aber lies doch mal hier«, warf Ludger ein. »Hier steht: Da man sich im hochalpinen Gelände aufhält, sollte man schwindelfrei sein und Bergerfahrung in ausgesetztem Gelände haben. Patrick, das sind fast drei Kilometer vom Boden, das ist schon eine Hausnummer.«

Patrick hatte die Augen verdreht. »Was meinst du, Marco?«

Marco hatte kurz gezögert und dann mit den Schultern gezuckt. »Wenn ihr meint …«

Sie hatten sich angesehen und nacheinander genickt; Ludger als Letzter. Dann hatte Patrick in die Hände geklatscht.

»Ich wusste, dass ich mich auf euch verlassen kann, Jungs! Und nun auf zum *Altenhofer*! Ich sterbe vor Hunger.«

Die Gaststube vom Xaver Altenhofer war ein Schmuckstück. Man hatte das Gefühl, in ein anderes Jahrhundert einzutauchen, wenn man sie betrat. 1762 war das Haus erbaut worden, unten befand sich die Wirtschaft, oben die Wohnungen und nebenan die Brauerei. Das Haus war mit Gottesmotiven bemalt und verziert worden, so wie viele Gebäude hier in der Gegend.

Der Terrazzoboden von damals war abgenutzt von den Tausenden Schuhen und Stiefeln, die hier drübergestampft waren, aber keiner der Besitzer hatte es für nötig befunden, neuen Boden verlegen zu lassen.

»Der Boden gehört zum Haus!«, hatte Xavers Großvater gesagt. »Der bleibt, der Boden.«

Ein einziges Mal hatte Xavers Oma damit angefangen, man könne doch praktischen Linoleumboden verlegen, das hätten jetzt alle, aber Xavers Vater hatte sich durchgesetzt. Nix da, der Terrazzoboden würde bleiben. So lange er, Ferdinand Altenhofer, was zu sagen hatte, würde alles so gelassen, wie es war.

Die alten, schweren Holztische waren vom verschütteten Wein und Bier fleckig geworden, und manch einer hatte sich im Laufe der Jahrhunderte hier verewigt und seinen Namen oder anderes in die Platten geritzt. An den holzvertäfelten Wänden hingen alte Silberrahmen mit Fotografien aus längst vergangenen Tagen. Männer in schwarzen Anzügen, Frauen in langen Kleidern und Kinder in Krachledernen schauten vor der Wirtschaft mit ernsten Mienen in die Kamera. Es gab alte Kupferstiche vom Brauhaus und Ölbilder in reich verzierten Rahmen, die die Brauer bei der Arbeit und Frauen beim Bedienen im Schankraum zeigten. Alte Messinglampen hingen von der Decke, und das Herzstück des Schankraums war ein üppiger Kronleuchter mit Bleikristallprismen, der eigentlich gar nicht in dieses urbayrische Ambiente passte. Xavers Urgroßmutter Marie-Theres hatte ihn damals während eines Aufenthalts in Österreich gesehen, sich in ihn verliebt und das gute Stück gekauft, um dann festzustellen, dass er viel zu groß für die Wohnung überm Schankraum war. Ihr Mann wollte schon kurzen Prozess machen und »das Ungetüm« zurück nach Kärnten bringen, schließlich sei man hier nicht die Hofburg, aber die Tränen seiner jungen Frau erweichten ihn und man beschloss, das schwere Teil in die Wirtschaft zu hängen. Jeder machte einen großen Bogen um den Leuchter, aus Angst, die Aufhängung könnte sich lösen und man würde von dem wuchtigen Ding ins Jenseits befördert werden. Aber Marie-Theres liebte ihren Kroni, wie sie ihn genannt hatte, und hatte mit Hingabe das Messing und die Prismen poliert, neue Kerzen eingesteckt und sie im Herbst und Winter allabendlich angezündet. Im Sommer waren kaum Gäste in der Schankstube, da saß man lieber im Biergarten hinterm Haus unter den Bäumen und ließ sich hier seine Mass und die Haxen schmecken. Jetzt, im September, saßen die Gäste schon drinnen, und die Kerzen vom Kroni waren angezündet worden. Mit Engelsgeduld kletterte die kleine Bedienung Nina einmal in der Woche auf eine Leiter und kümmerte sich um Prismenglanz und Kerzen.

An den Wochenenden spielten im Schankraum immer die »Bayernbuben«, eine zusammengewürfelte Kapelle aus Einheimischen, und man hatte für den Kroni und die Marie-Theres sogar ein eigenes Lied komponiert, das alle zur vorgerückten Stunde immer und immer wieder hören wollten, und bestimmt hätte das der Marie-Theres gefallen, Gott hab sie selig.

Die drei jungen Männer bestellten Bier und studierten dann die Speisekarte.

»Meine Güte«, sagte Marco. »Ich kann mich mal wieder nicht entscheiden. Es klingt alles so lecker. Ob ich die Brotsuppe mit abgebräunter Hausmacher-Leberwurst vorneweg nehme? Oder lieber die Kartoffelrahmsuppe?«

»Nimm das, was du noch nicht hattest, also die Brotsuppe«, schlug Ludger vor. »Ich nehme auch jeden Tag was anderes. Heute eine Brühe mit Flädle und Leberknödeln. Ich würde am liebsten die ganze Karte rauf und runter essen«, gab er zu. Er war mit seinen einundzwanzig Jahren der Jüngste der drei und ständig hungrig, was höchstwahrscheinlich daran lag, dass er die Unruhe und die Zappeligkeit im Blut hatte. Außerdem betrieb er exzessiv Sport. Sein großer Traum war es, beim Ironman in Hawaii dabei zu sein oder zumindest mal einen Marathon in New York zu laufen. Ludger studierte Sportwissenschaften, und das mit Leib und Seele. Marco wiederum hatte eine Ausbildung zum Schreiner gemacht und würde bald die väterliche Firma übernehmen. Er war vierundzwanzig und voller Tatendrang und Optimismus. Das Leben lag vor ihm wie eine große Wundertüte. Der ein Jahr ältere Patrick war ruhiger. Er studierte Jura und wollte danach erst mal ins Ausland gehen. Die drei hatten sich im letzten Sommer zufällig in einer Bar kennengelernt und waren dann bis tief in die Nacht versackt, weil sie festgestellt hatten, dass sie allesamt das gleiche Hobby hatten – Paragliding. Eine schöne Freundschaft war entstanden.

»Die haben auch Wildgulasch in Wacholdersoße.« Patrick seufzte. »Und Wiener Schnitzel.«

»Also das gibt's doch überall«, sagte Marco. »Oh, hier steht Erbsen-Brennnessel-Suppe, das hört sich gut an. Oh nein, und lauwarmen Ziegenkäse haben die auch. Und Zwiebelrostbraten. Ach je, ich kann mich …«

» … nicht entscheiden«, vervollständigten die Freunde den Satz im Chor.

»Wie immer«, fügte Patrick noch hinzu.

Dann stießen sie an und bestellten, was eine Weile dauerte, weil Marco sich dauernd umentschied.

Aber das war man von ihm ja gewohnt.

Am nächsten Morgen um sieben Uhr hatte strahlender Sonnenschein die drei geweckt.

»Das wird ein schöner Tag, ich hab es im Gefühl«, hatte Patrick gesagt. »Frühstücken wir, und dann geht's los.«

Nach einigen Tassen Kaffee, einer Unmenge Rührei mit Bacon, mehreren Brötchen und Croissants und Obstsalat hatten sie sich auf den Weg gemacht und sich über das Wetter gefreut.

Nun schwebten sie nebeneinander durch die Luft und genossen den Blick ins Tal und auf die schneebedeckten Berge.

»Wie gut, dass wir die neuen Helmkameras haben!«, rief Ludger über den Funk. »Wenn ich die Aufnahmen Iris zeige, wird sie durchdrehen, weil sie doch solche Höhenangst hat.«

»Ich weiß noch, als wir alle im Kletterwald waren«, lachte Patrick. »Iris und Sylvie waren ganz blass.«

»Aber Mona hat alles sofort mitgemacht«, hob Marco

seine Freundin hervor. »Übrigens hat sie sich sehr darüber gefreut, dass Sylvie sie gefragt hat, ob sie Trauzeugin werden will.« Nun entfernten sie sich etwas voneinander, einige Böen kamen auf. Ludger drehte sich zu den anderen um. Ah, da waren sie ja. Nun schwebten sie in verschiedenen Höhen.

»Super!«, rief Patrick. »Mein bester Freund, ihr kennt ihn, Alexander, organisiert meinen Junggesellenabschied. Macht euch auf ein cooles Wochenende gefasst.«

»Vielleicht kann er es einrichten, dass es wie in diesem Film wird, wie hieß er denn nur … ach, dass es wie in *Hangover* wird«, schlug Ludger gut gelaunt vor. »Wir behaupten einfach im Nachhinein, jemand hätte uns unter Drogen gesetzt und wir könnten uns an nichts erinnern. Und dann …«

Plötzlich kam eine neue, stärkere Bö auf und schob sie nach oben.

»Huch!«, rief Ludger erschrocken. Mit einem Mal schien das Tal unter ihnen viel weiter entfernt. Sein Herz pochte.

»Keine Angst«, sagte Patrick über Funk. »Je höher wir fliegen, desto besser ist die Aussicht. Verflixt, da ist ein Vogel unter meinem Schirm. Das ist doch hier kein Parahawking, und ich bin kein Falkner, der mit seinen Vögeln fliegt. Raus da! Du Riesenvieh!« Eine weitere Bö drückte sie nach oben.

»Was für ein Vogel ist es denn?«, fragte Marco besorgt.

»Von der Größe her könnte es ein Steinadler sein«, mutmaßte Patrick, während die Böen nun zunahmen und alle drei in die Höhe drückten.

Ludger zog kräftig an seinem Schirm. »Verflucht, ich komm nicht dagegen an«, rief er. »Wir kommen ja immer höher.«

Patricks Stimme klang entspannt. »Nicht schlimm. Runter können wir immer noch. Der Adler ist übrigens weg.«

Doch dann veränderte sich die Thermik rapide. Mal drückte der Wind sie alle drei nacheinander hoch, mal hinunter, und plötzlich schossen sie pfeilschnell auf eine Bergwand zu.

»Verdammt, Patrick, ich kann nicht gegensteuern!«, rief Ludger über das Funkgerät. Sein Schirm schoss nach oben, dann wurde er wieder nach unten gedrückt, und auf einmal war die Felswand so nah, dass der Schirm die Äste eines Baumes, der in der Wand gewachsen war, streifte. Der Schirm kam ins Straucheln, und Ludgers Herz raste. Es durfte nichts Schlimmes passieren, es durfte einfach nicht.

Verflucht, dachte er panisch. Hätten wir doch bloß drauf bestanden, einen geführten Flug zu machen.

Nun drehte sich der Schirm, dann fiel er kurz ein Stück in sich zusammen und Ludger hörte über Funk, dass die anderen beiden ebensolche Panik hatten wie er.

Marco brüllte nun fast: »Patrick, sag uns, was wir tun sollen, sag es uns!«

Patrick antwortete nicht.

»Patrick!«, schrie nun auch Ludger. »Patrick, hörst du uns? Verdammt, Marco, was ist da los?«

Sie schauten beide zu Patricks Schirm, der wie führerlos durch die Gegend schoss. Dann sahen sie, dass Patrick scheinbar leblos in den Seilen hing.

»Oh nein, oh nein!«, schrie Ludger. »Um Gottes willen, nein. Nein!«, schrie er, als die Bergwand näher und näher kam.

»Was sollen wir machen, Patrick, was?«, schrie er wieder, in der Hoffnung, Patrick würde sich doch noch melden. Aber keine Antwort kam. Keiner meldete sich, und dann war Patricks Schirm verschwunden. Ludger sah sich panisch um. Nichts war zu sehen. Er schaute wieder nach vorn, und die nackte Angst packte ihn. Direkt vor ihm hatte die Natur aus einer Felsformation ein spitzes Dreieck geformt, und sosehr Ludger sich auch bemühte, den Schirm anderswo hinzulenken, er gehorchte nicht. Panisch drehte er sich um, suchte Marco. Aber er sah ihn nicht. Noch ein paar Sekunden, und er würde aufgespießt werden. Er schrie um sein Leben und schloss die Augen. Es war zu spät.

Kapitel 2

Während es draußen blitzte und donnerte, saß das Bereitschaftsteam der Bergwacht in der *Wirtschaft beim Altenhofer* und hatte gerade müde mit der zweiten Runde Hefeweizen angestoßen. Nachdenklich bildete Leonhard Gerstorff mit dem Finger Kreise aus den Wasserflecken auf dem Tisch und schaute erst auf, als sein Freund Xaver Altenhofer das Wort ergriff.

»Das war vielleicht eine Aktion heute«, sagte Xaver, der nachdenklich und erschöpft wirkte. »Es ist immer wieder dasselbe mit den jungen Leut, die noch nicht genügend Erfahrung haben. Wer ohne Aufsicht Gleitschirm fliegt, sollte es auch beherrschen. Wir reden uns ständig den Mund fusselig, warnen und erklären, was alles passieren kann. Aber nein, die jungen Leut suchen ja regelrecht die Gefahr. Weißt du noch, die beiden Damen, die wir zweimal hintereinander haben bergen müssen?« Er fuhr sich durch sein dunkelblondes Haar und schüttelte den Kopf.

Leonhard nickte. Er erinnerte sich gut an die Schwestern aus Thüringen, die sich so teuer wie möglich eingekleidet und ausgestattet hatten und schlicht beratungsresistent gewesen waren. Zweimal hintereinander hatten sie mit knapper Not überlebt. Das erste Mal waren sie zu dicht nebeneinander geflogen, beim zweiten Mal hatten sie die Geschwindigkeit bei der Landung unterschätzt. Verstauchte Arme und Beine sowie eine Gehirnerschütterung waren die Folgen gewesen.

Xaver seufzte. »Hoffentlich finden wir den dritten Mann.«

»Werden wir schon«, sagte Leonhard zu seinem Freund aus Kindertagen, der ebenfalls ehrenamtlich bei der Bergwacht tätig war. Leonhard gähnte und streckte seine langen Beine aus. Er war fast eins neunzig groß, hatte beinahe schwarze Haare und war immer noch sehr durchtrainiert, obwohl fürs Wandern und Bergsteigen momentan nicht viel Zeit blieb. Im Winter würde er definitiv wieder regelmäßig Skifahren. Doktor Leonhard Gerstorff war fünfundvierzig und leitete die Kinder-Rheumaklinik im Ort. Seine knapp bemessene Freizeit hatte er der Rettung verschrieben. Seit Jahren war er dabei und ein fester Bestandteil des Teams.

Er schüttelte unmerklich den Kopf, als er an die Geschehnisse des Tages zurückdachte. Zum Glück hatte man Patrick und Marco bergen können. Außer einigen Schrammen und einer Platzwunde an Patricks Kopf war ihnen wie durch ein Wunder nichts passiert.

»Die beiden können heute ihren zweiten Geburtstag feiern«, hatte der Hubschrauberpilot Sebastian Haidelsburger nach der Bergung zu Leonhard gesagt. »Hoffentlich ist es wenigstens ihnen eine Lehre.«

In einem waghalsigen Manöver waren die Bergretter mit dem Hubschrauber dicht an die Felsen geflogen. Glücklicherweise hatte es einen Vorsprung gegeben, von dem aus man die beiden Freunde mit starken Seilen in den Hubschrauber hatte ziehen können. Ein paar Mal hatten sie wegen zu starker Böen abbrechen müssen, und Sebastian war eine Runde geflogen, dann hatten sie einen neuen Versuch gestartet. Einsetzender Regen hatte die Sache nicht gerade leichter gemacht. Alles in allem war es mehr Aufregung gewesen, als man in so einer Situation brauchen konnte. Die beiden Geretteten waren völlig fertig mit den Nerven gewesen und hatten am ganzen Körper gezittert. Aber wenigstens waren sie in Sicherheit!

Anders sah es mit dem dritten jungen Mann aus. Von Ludger fehlte jede Spur, und auch über GPS war er nicht zu orten, sein Funkgerät war ebenfalls ausgeschaltet.

Die Bergretter hatten sich von Patrick und Marco sagen lassen, wo der Freund ungefähr verschwunden war. Eine schwierige Stelle. Dazu würde die Felsrettung auf den Berg gehen müssen. Leonhard hatte die meiste Erfahrung, er würde den Trupp anführen. Aber heute ging das nicht mehr. Durch das Unwetter waren ihnen die Hände gebunden. Sie hatten Ludger noch nicht einmal Wärmedecken oder Proviant abwerfen können, da sie nicht wussten, wo genau er sich befand.

Auch nach so vielen Einsätzen hasste es Leonhard noch, jemanden auch nur für eine Stunde im Berg zurücklassen zu müssen. Ihn quälte die Ungewissheit, was mit dem jungen Mann passiert war. Am liebsten wäre er sofort wieder auf den Berg gegangen. Diese verfluchten Berge. Leonhard liebte und hasste sie gleichzeitig. Einerseits war es immer wieder ein berauschendes Gefühl, Gipfel zu erklimmen und in der wundervollen Natur zu sein, andererseits bargen die Berge auch unglaubliche Gefahren. Leonhards Vater Sören, der aus Norddeutschland der Liebe wegen hierhergezogen war, hatte die Berge unterschätzt und war eines Herbsttages bei einer Wanderung abgestürzt. Jede Hilfe war zu spät gekommen. Zwölf Jahre alt war Leonhard damals gewesen. Wenn er heute an seinen Vater dachte, sah er seine blonden Haare, sein verschmitztes Grinsen und seine wachen, klugen Augen. Auch Sören Gerstorff war Arzt gewesen und hatte eine Praxis für Allgemeinmedizin betrieben. Leonhards Mutter Wally war jahrelang in tiefer Trauer versunken, bis sie Hanno näher kennenlernte. Der war aus dem Nachbarort und ebenfalls verwitwet. Die beiden hatten recht schnell geheiratet und noch ein Kind bekommen. Benedikt lebte in München und versuchte sich als Künstler, mal mit mehr, mal mit weniger Erfolg. Leonhard und Benedikt sahen sich so gut wie nie, und wenn doch, hatten sie sich nicht sonderlich viel zu sagen. Leonhard fand es dreist, dass Benedikt mit seinen über dreißig Jahren den Vater immer noch regelmäßig um Geld anbettelte, weil er irgendwas ganz Tolles plante, das garantiert Gewinn einbringen würde, sodass er alles zurückzahlen könnte. Leonhard durchschaute seinen Halbbruder, und Benedikt wusste das und verhielt sich ihm gegenüber immer ziemlich ablehnend.

Xaver bestellte bei der kleinen, lieben Nina noch eine Runde Bier. Er sah nachdenklich aus.

»Sag mal, hast du was?«, fragte Leonhard den Freund.

Xaver schüttelte den Kopf. »Nö«, sagte er kurz angebunden, was Leonhard aufhorchen ließ. Normalerweise redete Xaver ohne Punkt und Komma oder bildete zumindest ganze Sätze.

»Ich merke doch, dass bei dir was nicht stimmt.« Leonhard sah Xaver durchdringend an. »Mir kannst du's doch sagen. Wie lange kennen wir uns?«

»Fast unser ganzes Leben, Leo.« Xaver lächelte ihn an. »Das ist schon ganz schön viel. Aber ich hab nichts, wirklich nicht. Kümmer du dich lieber gleich morgen wieder um den Gleitschirmflieger. Ein schöner Mist. Hoffentlich hört das verdammte Gewitter bald auf. Und der Regen.« Er schaute aus dem Fenster. »Himmelherrgott, das ist ja ein Sturzbach, der da runterkommt.«

»Kommst du morgen nicht mit?«, wollte Leonhard wissen.

»Ich kann nicht«, sagte Xaver. »Muss früh nach München.«

»Aha«, sagte Leonhard. »Konntest du deine Schicht tauschen?«

»Frederika macht meine Schicht.«

»Und die Praxis? Kann sie einfach so die Praxis zulassen?« Leonhard runzelte die Stirn. Die vierzigjährige Frederika war Xavers Schwester und Physiotherapeutin mit eigener Praxis, die gut besucht war.

»Geht halt nicht anders.«

»Xaver! Du hast doch noch nie so kurzfristig eine Schicht getauscht oder abgesagt.«

»Geht halt nicht anders«, wiegelte Xaver ab. »Meine Schwester ist genauso gut in den Bergen wie ich.«

»Was machst du denn in München?«, bohrte Leonhard nach.

»Ach, ich treff mich mit ein paar alten Kollegen.« Xaver schien ihm auszuweichen.

Leonhard runzelte die Stirn. »Ganz früh in München? Mit ein paar Kollegen? Dafür tauschst du eine Schicht? Niemals! Also jetzt reicht's mir. Ich glaub dir kein Wort.«

»Ah, da kommt das Bier«, sagte Xaver, als Nina in diesem Moment mit dem Tablett an den Tisch kam. Er nahm einen großen Schluck und verwickelte Nina in ein Gespräch.

Leonhard saß da und verstand gar nichts mehr. So kannte er seinen Freund einfach nicht. Aber er wusste, dass er nun bohren konnte, wie er wollte. Wenn Xaver nichts sagen wollte, gab es daran nichts zu rütteln.

Gegen drei Uhr morgens war das Gewitter endlich weitergezogen; auch der Regen ließ nach und hörte schließlich ganz auf. Noch vor dem Morgengrauen machte sich das Team erneut auf den Weg. Sebastian flog wieder den Helikopter, und Leonhard war froh, den erfahrenen Piloten neben sich zu wissen. Seit über dreißig Jahren flog Sebastian beinahe täglich, und jetzt, mit sechsundfünfzig, steuerte er den Helikopter noch genauso sicher und ruhig wie eh und je. Seit fünf Uhr waren Leonhard und seine Kollegen schon unterwegs. Leonhard hoffte, dass sie bis um acht Uhr Ludger endlich gefunden hätten und mit dem Einsatz fertig sein würden. Er musste nachher rechtzeitig in der Klinik sein. Elterngespräche standen an, und die waren oft sehr traurig. Die kleinen Patienten in der Rheumaklinik waren meist tapferer als ihre Mütter und Väter und versuchten, sich die Schmerzen nicht anmerken zu lassen. Am schlimmsten traf es die Mütter, wenn Leonhard erklärte, dass das Befinden ihres Kinds schlechter geworden war. Heute kamen die Eltern des sechsjährigen Till zu ihm, der seit drei Jahren immer heftigere Schübe hatte. Besserung war nicht in Sicht.

Leonhard schüttelte den Gedanken ab und konzentrierte sich darauf, mit dem Fernglas die Bergnischen nach einem Zeichen des blauen Gleitschirms abzusuchen. Zum Glück war die Sicht gut und kein Regen zu erwarten. Leonhard hoffte, dass sie Ludger bald würden retten können. Die anderen beiden Unglücksvögel waren über Nacht im Krankenhaus geblieben und erholten sich von dem Schock. Neben ihm saß Xavers Schwester Frederika und schaute aus dem anderen Fenster. »Wie gut, dass die Sicht so klar ist«, meinte sie, und Sebastian und Leonhard nickten. Leonhard und Frederika kannten sich, seitdem sie kleine Kinder waren. Leonhard und Xaver waren früh beste Freunde geworden, und Frederika hatte sich immer an die beiden drangehängt. »Unsere kleine Klette« hatten sie sie früher genannt. Sie war für Leonhard wie eine kleine Schwester, er schätzte und liebte sie auf eine brüderliche Art. Frederika war klein, schlank und hatte hellbraunes, halblanges Haar, das heute zu einem Pferdeschwanz gebunden war. Ihre Augen glänzten eigentlich immer.

Heute Morgen waren sie zu dritt unterwegs. Die Sonne strahlte vom Himmel, als wolle sie sich für das nächtliche Unwetter entschuldigen. Es würde ein wundervoller Septembertag werden.

Leonhard liebte und hasste den Spätsommer in seiner Heimatstadt Garmisch-Partenkirchen, wenn der ganz heiße Sommer sich verabschiedet hatte und die kühle Luft schon hin und wieder Einzug hielt, wenn das Laub bald den Asphalt überdeckte und die Sonne anders schien als sonst. Das Licht war einfach atemberaubend, hell und rotgolden, und es wurde langsam Zeit für warme Getränke und gemütliche Abende vor dem Kamin. Das liebte er. Aber noch war es angenehm warm in Garmisch.

Während dieser Zeit musste er allerdings auch oft an seine Ex-Frau Dorothea denken. An solch einem herrlichen Tag hatte sie ihm offenbart, dass sie ihn verlassen würde. Drei Jahre war dies nun her. Und Leonhard konnte es immer noch nicht fassen, dass es so weit gekommen war. Ihre Beziehung war doch perfekt gewesen!

Doro war eine wunderbare Frau. Ärztin mit Leib und Seele. Sie war zwei Jahre älter als er und stets die Ruhe in Person. Sie war nicht besonders groß, hatte blaue Augen und blonde Locken und wirkte auf den ersten Blick fast wie eine Puppe, aber sie hatte Kraft im Leib und war von einer stoischen Ruhe. Nichts konnte Doro erschüttern. Selbst als ihre gemeinsame, mittlerweile zweiundzwanzigjährige Tochter Marleen mit einem Loch im Kopf nach Haus gekommen war und geblutet hatte wie Teufel, war Doro ganz ruhig und besonnen mit ihr ins Bad gegangen und hatte sie verarztet. Und genauso ruhig und besonnen hatte sie ihren Mann davon in Kenntnis gesetzt, dass sie ihn verlassen und für zwei Jahre als Ärztin ohne Grenzen nach Afrika ziehen würde.

Leonhard war damals wie vor den Kopf gestoßen gewesen und hatte es erst nicht glauben wollen. Aber Dorothea hatte es ernst gemeint. Und sie war tatsächlich gegangen. An einem sonnigen Herbsttag vor drei Jahren hatte sie ihm die Entscheidung mitgeteilt, an einem Regentag war sie ausgezogen.

Sie war nicht laut geworden, als sie von Leonhards kurzer Affäre mit einer Kollegin, die nun schon lange in Berlin war, erfahren hatte. Im Gegenteil: Sie hatte ihn glauben lassen, dass sie ihm den Ausrutscher verziehen hatte. Aber wie es in ihrem Inneren aussah, das wusste nur Doro selbst. Sie machte die Dinge mit sich aus und stellte ihn dann vor vollendete Tatsachen.

Und er war so durcheinander gewesen, dass er es nicht fertiggebracht hatte, um seine Ehe zu kämpfen. Er hatte Doro nach all den Jahren einfach ziehen lassen.

Er war froh, dass seine Kinder, Marleen und ihr zwanzigjähriger Bruder Alexander, ihm das alles nie übel genommen hatten.

»Ihr bleibt beide unsere Eltern«, hatte Alex gesagt, und Marleen meinte, dass das allein die Entscheidung der beiden sei und sie sich da nicht einzumischen hätten.

Leonhard war stolz auf seine zwei Kinder. Marleen studierte in Frankfurt, Alexander in Hamburg. Sie sahen sich regelmäßig und hatten ein gutes Verhältnis zueinander. Leonhard hätte sich keine besseren Kinder wünschen können.

»Ich glaub, ich seh was!«, rief Frederika und riss Leonhard aus seinen Gedanken. Aufgeregt nahm sie ihm das Fernglas aus der Hand. »Jawohl, da winkt jemand, das muss Ludger sein!«

»Flieg doch mal näher ran«, bat Leonhard Sebastian, aber der schüttelte den Kopf. »Ist zu nah am Felsen. Ich flieg höher und lass dich mit einem Seil und einem Sitz runter, du holst ihn hoch.«

Leonhard nickte. »In Ordnung.« Heute war kein Wind, was gut war, denn sonst hätte die Gefahr bestanden, dass er gegen die Steine gedrückt wurde. Leonhard zog seine Bergungskluft an und sicherte sich mit einer Seilwinde am Heli. Die Bergwacht war für alles gerüstet. Sie hatten verschiedene Einsatzkleidung für jedes Wetter dabei, Helme, einen Sitzgurt und einen Brustgurt für den Einsatz an der Rettungswinde. Dazu kamen natürlich Funkgeräte und Erste-Hilfe-Material. Leonhard und seine Kolleginnen und Kollegen waren bestens ausgebildet. In Lehrgängen hatten sie Kommandos und Handzeichen gelernt. Sie hatten geübt, mit einer Rettungswinde umzugehen, und erst nach der Theorie folgte das Training im Simulator. Hier wurden das richtige Ein- und Aussteigen im Schwebeflug geübt und die Kommunikation in der Maschine. Im Flugsimulator hatten sie die Selbstsicherung im Absturzgelände trainiert, Windenrettung mit Bergrettungssack und -dreieck sowie das Führen der Antirotationsleine. All das war Leonhard in Fleisch und Blut übergegangen.

Er überprüfte noch dreimal, ob alles richtig und ordnungsgemäß saß und fest war.

Sebastian war nun auf der richtigen Höhe, und Frederika öffnete die seitliche Tür des Helis. Sie legte Leonhard kurz eine Hand auf die Schulter. Unten winkte Ludger, dem man die Erleichterung deutlich ansah.

Leonhard machte sich bereit und wurde an der fest installierten Rettungswinde abgelassen. Meter für Meter näherte er sich dem Verunglückten. Leonhard war die Ruhe selbst. Auch wenn er wusste, dass er weit vom Boden entfernt war, war ihm klar, dass er sich auf Sebastian verlassen konnte. Niemals würde der etwas Unüberlegtes tun und ihn oder andere in Gefahr bringen. Der Pilot wusste, was er tat.

Ludger sah nach dieser Nacht auf dem Berg zum Gotterbarmen aus. Von dem groß gewachsenen, sportlichen Mann war nur noch ein Häufchen Elend übrig. Die Schmerzen setzten ihm sichtbar zu. Er war klatschnass und zitterte am ganzen Körper. Als Leonhard sich ihm näherte, fing Ludger vor Erleichterung an zu weinen.

»Verdammt, Leo, ich weiß nicht, was Xaver tun kann, und er weiß es auch nicht. Die Leute gucken nicht mehr aufs deutsche Reinheitsgebot und alteingesessene Firmen, die gucken aufs Geld, und wenn sie das Bier günstiger in einer Großbrauerei einkaufen können, dann machen sie das eben.«

Also hatte Leonhard richtiggelegen! Bei Xaver war was im Busch.

Frederika seufzte und bearbeitete weiter Leonhards Muskeln. Sie hatten Ludger gut vom Berg runterbekommen. Sein linkes Bein war gebrochen, und er würde wegen des komplizierten Bruchs operiert werden müssen.

Leonhard hatte Xavers Schwester nach dem Einsatz gefragt, ob er spontan eine Massage bei ihr bekommen könnte.

»Na, Frederika«, hatte er sie begrüßt. »Danke, dass es so kurzfristig geklappt hat.«

»Für dich doch immer, Leo. Leg dich schon mal hin.«

»Nur zu gern.« Er zog sein Hemd aus und legte sich bäuchlings auf die Liege. »Sag mal, wann machst du eigentlich mal wieder in der Wirtschaft deine berühmte Bolognese?«

»Ach du. Was habt ihr alle immer damit. Das ist einfach Hackfleischsoße«, lachte Frederika.

»Nein. Es ist deine spezielle Soße«, widersprach Leonhard. »Ich werde niemals eine bessere essen, und ich habe schon viele probiert. Und ich weiß genau, dass du nur wegen der Bolo schon zwei Heiratsanträge bekommen hast.«

»Ha! Stimmt, vom Ferdinand Dirnberger, der jetzt mit dieser süßen Italienerin in Tirol wohnt«, sagte sie.

»Bestimmt hat er sich eine Italienerin geangelt, weil sie auch Bolo machen kann«, sagte Leonhard.

»Bestimmt.« Frederika lachte wieder.

»Und vergiss nicht Toni Heidacher«, kam es von Leonhard. »Wenn du den geheiratet hättest, würden dir jetzt zehn Hotels in Bayern gehören.«

»Und ein langweiliger Ehemann noch dazu. Toni war furchtbar abgestumpft. Er wollte immer nur in einem seiner Hotels Urlaub machen. Vorm Fliegen hatte er Angst, und vor Spinnen.«

»Vor allem hatte er Angst«, erinnerte sich Leonhard. »Aber du wärst jetzt sehr reich.«

»Da bin ich lieber arm und zufrieden.«

»Bist du denn glücklich, Frederika?«

»Och, wahrscheinlich schon.«

»Was heißt denn wahrscheinlich?«

»Ach, Leo, du immer mit deiner Ausfragerei. Mir geht's gut!«

»Dann bin ich beruhigt. Jedenfalls sind alle in Garmisch verrückt nach deiner Bolognese. Du musst sie mal wieder auf die Karte setzen.«

»In einem bayrischen Lokal. Na bravo!«

»Egal, die wird trotzdem von allen bestellt. Du, aber jetzt noch mal zu Xaver … Euer Vater und euer Großvater würden sich im Grab umdrehen«, sagte Leonhard. »Aber wie gut, dass du mir das gesagt hast, Frederika. Danke für deine Offenheit. Es wäre ein Jammer, wenn die Brauerei nicht mehr existieren oder an einen Großkonzern gehen würde.«

»Sagst es aber nicht weiter, Leo.« Sie knetete unter seinem rechten Schulterblatt herum.

»Natürlich nicht. Ich bin ja Arzt, ich kenne mich aus mit Schweigepflichten. Himmel, tut das gut! Au! Was machst du denn?«

»Die Muskeln lockern. Du bist vielleicht verkrampft. Warte, ich brauch noch ein bisschen warmes Öl.«

Leonhard drückte sich aus seiner Bauchlage hoch. »Ich muss unbedingt mit Xaver reden«, sagte er. »Dieser Hornochse. Ich bin sein ältester und bester Freund. Hat er denn gar kein Vertrauen zu mir?«

Frederika kam mit dem Öl zurück. »Du kennst ihn doch. Er will niemanden belasten.«

»Ich weiß. Aber er muss doch mit jemandem reden. Ich werde ihn mir vorknöpfen.«

»Das finde ich gut. So, nun dreh dich mal um, ich möchte noch die Brustmuskeln ein bisschen durchkneten.«

»Au!«, machte Leonhard wieder.

»Du stellst dich an«, beschwerte sich Frederika und lachte. »Gleich hast du's ja geschafft. Einen Moment noch.« Sie beugte sich über ihn und massierte konzentriert seine Muskeln.

»Merkwürdig«, sagte er.

»Was ist merkwürdig?«

»Mir ist bis heute nicht aufgefallen, dass du grüne Augen hast.« Auf einmal war Leonhard verwirrt. Er hatte die Worte gar nicht laut aussprechen wollen. Verflixt, er brauchte wahrscheinlich einfach mal wieder Urlaub.

»Dann hast du mich wahrscheinlich noch nie richtig angeguckt«, sagte Frederika mit einem Lächeln. »Ich versichere dir, sie waren schon immer grün, auch als du sie mir auskratzen wolltest, damals, als ich alle deine Murmeln vom Berg in die Schlucht geschmissen hab.« Sie lachten beide. »Ach, Leo, ich bin so froh, dass wir den jungen Mann haben bergen können. In solchen Momenten freue ich mich immer, dass es uns gibt, also die Bergrettung«, sagte Frederika. »So, fertig!«

»Ja, wir haben schon einiges geschafft«, gab Leonhard zurück und richtete sich auf. »Danke, Frederika! Du hast mal wieder mit traumwandlerischer Sicherheit die richtigen Stellen bearbeitet!«

»Keine Ursache«, sagte sie, und ihre grünen Augen blitzten.

Immer noch leicht verwirrt zog Leonhard sich wieder an.

Kapitel 3

Anna Klinghuber war neunundneunzig Jahre alt, führte aber noch immer ihre Frühstückspension. Sie war eine zähe Frau, die niemals krank gewesen war und immer gearbeitet hatte. Sechs Kinder hatte sie auf die Welt gebracht und großgezogen. Ihren Mann Poldi hatte sie schon vor zwanzig Jahren beerdigt, seitdem führte sie die Pension alleine und dachte gar nicht ans Aufhören. Zwei ihrer Töchter kamen oft aus den Nachbarorten, um ihr zur Hand zu gehen, die anderen Kinder waren in alle Winde verstreut.

»Ich will mal tot in meiner Küche umfallen, während ich Kaspressknödel mache, aber nicht heut«, sagte Anna gern und oft. Und nun stand sie in ihrer Küche und hörte Victoria Falk zu. Diese hektische Frau aus Augsburg redete wie ein Wasserfall auf Anna ein.

Während Anna Kartoffeln für die Suppe schälte, ließ sie sich etwas von Alterssicherheit, Modernisierung, Pflegeheimen und Pensionsaufgabe erzählen, ohne so richtig zu verstehen, was Frau Falk eigentlich meinte. Anna wollte weder in ein Pflegeheim gehen noch etwas für ihre Alterssicherung tun. Herrgott noch mal, nächstes Jahr würde sie hundert werden! Bestimmt würde der Bürgermeister kommen, und der Chor und die Landfrauen und, und, und. Dann die ganze Familie, Herrgott, wie viele Leute das mittlerweile waren, das wusste sie gar nicht. Bestimmt fünfzig, wenn nicht mehr.

»Naaaaa«, sagte Anna nun lang gezogen und legte die Kartoffeln ins Wasser. »Ich will hierbleiben und alles soll so weitergehen wie immer.«

Victoria Falk lachte perlend auf und zeigte schneeweiße Zähne.»Sie müssen doch auch an später denken«, sagte sie. »Schauen Sie sich doch mal um. Ihre Küche hat eine Renovierung dringend nötig. Sie haben ja noch nicht mal einen Elektroherd. Sie brauchen Induktion. Und Ihren verdienten Ruhestand.«

Verwundert schaute Anna sich um. Was sollte denn bitte an der Küche renoviert werden? Der alte Herd von achtzehnhundertnochwas funktionierte einwandfrei, die Kacheln mit den Blumenmustern waren um 1760 handbemalt worden, die steinerne Spüle hatte schon viele Teller und Töpfe getragen, und das alte Weichholzbuffet hatte ihrer Großmutter gehört, die auch die Decke bestickt hatte, die hier auf dem Tisch lag. Enzian und Alpenveilchen. Gut, das Geschirr hatte hier und da einen Sprung, aber hatten den nicht alle, einen kleinen Sprung? Und ein Elektroherd? Die Anna brauchte keinen Elektroherd. Wenn es nach ihr gegangen wäre, hätte die Pension überhaupt keinen Strom. Mit Kerzen konnte man alles erleuchten, und im Bad war ein Gasboiler. Aber da hatten die Kinder sich durchgesetzt.

Naaa. Die Anna wollte hier nicht weg. Und das würde sie

dieser Städterin in ihrem blauen Kostüm auch sagen! Nicht mit ihr!

»Also, gute Frau, des will ich net«, sagte Anna mit Nachdruck. »Ich hab mein Haus, und hier will ich bleiben, bis der Herrgott mich zu sich ruft. Hier wird nix verändert und modern gemacht. Und jetzt muss ich schauen, dass ich was geschafft krieg.« Damit drehte Anna sich um, und die Audienz war beendet.

• • •

Victoria lächelte freundlich, obwohl Anna das gar nicht mehr sehen konnte.

Natürlich hatte sie mit Widerständen gerechnet, die gab es schließlich immer. Morgen würde ihr Bruder Nico anreisen, der um einiges charmanter war als sie. Gerade ältere Damen wickelte er mühelos um den kleinen Finger.

Alle würden einknicken, wenn das Geld stimmte. Die Kinder von Anna mit Sicherheit auch. Die musste sie noch ausfindig machen.

Und dann würde sie mit Nico schauen, wie man die schönen alten Häuser modernisieren und für gutes Geld vermieten und verkaufen könnte. Nico hatte auch den Vorschlag gemacht, eine Art Feriendorf mitten in Garmisch und anderen schönen Städtchen zu platzieren, dafür müssten allerdings einige Häuser weichen und Bewohner ausziehen. Aber es wäre ideal für Familien mit Kindern. Die könnten den ganzen Tag Hühner füttern und Kühe melken und Ferkel anschauen. Ein Dorf in der Stadt, wunderbar.

Ja, ja, man würde sehen. Victoria hatte viele große Pläne. Gemeinsam mit ihrem Bruder wollte sie weiterhin eine schicke Wellness-Oase eröffnen, luxuriös natürlich und mit Preisen, dass einem die Ohren schlackerten, genau das war der Plan. Garmisch sollte eine Weltstadt werden. So wie St. Moritz oder Kitzbühel oder Sylt. Das New York von Bayern. Sie würden entsprechendes Marketing betreiben, Bloggerinnen aus ganz Europa einladen, sie würden die Japaner ins Boot holen, die Amerikaner, die ja allesamt schon tot umfielen, wenn sie das Schloss Neuschwanstein sahen. Aber alles zu seiner Zeit. Vorerst galt es, die Alten endlich zum Auszug zu bewegen. Die konnten doch sowieso nicht mehr selbst für sich sorgen und waren in einem Pflegeheim viel besser untergebracht.

Victoria lächelte wieder, strich ihre rotbraunen Locken zurück, stand auf und nahm ihre Jacke. Sie wollte sich im Ort noch ein wenig umschauen und lief durch die Straßen. Sie sah viele alte Gebäude, in denen uralte Menschen lebten, die schon bald sterben würden. Und wenn Victoria sie bis dahin nicht zum Verkauf überredet hatte, würden die Höfe und Häuser wahrscheinlich an junge Leute verkauft, die es toll fänden, in Gebäuden aus dem achtzehnten Jahrhundert zu wohnen, Schweine zu halten und Kühe zu melken. Zurück zur Natur, zurück zum Ursprung. Wie dieses dämliche *urban gardening*. Und Victoria würde keinen Cent sehen.

Sie würde sich mit Nico eine neue Strategie überlegen müssen.

Und dann wieder zu Anna gehen. Das musste klappen.

• • •

»Die Osterfelds warten schon auf Sie, Chef«, sagte Leonhards langjährige Sekretärin Isolde Stumpf, die von allen nur Stümpfchen genannt wurde. Stümpfchen hatte alles im Griff, was Leonhard und seinen Alltag betraf. Sie war Herrin über seinen Terminkalender, sie tröstete Patienten, und sie erledigte den »schrecklichen Papierkram«, wie Leonhard es immer nannte, mit derselben Perfektion und Hingabe wie alles andere. Stümpfchen war Anfang fünfzig, unverheiratet und trug sommers wie winters Hosenanzüge und dazu lange silberne Ketten, die bei jedem Schritt, den sie tat, klimperten, so wusste man schon vorher, dass Stümpfchen im Anmarsch war. Sie kochte den besten Kaffee und versorgte Leonhard regelmäßig mit frisch gebackenem Kuchen. Alles konnte sie, alles erledigte sie, sogar mit dem Computer stand sie nicht mehr auf Kriegsfuß. Lediglich mit dem Kopierer hatte sie ein schwieriges Verhältnis.

»Man muss bei dem ollen Ding immer erst was leisten«, sagte sie oft resigniert. »Entweder ist kein Papier drin, oder es ist Papierstau, oder der Toner muss nachgefüllt werden, oder das Wartungszeichen blinkt auf. Und wenn man Toner nachfüllt, geht diese Kartusche auf, und man ist schwarz wie ein Arbeiter unter Tage.«

»Ich war bei einer Rettung«, sagte Leonhard nun entschuldigend und zog den weißen Kittel an, den Stümpfchen ihm hinhielt. »Kann ich wohl einen Kaffee bekommen, Stümpfchen?«

»Die Rettung ist schon seit einiger Zeit erledigt«, sagte

Stümpfchen streng. »Die Massage bei Frau Altenhofer haben Sie wohl vergessen, zu erwähnen.«

Kopfschüttelnd sah Leonhard seine Sekretärin an. »Woher wissen Sie eigentlich immer alles, Stümpfchen? Man bekommt ja Angst.«

Sie antwortete nicht. »Die Thermoskanne steht schon in Ihrem Büro. Auch Gebäck. Und nun lassen Sie die Osterfelds nicht so lange warten.« Stümpfchen schob ihn vor sich her.

Leonhard ging in sein Büro, setzte sich kurz und atmete durch. Seit gestern hatte er wieder dieses Kribbeln in sich, das er so hasste und gleichzeitig liebte. Es fing im Bauch an und kroch dann durch den ganzen Körper. Immer wenn er an die bunten Lichter und diese wundervollen Geräusche dachte, wurde ihm ganz heiß. Aber er durfte das nicht tun. Er durfte einfach nicht. Das musste aufhören.

»Guten Morgen«, begrüßte er die Eltern von Till, die im Behandlungszimmer saßen und geduldig gewartet hatten. »Bitte entschuldigen Sie die Verspätung, ich war auf einem Einsatz der Bergwacht.«

»Kein Problem«, sagte Lutz Osterfeld. »Aber wie Sie sich denken können, sind wir sehr gespannt.«

»Till macht einen so guten Eindruck«, sagte Marie Osterfeld, und Hoffnung lag in ihrer Stimme. »Geht es denn voran?«

Leonhard goss sich Kaffee ein, dann sah er die Eltern an. »Leider nicht. Tills Schübe werden immer heftiger. Wir werden ihm nun andere Medikamente spritzen, damit er sich wenigstens einigermaßen bewegen kann. Aber auf Dauer wird es wohl nicht besser werden, sondern schlechter. Das ist die Prognose. Ich wünschte, ich könnte Ihnen eine andere nennen.«

Marie Osterfelds Augen füllten sich mit Tränen. »Aber er ist doch erst sechs«, sagte sie mit brüchiger Stimme und griff nach der Hand ihres Mannes.

»Das ist mir bewusst, Frau Osterfeld, und es tut mir so leid für Ihren Jungen. Ich kann Ihnen versichern, wir tun hier wirklich alles für Till. Ich werde mich demnächst mit einem Spezialisten aus Schweden treffen, und wenn wir Glück haben, kommt auch noch jemand aus Washington hinzu. Wir wollen nichts unversucht lassen.«

»Aber … was ist denn das Schlimmste, was passieren kann?«, fragte Marie Osterfeld. »Bitte sagen Sie es uns. Wir können … wir müssen die Wahrheit vertragen.«

Leonhard seufzte unhörbar. Diese Gespräche waren die schlimmsten. Diese Gespräche, die keinen guten Ausgang versprachen.

»Ach, Leo, schön, dass du vorbeischaust«, sagte eine Woche später Wally Naumburger und nahm ihren Sohn in den Arm. »Magst du einen Kaffee? Ich hab frischen aufgebrüht.«

»Nein danke, Mama. Aber ich nehme mir gleich kalte Milch.«

Wally Naumburger und ihr Mann Hanno hatten vier Kühe. Früher waren es mehr gewesen, aber so ganz wollten sie das Vieh noch nicht aufgeben. Hanno liebte es, die vier Damen täglich zu melken, und die frische, naturbelassene

Milch schmeckte einfach hervorragend. Da konnte keine aus dem Kühlregal im Supermarkt mithalten.

Die Küchentür ging auf.

»Ach, hallo Leo.« Benedikt trat ein und schaute seinen Bruder kurz an, dann ging er zum Buffet und nahm sich eine Tasse. Leonhard dachte immer, wenn er ihn sah, dass sie sich wirklich überhaupt nicht ähnlich sahen. Kein bisschen. Obwohl sie dieselbe Mutter hatten.

»Tag, Benedikt. Ich wusste gar nicht, dass du zu Besuch kommst.« *Brauchst du mal wieder Geld?*, hätte Leonhard am liebsten gefragt, aber er tat es nicht, weil er seine Mutter nicht ärgern wollte. Sie hing an ihrem Jüngsten und verzieh ihm alles.

Schon immer. Während Leonhard in jungen Jahren stets angetrieben worden war und immer zu hören bekommen hatte, dass von nichts auch nichts kommt, war Benedikt verzärtelt worden. Jede Schürfwunde wurde zum Drama. Wenn er eine Sechs schrieb, wurde er getröstet. Hatte er keine Lust auf eine Ausbildung, war er halt in einer Findungsphase.

Und was hatten die Mutter und Hanno nun davon? Einen über dreißigjährigen Sohn, der noch nicht mal seine Miete zahlen konnte und am liebsten in den Tag hineinlebte. Seit Jahren erzählte Benedikt immer wieder, dass er es demnächst schaffen würde. Irgendein Architekt, Arzt oder Rechtsanwalt hätte sich »wahnsinnig« für eines seiner Bilder interessiert und sei angeblich bereit, einen fünfstelligen Betrag zu zahlen. Leider wurde dann doch nie etwas draus, weil die potenziellen Käufer sich letztendlich als unbelehrbare Kunstbanausen entpuppten.

Und was machte Wally? Sie tröstete ihren armen, armen Goldjungen immer und war mit ihm einer Meinung: Die Menschen waren einfach zu einfältig, um Benedikts Kunst zu schätzen.

Hanno war zwar nicht ganz so extrem wie seine Frau, aber auch er behandelte Benedikt wie ein rohes Ei und ließ ihm – zusätzlich zu der Tatsache, dass er schon seit Jahren seine Miete zahlte – immer wieder Geld zukommen. Dass Benedikt stets mit gefüllten Körben und Tupperschüsseln wieder nach München reiste, war selbstverständlich. In einer seiner Findungsphasen hatte Benedikt mal als Wärter im Schloss Neuschwanstein gejobbt, aber auch dies war auf Dauer nichts für ihn, da er es unheimlich langweilig fand, nur rumzustehen und aufzupassen. Außerdem, so hatte er sich bei Leonhard beklagt, waren die Besucher unfreundlich. Wer war er denn, sich so was gefallen zu lassen? Die Leute konnten doch auf die Hinweisschilder achten, wenn sie die Toiletten suchten.

Leonhard hatte im Prinzip nichts gegen seinen Bruder, er mochte es nur nicht, wie er seine Eltern behandelte. Immer ein wenig von oben herab, so als sei er was Besseres, aber das Geld und die Lebensmittel nahm er an.

»Na, was macht die Kunst, Bruderherz?«, fragte Benedikt und machte Leonhard mit seiner Tonlage sofort sauer. Herrje, warum konnte er nicht einmal etwas normal fragen? Warum musste er immer dieses leicht Gehässige in seine Worte legen? War das ein Selbstschutz?

»Das sollte ich dich doch lieber fragen«, gab Leonhard

nun zurück und bemühte sich, seine Stimme neutral klingen zu lassen.

»Ja, ja, der Herr Doktor«, sagte Benedikt und grinste. »Eine Bilderbuchkarriere, ein Bilderbucharzt in einem Bilderbuchort, und dann noch ein Bilderbuchretter. Nur mit der Bilderbuchehe hat es nicht so geklappt.«

Leonhard sah ihn direkt an. »Was soll denn das schon wieder heißen?«, fragte er.

Benedikt grinste ihn an. »Es stimmt doch. Ist nicht böse gemeint.«

»Aha«, sagte Leonhard. »Na, dann ist ja alles in Ordnung. Und bei dir so? Hast du Mamas leere Tupperschüsseln mitgebracht, damit sie sie neu füllen kann?«

Sein Bruder wurde rot. »Sehr witzig.«

»Nein, das ist gar nicht witzig, sondern leider die Wahrheit.« Leonhard spürte, wie er aggressiv wurde, und ärgerte sich über sich selbst. Sein Bruder schaffte es immer wieder.

»Hört doch auf«, mischte sich Wally ein. »Ihr benehmt euch wie Kindsköpfe. Zwei erwachsene Männer. Komm, Leo, setz dich hin. Ich hab Butterkuchen.«

Seufzend ließ Leonhard sich auf einen Küchenstuhl sinken. Benedikt blieb ans Buffet gelehnt stehen und nahm den Teller, den Wally ihm gab.

»Es kann eben nicht jeder so perfekt sein wie du«, sagte er nun mit Trotz in der Stimme. »Ich bin einfach anders. Ich brauche Zeit, um herauszufinden, was ich wirklich will.«

»Ach so, und ich dachte, du weißt, was du willst, aber die Leute sind zu blöde, um deine Kunst zu verstehen«, sagte Leonhard und teilte seinen Butterkuchen in kleine Stücke.

»Das auch. Es geht nun mal nicht so schnell wie bei dir.«

»Schnell? Entschuldige bitte, wenn ich dir da widerspreche. Ich habe jahrelang studiert und dann noch meinen Facharzt gemacht. Also schnell war das nicht.«

»Aber du hast schnell gewusst, was du machen willst. Oder aber du warst nur aufs schnelle Geld aus. So bin ich nun mal nicht.«

Jetzt musste Leonhard wirklich an sich halten. Am liebsten hätte er Benedikt geschüttelt. Der Bruder brachte ihn mit traumwandlerischer Sicherheit immer wieder zur Weißglut.

»Nein, so bist du sicher nicht, Benedikt«, sagte Leonhard und aß seinen Kuchen. Er fing einen bittenden Blick von seiner Mutter auf. Warum musste er eigentlich immer den Rückzieher machen?

»Benedikt ist eben anders als du«, sagte Wally sanft, und das hatte Leonhard wirklich schon hundertmal gehört. »Es ist doch gut, dass er sich findet. Du hast dich doch auch gefunden. Ihr seid eben unterschiedlich, ihr beiden.«

Leonhard hätte am liebsten gesagt: »Ein Glück!«, aber er tat es nicht, sondern beschloss, den Bruder zu ignorieren.

Wally wechselte das Thema. »Hast du eigentlich von dieser Frau gehört, die seit vorgestern bei der Anna Klinghuber wohnt und durch den Ort geht, als würde er ihr gehören?«

»Was heißt denn ›durch den Ort gehen‹?«, fragte Leonhard seine Mutter.

»Na, sie klingelt bei den alten Leuten und fragt, ob sie nicht in ein Pflegeheim wollen, und so was.«

Leonhard runzelte die Stirn. »Warum macht sie das?«

»Die Marie vermutet, die will alle verscheuchen, also die

ganzen alten Bewohner, und die Vroni vermutet, dass die so eine Art Feriendorf aufbauen und auch einen Teil der alten Häuser abreißen will. Das von der Anna wohl auch.«

»Ein Feriendorf? Wie bitte? Spinnt die? Die kann doch nicht irgendwo klingeln und die Leute verwirren. So einfach geht das ja auch nicht«, sagte Leonhard. Er stand auf und holte die Milchflasche aus dem Kühlschrank. Er trank die Milch von jeher aus der Flasche, weil sie so am besten schmeckte.

»Die Anna ist außer sich, sie war vorhin hier. Hilf Himmel, sie wird bald hundert! Und sie hat erzählt, diese Frau hätte ihr böse zugesetzt. Sie solle ausziehen, und sie brauche einen neuen Herd, und im Pflegeheim sei sie doch besser aufgehoben, und nichts sei renoviert und so weiter. Die arme Anna. Fragst du mal beim Xaver nach, der weiß doch immer alles? Ob der die kennt und so.«

»Kann ich machen, der Xaver ist heute aber in München.«

»Was macht er denn da?«, wollte Wally wissen.

»Keine Ahnung«, sagte Leonhard nur. »Termine wohl.« Er stand auf. »So, ich muss dann zur Nachmittagssprechstunde. Ich wünsche euch was.« Er stellte die Milchflasche in den Kühlschrank zurück und umarmte seine Mutter, Benedikt nickte er zu, und der nickte huldvoll zurück.

Er verließ das Haus. Was war denn das für eine Geschichte mit dieser Frau, die hier herumlief und die Alten behelligte? Er ging mit schnellen Schritten Richtung *Altenhofer*, hier trafen sich viele der älteren Bürger nachmittags zum Stammtisch, vielleicht wussten die was. Und dann musste er wirklich zurück in die Klinik.

Leonhard ging vorbei an Touristen, die die schön bemalten Häuser fotografierten. In Garmisch-Partenkirchen war das ganze Jahr was los. Im Sommer kamen die Wanderer, Paraglider und Mountainbiker, im Winter die Skifahrer. Die Cafés und Wirtschaften waren stets gut gefüllt, die Andenkenläden konnten sich ebenfalls nicht über wenig Umsatz beklagen. Sehr beliebt waren Wanderstöcke, die man mit den entsprechenden Plaketten verzieren konnte. Die Luft heute war frisch und klar. Leonhard sah die Berge und dachte wieder einmal, dass er ein ganz schöner Glückspilz war, dass es ein Privileg war, hier zu wohnen, wo andere Urlaub machten. Natürlich nervten die Touristen manchmal, wenn sie nachts grölend durch die Straßen liefen und dachten, Garmisch gehöre ihnen und sie könnten sich benehmen, wie sie wollten. Aber das Gute hier überwog.

»Grüß dich, Nina«, sagte Leonhard kurze Zeit später, und Nina strahlte ihn wie immer an. Sie hatte grundsätzlich gute Laune, und nie wurde ihr etwas zu viel, auch wenn bis nachts um drei im Schankraum getagt und getanzt wurde. Nina war ein fröhliches, zwanzigjähriges Mädchen, das eine Ausbildung zur Restaurantfachfrau absolviert hatte. Im nächsten Jahr wollten sie und ihr Freund Michi, der als Schreiner arbeitete, zusammen eine Gaststube übernehmen, und zwar die von Michis Eltern, die auswandern wollten, was manche aufregend und manche unerhört fanden. Man verließ Garmisch doch nicht einfach! Aber Michis Eltern hatten vor, eine Strandbar auf Teneriffa zu übernehmen, und waren nicht von ihrem Plan abzuhalten. Der Michi freute sich auf neue

Aufgaben, würde aber weiterhin halbtags in der Schreinerei arbeiten. Bis es so weit war, servierte Nina hier in Xavers Wirtschaft. Sie war zierlich wie ein Püppchen, hatte große blaue Kulleraugen und hellblonde Locken. Und sie hatte immer gute Laune. So auch heute. »Hey, Leonhard, na, was darf es sein?«

»Mach mir doch bitte ein kleines Spezi.«

Sie nickte ihm strahlend zu. »Na klar.«

Leonhard begab sich zum runden Stammtisch, auf dem wie immer der große Holzklotz mit dem Wimpel prangte. Früher, als die Gäste noch rauchen durften, hatte der Holzklotz in einem riesigen Aschenbecher gestanden, der mehrmals am Abend ausgeleert werden musste. Obwohl das Rauchen in der Gaststätte schon jahrelang verboten war, roch es hier immer noch ein wenig nach dem Rauch von Zigarren, Pfeifen und Zigaretten. Wahrscheinlich, hatte Xaver mal gesagt, war der Geruch ins Holz gezogen und würde nie mehr rausgehen.

»Schaut mal, der Leo«, sagte der achtzigjährige Moritz Graubner, der mal den größten Hof in der Gegend bewirtschaftet hatte. Mittlerweile hatten seine Kinder übernommen, und seine Tochter Lotte betrieb einen florierenden Hofladen, in dem die Kundschaft all das kaufen konnte, was sie so liebte, alles selbst gemacht natürlich: Käse, Marmeladen, Gelees, Bratwürste, Haxen, Dosenwurst, eingemachtes Obst, bestickte Handtücher von den Dorffrauen, handgestrickte Socken, Tee und Kaffee, den die Lotte selber röstete. Die Touristen standen hier oft Schlange, und Lotte ging in ihrer Arbeit auf und hatte ständig neue Ideen. Sie verkaufte auch fertiges Anstellgut für Sauerteige, Mehle und Körner, und demnächst würde sie sogar Brotbackkurse geben.

»Das ist die heile Welt, die die Leute wollen, die gute alte Zeit«, sagte sie gern. Ihre Eltern, Moritz und Emmi, wohnten natürlich mit auf dem Hof und wurden von Lotte und ihrem Mann, der für die Tiere, die Milch, das Käsen und das Schlachten zuständig war, versorgt. Der jüngere Bruder Karl arbeitete ebenfalls mit und wohnte im Dachgeschoss. Lottes Kinder waren nicht weit weg gezogen und halfen trotz ihrer Berufe immer mit, wenn Not am Mann war. Das war Lottes Verständnis von Familie. Alle hielten zusammen, und alle waren zusammen.

»Na, Moritz, wie schaut es aus? Was spielt ihr?«, begrüßte Leonhard den alten Mann.

»Rommé«, sagte Moritz. »Vom Skatkloppen haben wir die Nase voll, und Canasta können hier viele nicht. Und Maumau und Schafkopf spiel ich nicht, also Rommé.«

»Aha.« Leonhard setzte sich, und schon kam die kleine, strahlende Nina mit seiner Spezi. »Dank dir, Nina. Sagt mal, habt ihr was von dieser Frau gehört, die bei der Klinghuber Anna in der Pension wohnt?«

Die fünf Männer am Tisch schauten auf. »Ja, ich weiß, wen du meinst. Diese Frau Falk«, brummte der alte Otto Brunner. »Es heißt, sie übernimmt das Hotel vom Reichenhalter.«

»Was? Das *Bergglück*?«, fragte Leonhard. »Ich dachte, der Wilfried will nicht verkaufen. Der wollte doch noch ein paar Jahre weitermachen.«

»Jetzt offenbar doch nicht. Er ist ja auch schon über siebzig, und diese Dame hat ihm wohl ein gutes Angebot gemacht.«

»Was wisst ihr über diese Frau Falk?«, fragte Leonhard. »Wo kommt die her, und was will sie hier?«

»Sie heißt Victoria, kommt aus Augsburg und kauft Immobilien«, sagte ein anderer Stammtischbruder, August Dörnfeger. »Mehr wissen wir auch nicht. Aber wenn sie das *Bergglück* kauft und renoviert und schön macht, dann ist das doch gut.«

»Moment, Moment, will sie es denn überhaupt renovieren? Meine Mutter hat gehört, Victoria Falk will, dass Anna auszieht aus ihrem Haus, damit sie es eventuell abreißen und neu bauen kann. Was, wenn sie das auch mit dem *Bergglück* vorhat?«

Allgemeines Schulterzucken zeigte Leonhard, dass man sich hierüber noch keine Gedanken gemacht hatte. Aber nun war das Interesse der alten Männer geweckt.

»So geht's ja auch nicht«, sagte Moritz kopfschüttelnd.

»Ich geh morgen mal zu Anna, wenn ich es schaffe«, sagte Leonhard. »Jetzt muss ich in die Klinik.« Er trank seine Spezi aus und klopfte auf den Tisch, bei Nina bezahlte er.

»Ich hab gehört, worüber ihr gesprochen habt. Diese Frau Falk ist eine ganz arrogante Person«, sagte Nina und nahm das leere Glas entgegen. »Ich bin ihr in der Stadt begegnet. Wie eine Gräfin läuft sie rum und bleibt immer vor den ganz alten Häusern stehen und macht sich Notizen.«

»Aha«, sagte Leonhard. »Hast du eine Ahnung, was genau sie will?«

»Nö«, meinte Nina. »Aber so wie die aussieht, will die nix Gutes.«

Leonhard runzelte die Stirn. »Komisch. Ich frag mal Stümpfchen, wenn ich in der Klinik bin. Sag mal, hat Xaver gesagt, wann er zurückkommt aus München?«

»Irgendwann am Abend. Er hat den Fritz gebeten, heut die Küche zu machen.«

»Alles klar, bis dann, Nina.«

»Mach's gut, Leo.«

Nachdenklich verließ Leonhard das Lokal und dachte über diese Frau nach. Kam die einfach hier an und brachte alles durcheinander.

Mit schnellen Schritten machte er sich auf den Weg in die Klinik, vorbei an den pittoresken Häusern, am *Gasthof Fraundorfer,* der mit historischen Wirtshausszenen bemalt war. Drinnen saßen Leute am Tisch, und draußen tanzten sie zur Musik eines Mannes, der Zither spielte. Seit beinahe hundert Jahren war das *Fraundorfer* im Familienbesitz, und obwohl es ein Touristenmagnet war, ging Leonhard hier ab und zu auf ein Bier oder ein Viertel Roten hin. Gern auch mit Xaver, der sich immer mal wieder bei der Konkurrenz umsehen wollte.

Da, auf einmal, spürte er wieder das wohlbekannte Kribbeln im Bauch. Am liebsten hätte Leonhard es weggeboxt. Wie eine Schlange zog es Kreise in seinem Inneren, und Leonhards Hände wurden schweißnass. Er würde so gern ins Auto steigen und losfahren, das Kribbeln beruhigen, endlich wieder das Hochgefühl spüren … nein, nein, nein.

»Selbstverständlich weiß ich, wer Victoria Falk ist«, sagte Stümpfchen hoheitsvoll und nahm ihre Lesebrille ab. »Wie kommen Sie darauf, dass ich das nicht wüsste, Chef?«

Leonhard musste schmunzeln. »Wenn ich Sie nicht hätte. Also, was können Sie mir über diese dubiose Frau erzählen?« Er machte es sich in seinem ledernen Sessel bequem und trank seinen Kaffee. »Setzen Sie sich doch, Stümpfchen.«

Das ließ die sich nicht zweimal sagen.

»Victoria Falk kommt aus Augsburg, ist Unternehmensberaterin und Immobilienmaklerin. Sie ist vierunddreißig Jahre alt und unverheiratet. Hier in Garmisch will sie einige Häuser aufkaufen und fast wie früher belassen, um so eine Art Bauernhöfe zum Anfassen zu machen, so sagt sie zumindest. Das heißt, die Bewohner sollen ausziehen, sie lässt es ein wenig renovieren und bietet dann das alte Haus als Ferienwohnung an, inklusive Kühestreicheln und Ferkel gucken und Hühnereier sammeln. So weit, so gut. Weiterhin hat Frau Falk dem alten Wilfried Reichenhalter ein Angebot gemacht, das er nicht ablehnen kann. Sie will das Hotel *Bergglück* kaufen.«

»Steht das nicht unter Denkmalschutz? Das ist doch aus dem achtzehnten Jahrhundert«, sagte Leonhard und nahm sich einen Keks.

»Ja. Angeblich will sie es ganz vorsichtig zu seiner ursprünglichen Schönheit zurückführen.«

»Das ist aber teuer.«

»Gut möglich, über ihre Finanzen bin ich noch nicht informiert. Aber nun soll auch noch ihr Bruder nach Garmisch kommen. Nico Falk. Sie arbeiten wohl schon immer zusammen, und das mit Erfolg. Also Erfolg für die beiden. Gutes hört man nicht.« Sie machte eine wohlüberlegte Kunstpause.

»Was hört man denn?« Leonhard lehnte sich interessiert nach vorne. Er wusste, dass Stümpfchen sich immer gern feiern ließ.

»Man hört, dass die beiden über Leichen gehen. Die Leute unter Druck setzen.« Stümpfchen zuckte mit den Schultern. »Mehr weiß ich auch nicht.«

»Über Leichen gehen? Wir haben ja wohl nicht die Mafia in Garmisch zu Besuch. Außerdem haben die Familie vom Wilfried und auch der Denkmalschutz noch ein Wörtchen mitzureden«, regte Leonhard sich auf. »Es ist doch alles gut hier. Ich würde mich freuen, wenn der Wilfried noch ein paar Jahre das Hotel führt. Wobei man sagen muss, dass es einen neuen Anstrich schon nötig hätte.«

»Man wird sehen. So. Hier ist Ihr Kittel, Chef. Sie müssen zur Sprechstunde. Dietmar Feldmann und sein Sohn.«

Leonhard stand auf. »Danke, Stümpfchen.« Er streckte sich und nahm die Krankenakte zur Hand. Die Sache mit dem Hotel und den anderen Plänen dieser Falks wollte ihm trotzdem nicht aus dem Kopf gehen.

Kapitel 4

Nina schaute erschrocken auf und legte das Handtuch beiseite, mit dem sie gerade die Gläser poliert hatte.

»Xaver, was ist denn mit dir geschehen?« Sie kam hinter dem Tresen hervor und ging schnell auf ihren Chef zu.

Xaver stand mit hängenden Armen und blutunterlaufenen Augen da. »Nichts ist, alles gut.« Seine Stimme klang undeutlich.

»Von wegen alles gut«, sagte Nina. »Du spinnst ja.« Sie hakte ihn unter. »Du klappst mir gleich zusammen.«

Er machte sich los. »Ach wo. Mach mir mal ein Bier.«

Nina schnupperte. »Sag mal, bist du betrunken aus München hierhergefahren?«

»Ich bin nicht betrunken.« Xaver trat schwankend einen Schritt zurück. »Jetzt mach mir ein Bier.«

»Nein, das mach ich nicht. Ich bring dich hoch in deine Wohnung. Frederika, komm doch mal her«, rief Nina über die Schulter.

Xavers Schwester, die gerade in der Küche half, kam raus.

»Wir müssen Xaver nach oben bringen«, sagte Nina knapp. »Bevor er uns hier umkippt.«

»Herrje, Xaver, bist du übergeschnappt? Du bist ja völlig besoffen!« Frederika packte ihren Bruder am anderen Arm. »Bist du etwa so aus München hergefahren?«

Xaver antwortete nicht, sondern sah die beiden aus knallroten Augen an.

»Komm, lass ihn uns fortschaffen«, sagte Nina leise, aber natürlich schauten schon alle Gäste rüber. Es würde nicht lange dauern, und es hätte sich herumgesprochen, dass Xaver sich in München besoffen hatte und allein zurück nach Garmisch gefahren war. Und was da alles hätte passieren können.

• • •

»Gerstorff hier.« Müde setzte Leonhard sich auf und schaute auf die Digitalziffern seiner Uhr. Halb zwei. Das Klingeln seines Handys hatte ihn aus tiefem Schlaf gerissen.

»Einsatz«, hörte er Frederika sagen. »Ein zehnjähriger Junge ist mit seinem Hund aus der Ferienwohnung abgehauen. Die Mutter findet ihn nicht wieder und hat die Befürchtung, dass er in die Klamm gefallen ist.«

»Warum in die Klamm?«, fragte Leonhard, während er aufstand und seine Sachen zusammensuchte. »Und in welche Klamm? Partnach oder Höllental?«

»Partnach. Er ist noch nicht so lange weg, dass er es bis zum Höllental geschafft haben könnte. Und er hat wohl erzählt, dass er unbedingt zur Partnachklamm will. Die Mutter hat es verboten, ihr ist es da zu gefährlich, denn der Bub hat derzeit einen verstauchten Fuß.«

»Ach verdammt«, stöhnte Leonhard. »Aber die Partnachklamm ist doch ab acht Uhr abends verschlossen.«

»Wir haben doch auch immer einen Weg gefunden, um überall reinzukommen«, sagte Frederika lakonisch, und das stimmte natürlich. Wo sie reinwollten, da kamen sie auch rein.

Während Leonhard in seine Kleidung schlüpfte, dachte er daran, dass sie sich als Kinder oft Gruselgeschichten über die Klammgeister erzählt hatten, wenn sie nachts aus ihren Kinderzimmern geschlichen waren und sich zu unerlaubten Nachtwanderungen getroffen hatten. Diese Wanderungen hatten immer am Partnachtal geendet, und dann hatten sie vor der verschlossenen Pforte gestanden, aber nicht lange. Eine Zeit lang hatte die Annegret sogar den Schlüssel dabei, denn ihr Vater war verantwortlich fürs Abschließen der Klamm. Als das rausgekommen war, hatte es einen Riesenzirkus gegeben, und sie alle hatten eine Woche Stubenarrest und morgendliche Stallarbeit aufgebrummt bekommen.

Trotzdem hatten sie es natürlich immer wieder gemacht. Es war aufregend, bei Nacht durch die Klamm zu klettern. Einmal im Sommer hatten Leonhard und Xaver sogar gewettet, dass sie ein paar Hundert Meter durch die Klamm schwimmen konnten. Als sie sich mit einer Strickleiter abseilen wollten, hatte Frederika sie mit ihrem lauten Heulen doch davon abhalten können. Noch heute sagte sie gern: »Wenn ich damals nicht gewesen wäre, würde es euch nicht mehr geben.« Und damit hatte sie wahrscheinlich recht. Die Klammen waren tückisch, und nicht umsonst war dort Schwimmen strengstens verboten.

Die Partnachklamm hatte von jeher eine besondere Faszination auf die Kinder von Garmisch ausgeübt. Und sie hatte eine beeindruckende Geschichte, das hatte Xavers Vater ihnen mal an einem eiskalten Winterabend vor dem Ofenfeuer erzählt, während der Schneesturm draußen tobte und sie alle Teebecher in den Händen hielten; die Älteren von ihnen schon mit einem kleinen Schuss Rum. Früh übte sich damals.

»Unsre Klamm ist bis zu achtzig Meter tief und ungefähr siebenhundert Meter lang«, hatte der alte Altenhofer gesagt.

»Sie hatte Hunderte Millionen Jahre Zeit, zu dem zu werden, was sie heute ist. In der Triaszeit vor zweihundertvierzig Millionen Jahren waren Teile unserer heutigen Alpen noch Meeresboden. Da lagerte sich Muschelkalk ab. Dann gab es eine Überlagerung mit Kalkbänken und Tonstein, und es wurde ein sogenannter Sattel draus. Das Wasser brauste mit voller Kraft durch. So bildete sich die tiefe Klamm. Und wisst ihr was: Die Menschen haben diese Strömung schon vor Jahrhunderten für den Transport von Baumstämmen benutzt. Wenn sie unten im Tal ankamen, also durchs Wasser, hat man sie getriftet.«

»Was ist das?«, hatte eins der Kinder gefragt.

»Aus dem Wasser gezogen«, hatte der Altenhofer gesagt. »Und wenn sich ein Baumstamm verkeilt hatte, mussten die Arbeiter ins Wasser gehen und den freimachen. Das war lebensgefährlich, die Strömung ist unglaublich stark. Sie war und ist so stark, dass ihr keine Möglichkeit habt, da wieder rauszukommen, wenn ihr in der Klamm seid. Wenn das für ausgewachsene, starke Männer schon gefährlich ist, dann ist das für Kinder lebensgefährlich. Viele Männer sind damals ertrunken!«

Er hatte die Hand erhoben. »Versprecht mir, alle hier, dass ihr nie so eine dumme Mutprobe voneinander verlangt, dass einer durch eine Klamm schwimmt. Auch sonst ist es euch streng verboten, auch nur daran zu denken, ins Wasser zu gehen. Habt ihr mich verstanden?«

Seine Stimme war ruppig und tief gewesen. Die Kinder hatten schnell genickt. Xaver und Leonhard hatten sich damals ängstlich angeschaut. Wenn herauskam, dass sie mal in der Klamm hatten schwimmen wollen, würde der Alte sicher noch im Nachhinein den Rohrstock holen.

»Wenn ich einen von euch mal dabei erwische, dass er was Unerlaubtes tut in einer der Klammen, dann prügle ich ihn windelweich. Jeden Einzelnen von euch. Und auch jedes andere Kind aus dem Dorf. Dann könnt ihr fünf Tage nicht sitzen.«

Die Kinder hatten ihn entsetzt angestarrt und sich geschworen, niemals den Zorn des alten Altenhofers auf sich zu ziehen. Und natürlich hatten sie sich trotzdem in Sommernächten getroffen, waren heimlich aus den Fenstern ihrer Zimmer geklettert, hatten sich mit Taschenlampen aufgemacht zur Klamm und waren stundenlang darin herumgegeistert, hatten Verstecken gespielt und Fangermandl. Im Winter waren sie dort genauso unterwegs wie im Sommer. Da war die Gischt der Klamm eisig, und mit ihren Taschenlampen strahlten sie bis zu dreißig Meter hohe Eiszapfen an, die glitzerten wie Fantasiegebilde.

Der alte Altenhofer würde sich im Grab umdrehen, wenn er wüsste, dass auch heute noch die Kinder der Einheimischen unterwegs waren, um die Umgebung zu erkunden. Zum Glück hatte er nicht mehr mitbekommen, dass der achtjährige Wolfi einmal in die Klamm gesprungen war, weil ihm sein Handy aus der Hand gefallen war. Ein Drama. Wie durch ein Wunder hatte er sich an einem großen Stein festhalten können, bis er in letzter Sekunde von einem Aufseher gerettet werden konnte – und der hatte sich selbst noch in Gefahr begeben. Das war großes Glück gewesen. Normalerweise liefen solche Unfälle nicht so glimpflich ab.

Nun also ein kleiner Junge, der nicht gut laufen konnte, und ein Hund.

Leonhard eilte runter auf die Straße. Frederika und Sebastian kamen einige Minuten später mit einem Einsatzfahrzeug angefahren und sammelten ihn ein.

»Wo sind die Eltern des Jungen?«, fragte Leonhard.

»Er ist nur mit seiner Mutter hier im Urlaub. Sie ist auf der Polizeiwache, und da bleibt sie auch«, sagte Frederika und gähnte. »Magst du einen Kaffee? Ich hab eine Thermoskanne gemacht.«

»Ja, gern. Sehr gut, dass die Mutter dort ist«, sagte Leonhard nickend. Mehr als einmal waren hysterische Eltern bei Einsätzen vor Ort gewesen und hatten die Rettungsmaßnahmen behindert. Es kam nicht selten vor, dass Kinder nachts heimlich irgendwo kletterten, und dann war das Drama immer groß. Zwei Mädels hatten es sogar mal fertiggebracht, auf dem Weg zur Zugspitze in eine Spalte zu stürzen. Dort hatten sie vier Tage gelegen. Völlig ausgehungert und dehydriert hatte man sie glücklicherweise letztendlich bergen können. Gedankenverloren schüttelte Leonhard den Kopf. Er war genauso leichtsinnig und abenteuerlustig gewesen wie diese Kinder, deshalb riskierte er heute alles, um sie aus brenzligen Situationen zu retten und sicher zurück zu ihren Eltern zu bringen

»Du, Leo, der Arnold hat erzählt, dass der Xaver völlig betrunken aus München hergefahren ist«, sagte Sebastian. Dann wandete er kurz den Kopf zu Frederika, die neben ihm auf dem Beifahrersitz saß. »Und dass du und die Nina ihn hochgebracht habt, damit er seinen Rausch ausschlafen kann. Was war denn da?«

»Ich weiß von nichts«, sagte Leonhard kurz. Er würde nicht weitererzählen, was Frederika ihm im Vertrauen erzählt hatte. Natürlich hatten alle den Vorfall in der Wirtschaft mitbekommen, aber das hieß trotzdem nicht, dass Leonhard tratschte.

»Jetzt sag mal, Frederika, was hat er denn in München gemacht?« Sebastian war neugierig.

»Er hatte Termine«, lautete die knappe Antwort.

»Was denn für Termine?«

»Herrje, Basti, keine Ahnung«, fuhr Frederika den Piloten an. »Termine eben.«

»Aha.« Sebastian fuhr konzentriert weiter. »Leo, weißt du, was der Xaver …?«

»Nein, Basti. Mir hat er auch nichts erzählt. Und jetzt sollten wir uns auf unseren Einsatz konzentrieren.«

Sebastian sagte nichts mehr und fuhr weiter, anscheinend war er beleidigt.

Am Eingang zur Partnachklamm war alles hell erleuchtet, und es standen schon zwei Polizeiautos da sowie ein Rettungswagen. Die diensthabenden Kollegen schwirrten herum und hatten Absperrband angebracht. Trotz der späten Stunde gab es einige Schaulustige, die – woher auch immer – wussten, was passiert war, und rumstanden und abwarteten. Sie unterhielten sich murmelnd miteinander.

»Wart ihr schon drin?«, fragte Leonhard die Beamten kurz. Allgemeines Kopfschütteln war die Antwort.

»Wir sind auch eben erst gekommen«, sagte einer der Helfer.

»Gut. Dann los. Haben wir alles?« Gemeinsam mit Frederika und Sebastian kontrollierte Leonhard die Ausrüstung und nickte zufrieden.

Es konnte losgehen.

Während sie nach dem Jungen, der Maxi hieß, riefen, beleuchteten sie mit den wattstarken Taschenlampen die Umgebung. Die Wände der Klamm türmten sich vor ihnen auf, man konnte kaum den Himmel sehen. Der in Fels gehauene Weg war glitschig vom Wasser. Im Dunkeln wirkte die Klamm bedrohlich und lauter als am Tag, wahrscheinlich war das auch die Faszination, die sie auf die Kinder ausübte. Sie mussten gegen den Lärm der reißenden Klamm anrufen, aber Leonhard hoffte, dass Maxi trotzdem ihre Stimmen wahrnahm und sich vielleicht bemerkbar machte. Sie achteten darauf, ob Hundegebell zu hören war. Aber da war nur das unglaublich laute Wassergeräusch. Das Wasser schien nur so zu tosen und zu brüllen, und heute besonders laut.

»Maxi!«, schrien sie in regelmäßigen Abständen. Keine Antwort. Frederika leuchtete in die Klamm. Nichts.

Sie gingen den siebenhundert Meter langen Weg auf der glitschigen Brücke entlang, blieben immer wieder stehen, ließen das Licht durch die Tiefe wandern und lauschten.

»Verdammt«, sagte Leonhard. »Wo kann er sein?«

»Hoffentlich ist er nicht ausgerutscht und gestürzt«, sagte Frederika und rief wieder den Namen.

»Wie heißt denn der Hund?«, fragte Sebastian.

»Penny«, sagte Frederika und rief nun auch den Namen des Hundes. Doch kein Bellen als Antwort war zu hören.

»Es hilft nichts, wir müssen runter«, sagte Leonhard. »Von hier oben ist nichts zu sehen.«

»Und wenn Maxi schon längst woanders und in Sicherheit ist?«, fragte Frederika.

»In der Pension weiß man Bescheid?«, gab Leonhard zurück.

Frederika nickte. »Da wartet jemand.«

»Gut. Dann sichern. Ich geh runter, ihr leuchtet mir.«

»Meinst du nicht, es ist besser, wenn ich runtergehe?«, warf Frederika ein. »Wenn wir Maxi finden und er ist verletzt, dann kannst du dich sofort nach der Bergung um ihn kümmern und bist nicht klatschnass. Außerdem bin ich leichter und geübter.«

Leonhard runzelte die Stirn. Traute sie ihm das etwa nicht zu? Ja, sie war viel sportlicher als er. Trotzdem fühlte er sich kurz in seiner Ehre gekränkt, allerdings nicht so sehr, dass er aus verletzter Eitelkeit nun darauf bestanden hätte, sich abzuseilen.

»Gut. Du hast recht«, sagte er also knapp. Frederika nickte ihm lächelnd zu, legte kurz ihre Hand auf seine, was ihn irgendwie irritierte. Sebastian bereitete alles für ihren Abstieg vor und reichte ihr auch eine Schwimmweste. Nachdem sie eine Kopflampe aufgesetzt hatte, war sie bereit.

»Ich weiß, dass du immer vorsichtig bist«, sagte Leonhard leise. »Aber bitte sei hier besonders vorsichtig. Du weißt, wie stark die Klamm ist.«

»Ja, Leo, das weiß ich.« Frederika sah ihn an. »Ich passe auf mich auf.«

»Kann's losgehen?«, fragte Sebastian, und Frederika nickte wieder, während sie schon über das Geländer der Brücke kletterte.

Kurze Zeit später beobachteten Sebastian und Leonhard von oben, wie sie die Umgebung ableuchtete. Scharfkantige Felsen und wilde Stromschnellen tauchten auf, als das Licht über diese hinwegglitt, und verschwanden wieder in der Dunkelheit.

»Maxi! Penny!«, schrie sie gegen den Lärm an. »Lass mich noch ein Stück weiter runter!«, sagte sie in ihr Headset, und Sebastian tat, was sie sagte. Leonhard beugte sich über das Geländer und sah Frederika in der Luft hängen. Knapp unter ihr toste die Klamm. Sie leuchtete weiter die Umgebung aus.

»Nichts«, sagte sie resigniert ins Headset. »Hol mich wieder hoch, Basti.«

»In Ordnung. Ich hol dich hoch«, antwortete Sebastian.

»Soll ich helfen?«, fragte Leonhard, aber Sebastian schüttelte den Kopf.

Und dann, auf einmal, hörte Leonhard Frederika schreien.

Kapitel 5

»Was ist?«, brüllte Leonhard in die Tiefe, doch keine Antwort kam. Er drehte sich zu Sebastian, der ihn mit schreckgeweiteten Augen anstarrte.

»Basti! Verdammt, du hast die Sicherungsleine losgelassen! Und Frederika ist nur einfach gesichert. Herrgott, bist du wahnsinnig?«

»Ich … ich … kann nichts dafür«, stammelte der Kollege. »Meine Hände. Dieses Zittern. Auf einmal ging nichts mehr. Ich hab …«

»Verdammt, Basti! Jetzt müssen wir erst mal Rika aus der Klamm holen. Und zwar schnell!« Er bemerkte gar nicht, dass er Rika sagte, den Spitznamen, den sie Frederika als Kinder gegeben hatten, bis die es sich irgendwann im Jugendalter verbeten hatte.

Leonhard nahm seine Taschenlampe und leuchtete in die Tiefe. Er sah Frederika, die sich verzweifelt an einem Felsen festklammerte, doch so, wie es aussah, würde sie das nicht lange durchhalten. Und Leonhard behielt recht. Schon einige Sekunden später hatte der reißende Strom sie vom Felsen gelöst und mit sich getragen. Leonhard dachte schnell nach.

Wenn sie hier auf der Brücke liefen, wären sie nicht so schnell wie Frederika im Wasser. Nein. Selbst wenn er, Leonhard, sich jetzt einklinkte, ins Wasser sprang und von Sebastian geführt wurde – es würde viel zu lange dauern. Es musste anders bewerkstelligt werden.

»Gib mir meine Schwimmweste, schnell!«, herrschte er den Kollegen an, und der tat hektisch, was er sagte.

»Ich geh ins Wasser«, rief Leonhard. »Du rennst so schnell wie möglich hinterher und leuchtest, hast du verstanden?«

»Aber Leo, das ist …«, fing Sebastian an, doch Leonhard achtete überhaupt nicht auf seine Worte.

»Schaffst du es, mich runterzulassen?«, fragte er und sah Sebastian durchdringend an.

»Ja also, ja klar, ich …«

»Schaffst du das?«, schrie Leonhard jetzt fast. »Oder besteht die Gefahr, dass du mich loslassen könntest?«

Sebastian sah ihn an, und er sah entsetzlich traurig aus. »Ich weiß es nicht.«

Leonhard stöhnte auf. Das war alles andere als ideal, aber er wusste, dass er es dennoch wagen musste. Eilig machte er sich fertig und war einige Sekunden später bereit.

»Okay. Los jetzt.« Er legte sich auf der Brücke auf den Bauch und ließ sich langsam von ihr Richtung Wasser gleiten, das ungefähr drei Meter unter ihm tobte.

»Jetzt nachführen«, rief er Sebastian zu. »Ich lass jetzt los. Hast du mich?«

»Ja, ich hab dich.«

»Und weiter … und weiter … und noch weiter. So, jetzt noch ein Stück, weiter.« Leonhard spürte, wie das kalte Wasser seine Füße und Waden umspülte und an ihnen zerrte. »Gut, ich bin drin. Ich klink mich jetzt aus. Und los!« Leonhard löste den Karabinerhaken, und eine Sekunde später wurde er von der reißenden Klamm mitgezogen, und das in einer Geschwindigkeit, dass ihm schwindelig wurde.

Mithilfe seiner wasserdichten Kopflampe leuchtete er nach rechts und links, aber nirgendwo war das grelle Orange von Frederikas Einsatzkleidung zu sehen. Es war ohnehin schwierig, durch die Gischt etwas zu erkennen. Trotz seiner Schwimmweste geriet er immer wieder für Sekunden mit dem Kopf unter die Oberfläche. Er brüllte ständig weiter, wischte sich verzweifelt das Wasser aus den Augen und schrie abwechselnd die Namen von Frederika und Maxi, aber niemand antwortete, auch kein Bellen war zu hören.

Der entsetzlichste aller Gedanken schoss ihm durch den Kopf. Wenn Frederika ertränke – er würde sich sein Leben lang Vorwürfe machen, weil er zugestimmt hatte, dass sie sich abseilte. Natürlich machte er sich auch große Sorgen um den kleinen Jungen, aber Frederika stand ihm nun mal näher. Die kannte er sein ganzes Leben.

Von oben sah er das Licht, das Sebastian mit der Taschenlampe verströmte, aber er nahm es nur aus weiter Ferne wahr, weil Sebastian nicht so schnell vorwärtskam, wie ihn das Wasser forttrug.

Und da, plötzlich, hörte er Frederikas Stimme.

»Leo! Hier!«

Er drehte sich im Wasser um und blickte hektisch hin und her, und da sah er einen orangefarbenen Fleck. Frederika hatte Zuflucht zwischen zwei Felsen gefunden. Und sie hatte einen Ast in der Hand, von woher auch immer. Leonhard versuchte mit ganzer Kraft, nach links zu schwimmen. Es war unglaublich mühsam, er war nicht mehr in bester Form und keuchte. Aber es musste gehen. Er stieß mit dem Fuß gegen einen Felsen, an dem er sich abstützen konnte, dann versuchte er, mit einem Sprung zu dem rettenden Ast rüberzuhechten. Er bekam ihn zu fassen, riss kleinere Zweige ab, aber er hatte ihn.

»Verdammt, Leo, ich kann den Ast nicht mehr halten!«, schrie Frederika heiser und dennoch so laut sie konnte.

»Noch eine Sekunde. Zieh mich zu dir ran!« Leonhard spürte, wie seine Hände aufrissen und Holzsplitter sich in sein Fleisch gruben, aber das war ihm egal. Er wollte zu Frederika. Zum Glück war Sebastian oben auf der Brücke auf gleicher Höhe angekommen und leuchtete ihnen, so gut er konnte.

»Zieh! Rika, zieh!«

»Ich kann nicht mehr«, kam es mit jämmerlicher Stimme. Die Erschöpfung war ihr anzusehen, gleichzeitig sah er die Angst in ihren schreckgeweiteten Augen.

»Doch, du kannst, Rika, du musst! Zieh jetzt!«

Er sah, wie sie mit letzter Kraft den Ast zu sich zog, immer ein Stückchen mehr. Irgendwann wagte er es, sich selbst daran weiterzuhangeln – und auf einmal war die Strömung nicht mehr so heftig. Er hatte es geschafft, Frederika zog ihn zu sich. Sie befanden sich in einer Art Becken, das von Felsen geschützt war. In der ungefähr einen Meter großen Einbuchtung wurde das Wasser etwas aufgehalten. Hier konnte man sich festhalten.

»Bist du in Ordnung?«, fragte Leonhard.

Frederika nickte. »Ja, ich hab mir nur den Kopf gestoßen und einen Stiefel verloren, glaube ich.«

»Hauptsache, dir ist weiter nichts passiert.«

»Wie geht es euch?«, fragte Sebastian atemlos durch die Headsets.

»Alles okay mit uns. Wir sind vorläufig sicher.« Leonhard schaute sich um. Die Felswände waren steil und glatt. »Aber alleine kommen wir hier nicht raus. Wir müssen hochgezogen werden. Außerdem muss der Junge gefunden werden. Wir warten hier, Basti, wir halten noch eine Weile aus. Geh du zurück an den Eingang und sag den Kollegen, was passiert ist. Maxi hat jetzt oberste Priorität. Dann soll man uns helfen.«

»In Ordnung.« Der Lichtstrahl verschwand.

Frederika und Leonhard klammerten sich aneinander. Leonhard legte die Arme fest um Frederikas Taille und spürte, wie ihre Hände sich um seine Oberarme schlossen. Sie zitterte noch immer, aber ihr Atem wurde etwas ruhiger.

»Ich hatte solche Angst, Leo«, sagte sie. »Auf einmal konnte ich mich nirgendwo mehr halten. Ich bin einfach so weggetrieben worden. Das war furchtbar. Ja, ich weiß, wir sind auf solche Situationen vorbereitet und haben auch Erfahrung, aber es ist schon unheimlich, wenn man plötzlich merkt, dass die Sicherheitsleine nicht mehr da ist.«

»Ich weiß«, sagte Leonhard. »Aber du hast dich fantastisch geschlagen!«

Frederika lächelte ihn an. »Oh, du aber auch. Danke, dass

du sofort hinterhergekommen bist. Zum Glück war hier dieser Ast. Und zum Glück konnte ich dich halten.«

»Vielleicht hast du mir das Leben gerettet«, sagte Leonhard.

»Aber sag mal, Leo, was war denn mit Basti? Wieso hat er das Seil losgelassen?«

»Ja, das müssen wir unbedingt ansprechen. Er sagte was von einem Zittern in seinen Händen und dann würde nichts mehr gehen, oder so ähnlich.«

»O je, das klingt gar nicht gut. Gerade wenn er fliegt, ist das ja lebensgefährlich.«

Leonhard nickte. »Und ob. Wahrscheinlich versucht er schon länger, es zu verbergen, aber jetzt müssen wir mit ihm darüber reden. Und er muss sich untersuchen lassen.«

»Ja.«

Sie schwiegen einen Moment.

»Ist dir auch so kalt?«, fragte Frederika und schaute sich um. »Verflixt, hier kommen wir wirklich nirgends hoch.«

»Das werden wir auch keinesfalls versuchen«, wiegelte Leonhard ab. »Wenn wir noch mal von der Strömung erwischt werden! Nein, wir bleiben hier und warten, bis Hilfe kommt. Basti weiß ja, wo wir sind.«

»In Ordnung.«

»Komm, ich nehm dich in den Arm, dann kannst du dich ein paar Minuten ausruhen«, sagte Leonhard. Er machte sich noch immer Vorwürfe, dass Frederika sich abgeseilt hatte. »Nicht, dass es dadurch wärmer werden würde, aber vielleicht fühlst du dich dann sicherer.«

»Ja, das ist eine gute Idee«, sagte Frederika. Leonhard

stand nun mit dem Rücken zu einem Felsen und hielt Frederika fest. Er spürte ihr Zittern durch den schweren Anzug und die Rettungsweste.

Sie schaute ihn dankbar an.

»Na, geht's?«, fragte er, und sie nickte und legte den Kopf erschöpft in seine Halsbeuge.

Leonhard spürte sie beben und zog sie noch näher an sich, hielt sie, so gut es ging. Er konnte nur hoffen, dass die Kollegen endlich kamen. Und dass, verflixt noch mal, der Junge gefunden wurde.

Frederika hob den Kopf wieder und sah ihn an. »Wie geht's dir eigentlich, Leo? Bist du in Ordnung?«

»So weit ja. Zum Glück.« Ihr warmer Atem strich über seine Wange, und dann sahen sie sich an, sekundenlang. Plötzlich spürte Leonhard, wie ihm ganz warm wurde und etwas schwindelig. Er wusste nicht, was er dachte, als er sich einfach zu Frederika hinabbeugte und sie küsste. Sie erwiderte den Kuss so, als habe sie schon sehr lange darauf gewartet, dass es endlich so weit war. Sie presste sich mit ihrem ganzen Körper an Leonhard und umarmte ihn, so fest sie konnte. Sie küssten sich weiter und weiter, und Leonhard fragte sich, ob das wirklich gerade passierte.

»Leo, Frederika! Hallo!«, riefen abrupt mehrere Stimmen von oben.

Sofort ließen die beiden voneinander ab. Leonhard löste einen Arm von Frederika und strich sich verwirrt eine Haarsträhne aus der Stirn. Beinahe schämte er sich dafür, dass es so weit gekommen war. Auch Frederika wirkte durcheinander. Angestrengt richtete sie den Blick nach oben, als versuche sie, den Blickkonktakt mit ihm zu meiden.

»Wir sind hier unten! Hier!«, schrie Leonhard, und kurze Zeit später sahen sie weit oben über der Felskante die Kameraden der Bergwacht, die bestens ausgerüstet zu sein schienen.

»Wir lassen euch Seile runter!«, rief Xaver, der auch dabei war. »Haltet ihr noch durch?«

»Ja!«, rief Leonhard und hielt Frederika weiter fest. Mit einem Mal spürte er die Kälte wie Messerstiche. Da kam auch schon das erste Bergungsseil.

»Du gehst zuerst hoch«, sagte Leonhard, und Frederika nickte. Sie sagte kein Wort, hakte sich ein und kletterte die Felswand hoch, während die anderen oben zogen.

Leonhard sah ihr nach. Gott sei Dank waren die Helfer da. Erst jetzt spürte er, wie kraftlos seine Arme und Beine nach dem Kampf gegen die Wassermassen waren. Kurze Zeit später konnte auch er sich auf den Weg machen.

Völlig verfroren saß er oben neben Frederika und trank heißen Tee. Sie wandte sich von ihm ab und schilderte Xaver aufgeregt, wie sie abgestürzt war. Leonhard wusste überhaupt nicht, was er von alledem halten sollte.

»Aber was rede ich hier von mir? Was ist mit dem Jungen?«, wollte sie dann von Xaver wissen.

»Es ist fast ein Wunder! Wir haben ihn sichern können. Er hat sich wie ihr in einer Nische festhalten können. Er ist vom Steg gestürzt und hat sich an einem Felsen ein Bein gebrochen, als er aufgekommen ist. Zum Glück ist er durch den Schmerz nicht ohnmächtig geworden, dann wäre er ertrunken. Ihm geht es nicht besonders, er steht unter Schock. Wir haben ihn natürlich gleich ins Krankenhaus gebracht. Wo der Hund ist, wissen wir nicht. Er ist auf dem Steg geblieben und dann offenbar weggerannt.« Xaver wirkte erleichtert, aber sah immer wieder besorgt zu Frederika. Mit Sicherheit, so dachte Leonhard, war er immer noch nicht nüchtern, hatte es sich aber trotzdem nicht nehmen lassen, herzukommen. Wahrscheinlich hatte jemand, der nicht über seinen Zustand Bescheid wusste, Xaver informiert.

»Der Hund wird hoffentlich wieder auftauchen«, sagte er.

»Hauptsache, der Junge hat es geschafft«, sagte Leonhard, und alle nickten.

Frederika stand auf. »Ich möchte jetzt heim.«

»Warte mal, Frederika«, sagte Xaver. »Ich bring dich gleich. Du bist mir zu blass um die Nase, allein lass ich dich nicht los.«

»Wir können doch zusammen fahren«, schlug Leonhard vor, dem es nicht geheuer war, dass Xaver schon wieder ein Auto lenken sollte. »Im Einsatzwagen.«

»Nein, Xaver soll mich bringen.« Frederika drehte ihm den Rücken zu.

»Da ist übrigens noch was anderes, Xaver«, sagte Leonhard ernst.

Xaver machte sofort zwei Schritte zurück. »Da ist nichts anderes.«

»Das meine ich nicht«, sagte Leonhard beschwichtigend. »Wir müssen über Basti sprechen.« In knappen Worten erzählte er dem Freund, was passiert war.

»Ja sag mal«, sagte Xaver ungläubig. »Das ist mir noch nie

aufgefallen. Hätte es aber müssen. So oft, wie ich neben ihm sitze. Auch in der Wirtschaft hab ich nie was gemerkt. Das ist merkwürdig.«

»Wo wir gerade bei merkwürdig sind«, sagte Leonhard. »Du kannst mir doch nicht erzählen, dass du schon wieder nüchtern bist. Wieso bist du überhaupt hier?«

»Hatte das Funkgerät an«, erklärte Xaver, dem Leonhards Frage sichtlich unangenehm war. »Weil es um Rika ging, bin ich los.«

»Du Idiot«, war alles, was Leonhard sagen konnte. »Du hast noch Restalkohol im Blut, Mensch. Was, wenn du einen Unfall gebaut hättest?«

»Na ja, so weit war es ja nicht vom Gasthof hierher.«

»Trotzdem. Ich seh es schon in der Zeitung stehen: ›Bergretter betrunken am Einsatzort.‹ Bravo.« Leonhard schüttelte den Kopf. »So. Ich mach mich auf den Weg nach Hause.«

»Soll ich dich mitnehmen?«, fragte Xaver.

Leonhard bedachte ihn mit einem empörten Blick. »Nein, danke. Und du solltest auch nicht mit ihm fahren, Frederika.«

Die antwortete gar nicht und sah so aus, als würde sie vor Müdigkeit gleich umfallen.

Leonhard drehte sich um und bat einen der anwesenden Polizeibeamten, ihn heimzufahren. Er musste unbedingt heiß duschen. Außerdem wirbelten die Gedanken in seinem Kopf herum.

Kapitel 6

»Bruderherz.« Victoria Falk ging Nico entgegen und umarmte ihn kurz. »Gut siehst du aus.«

»Du aber auch, Vic. Wie immer perfekt.«

»Ach du. Komm, lass uns erst mal die Sachen auf dein Zimmer tragen, und dann bring ich dich auf den neuesten Stand.«

»Gut.« Sie betraten die Pension, und sofort blieb Nico stehen. »Das ist ja genau das, was wir wollen«, sagte er und sah sich begeistert um. »Offenbar ein uraltes Haus, schiefe Balken, knarzende Dielen, Familienmöbel aus dem siebzehnten Jahrhundert. Schau mal, dieser Schrank, Vic. Und die Truhe dort.«

»Ja, ich weiß«, sagte Victoria. »Aber es ist nicht so einfach. Wir müssen unsere Taktik ändern. Das besprechen wir gleich.«

»Sind die Alten störrisch?«, fragte Nico, und sie nickte.

»Sei bitte nicht so laut. Frau Klinghuber ist zwar steinalt, aber sie hört noch jedes Wort. Die müssen wir auch noch beackern.«

»Ach herrje. Dann mach ich einen auf herziges Enkelchen«, flüsterte Nico nun und grinste seine Schwester an.

»Ja, gute Idee. Möglicherweise sind auch nicht alle so halsstarrig wie sie. Mal sehen.«

Sie gingen die knarzenden Treppenstufen hoch, und Nico stellte seine Tasche in sein Zimmer, das neben dem seiner Schwester lag.

»Wie in der guten alten Zeit«, sagte Nico. »Typisch bayrisch noch dazu. Allein dieser bemalte Schrank. Das Bild mit den Engeln. Die Kommode. Genau so, wie wir uns das vorgestellt haben.« Er breitete die Arme aus. »Machen Sie Urlaub in den original eingerichteten Häusern in Garmisch. Gutes Essen, frische Luft, Kühe melken, Kälber streicheln. Eier einsammeln. Wunderbar.«

Vic seufzte. »Warten wir's ab.«

»Auf geht's«, sagte ihr Bruder. »Ich will mir den Ort ansehen.«

• • •

Leonhard hatte heiß geduscht und sich dann noch mal hingelegt. Nun war er halbwegs fit und machte sich gerade einen Espresso, da klingelte es an der Tür.

»Xaver.« Leonhard trat zur Seite und ließ den Freund rein.

»Bitte entschuldige, Leo. Ich hab mich gestern wie ein Depp verhalten.«

»Na ja, ein wenig. Kaffee? Espresso?«

»Espresso, bitte.« Xaver setzte sich an den Bistrotisch in Leonhards Küche, die ganz in Grau- und Weißtönen gehalten war. Seine italienische Espressomaschine war Leonhards ganzer Stolz. Er hatte sie schon während seiner Studienzeit einem Bistrobesitzer abgekauft, der nach Italien zurückgegangen war, und hegte und pflegte das gute Stück seitdem wie ein Kind. Geschickt hantierte er nun mit dem Siebträger herum, und kurze Zeit später stand nach einigem Brummen und Zischen eine dampfende Tasse vor Xaver.

»Du hast gleich zweimal hintereinander fahrlässig gehandelt«, sagte Leonhard ernst.

Xaver nickte. »Das weiß ich. So was wird nie wieder vorkommen.« Er nippte an seinem Espresso. »Dass ich völlig besoffen von München hergefahren bin, hatte seinen Grund«, meinte er zögerlich.

»Erzählst du mir jetzt, welchen?« Leonhard bereitete sich auch einen Espresso zu. Er gab einen Löffel Zucker in die schwarze Flüssigkeit, dann setzte er sich auch an den Tisch.

»Na klar. Sicher. Also, ich hatte in München einen Termin mit Sellgärber-Bräu. Die haben mitbekommen, dass es mir mit der Brauerei nicht gut geht, und haben mir ein Angebot gemacht.«

»Moment mal. Was heißt das, dass es dir nicht gut geht? Warum hast du mir denn nichts gesagt? Nur von deiner Schwester hab ich was erfahren, verflixt, und dann warst du schon fort. Also los, erzähl!«

»Will ich ja, lass mich doch bitte mal ausreden.« Xaver holte Luft und kippte seinen Espresso hinunter.

Leonhard sah den Freund genau an. Fertig sah er aus. Sein dunkelblondes Haar stand in alle Richtungen ab, sein Dreitagebart war mittlerweile ein Zehntagebart, und dann fiel Leonhard plötzlich auf, dass Xaver ganz schön abgenommen hatte. Und er war fahl ihm Gesicht, aschfahl. Außerdem hatte er einige neue Fältchen um Mund und Augen bekommen. Plötzlich hatte Leonhard einfach nur unendliches Mitleid mit ihm.

»Bitte entschuldige. Also red.«

»Die Brauerei schreibt schon seit einem guten Jahr nur noch rote Zahlen«, erklärte Xaver. »Ich weiß, ich hätte es dir sagen sollen, aber du hattest doch selbst genug zu tun in der Klinik, dann die Trennung von Doro und der ganze Schlamassel mit der Scheidung im letzten Jahr, du warst selbst völlig durch den Wind.«

»Ja, das stimmt schon, aber ich bin dein Freund, Xaver. Für dich hab ich wirklich immer Zeit. Auch wenn andere Dinge passieren. Du bist mir wichtig.«

»Ich weiß. Ich kam mir halt auch vor wie ein Versager«, sagte Xaver und ließ den Kopf hängen. »So lange sind die Brauerei und auch die Wirtschaft schon in Familienbesitz, wenn ich das alles aufgeben muss …«

»Da ist doch das letzte Wort noch nicht gesprochen«, meinte Leonhard. »Was haben die bei Sellgärber denn gesagt?«

»Nun, sie würden mir die Brauerei abkaufen und dort ein eigenes Bier brauen, das sie dann als Landbier oder so was deklarieren wollen. Oder aber sie kaufen die Lizenz vom Altenhofer Bier und verkaufen es dann unter ihrem Namen. Ich könnte dann sogar bleiben und mein Bier unter fremdem Namen herstellen und verkaufen.« Er lachte kurz auf. »Nie und nimmer mach ich das. Wenn mein Vater das wüsste.« Xaver stützte das Gesicht in beide Hände. »Meine Güte, ich bin so fertig. Die Wirtschaft werd ich wohl auch nicht halten können.«

»Warum? Wie hoch sind denn die Verbindlichkeiten insgesamt?«

»Ist doch egal.«

»Nein, ist es nicht«, polterte Leonhard. »Also sprich!«

»Dreihunderttausend«, flüsterte Xaver.

»Was?« Leonhard war fassungslos. »Wie kommt denn solch eine Summe zusammen?«

»Ja, das fragst du«, sagte Xaver müde. »Allein die ganzen neuen Bottiche und Tanks – die ganze Einrichtung musste erneuert werden, mein Vater hatte alles fast nie warten lassen. Einmal ist uns fast ein Kessel um die Ohren geflogen, in letzter Sekunde konnte Alwin das noch abwenden. Ich hab schon Hypotheken auf das Haus aufgenommen und mir selbst den kleinsten Lohn ausbezahlt. Die Mitarbeiter sollen auf nichts verzichten, das spricht sich ja auch rum. Es wundert mich sowieso, dass noch nichts nach außen gedrungen ist.« Er starrte in seine Tasse.

»Und die Wirtsstube?«, fragte Leonhard. »Die wirft doch gut was ab.«

»Schon, aber alles ist teurer geworden, Leo. Die gestiegenen Gas- und Strompreise, das Fleisch, die Getränke. Es ist nicht so einfach.«

Leonhard schüttelte den Kopf. »Das darf doch nicht wahr sein. Und diese Sorgen hast du alle alleine mit dir rumgeschleppt.«

»Frederika hat es zum Teil gewusst, aber auch nicht alles. Was soll ich sie mit meinem Kram belasten.«

»Herrje, sie ist deine Schwester«, fuhr Leonhard ihn an. »Du oller Dickschädel denkst, du musst alles mit dir selbst ausmachen.«

»Hast ja recht, Leo. Aber ich steh nun da, wo ich steh, und ich weiß nicht, was ich machen soll, außer zu verkaufen und mich dann in meiner ehemaligen Brauerei anstellen zu lassen.«

»Das ist doch euer Familienbetrieb. Es muss eine Lösung geben.« Leonhard dachte laut nach. »Ich würde dir sofort was geben, Xaver. Aber ich hab zwei Kinder im Studium und hab mir gerade die Wohnung hier gekauft. Aber vielleicht könnte ich für dich bürgen, Xaver.«

Der schaute plötzlich auf. »Das machst du auf gar keinen Fall, das will ich nicht. Es reicht, wenn einer im Misthaufen hockt. Nein, nein, nein.« Er schüttelte mit Nachdruck den Kopf.

»Was sagen die bei der Bank? Gibt es noch andere Möglichkeiten?«

»Ich habe morgen Nachmittag einen Termin«, sagte Xaver. »Natürlich hab ich neue Kreditanfragen laufen. In München. Hier kann ich nicht mehr fragen. Aber die Zahlen sprechen für sich. Die Banken sind ja nicht doof. Die interessiert nicht, ob ein Betrieb uralt ist und seit Jahrzehnten in Familienhand, die interessiert nur, was auf den Papieren steht. Und das ist leider alles rot.«

»Weißt du was, ich komm mit zur Bank«, sagte Leonhard.

»Es ist immer besser, zu zweit aufzutreten. Außerdem bist du dann bestimmt viel zu nervös, um gut zu argumentieren.«

Xaver sah ihn an. »Das würdest du tun?«

»Natürlich. Morgen Nachmittag hab ich keine Sprechstunde und wollte eigentlich ein bisschen mit meinem neuen Rad in die Berge hoch. Aber du bist mir wichtiger.«

»Danke, Leo«, sagte Xaver und hatte Tränen in den Augen. »Irgendjemand Kluges hat mal gesagt: Auf die man zählen kann, die kann man zählen.«

Leonhard lächelte ihn an. »Da hatte der Kluge wohl recht.«

Er stand auf, und Xaver erhob sich ebenfalls.

»Du bist ein wahrer Freund«, sagte Xaver, und Leonhard sah ihm an, dass er fast angefangen hätte, zu weinen.

»Was denn sonst. Du doch auch«, sagte Leonhard, und nun musste er wirklich los.

Auf dem Weg zur Klinik dachte er darüber nach, wie er Xaver auf der Bank helfen könnte. Aber aus dem Stegreif fiel ihm nichts ein. Erst mal war es wohl wichtig, dass er dabei war und sich alles anhörte. Dann würde man weitersehen. Er ging durch das noch ruhige Garmisch-Partenkirchen. Die Touristen schliefen zum Großteil wohl noch, erst am späten Vormittag würden die meisten von ihnen zu ihren Aktivitäten aufbrechen. Natürlich gab es frühe Vögel, die im Morgengrauen aufstanden und wandern gingen, aber um diese Jahreszeit ließen die Leute es eher gemütlicher angehen. Die Luft war frisch und rein, die Berge schauten auf ihn herab, und Leonhard fragte sich wie so oft, was sie wohl schon alles gesehen hatten. In jedem Fall viel. Vielleicht waren sogar Dinosaurier hier herumgelaufen. Er musste sich einfach mal mehr mit der Geschichte seines Heimatortes beschäftigen. Das nahm er sich aber auch schon seit Jahren vor.

Er runzelte die Stirn. Seine Gedanken wanderten zurück zu Xaver. Dreihunderttausend. Das war für einen Einzelnen ganz schön happig. Dann die Schmach, die Brauerei womöglich zu verlieren. Er konnte sich gut vorstellen, wie es Xaver ging, und hätte sich an seiner Stelle nicht anders gefühlt.

»Na, der Leo.«

Leonhard, der ganz in Gedanken versunken war, blickte hoch. Vor ihm stand die alte Anna Klinghuber, die er wegen dieser merkwürdigen Victoria Falk sowieso noch besuchen wollte. Er schaute kurz auf seine Armbanduhr. Ein paar Minuten hatte er noch, bis die Praxis öffnete.

»Grüß Gott, Anna. Sag mal, bei dir wohnt eine Victoria Falk aus Augsburg, oder?«, fragte er, und die Klinghuberin nickte.

»Ja, das tut sie.« Anna schnaubte empört auf. »Die will, dass ich ins Seniorenstift gehe und ihr meine Pension verkaufe. Aber das will ich gar nicht. Sie hat gesagt, ich sei in einem Stift besser aufgehoben und würde ja auch nicht jünger. Na, damit hat sie wenigstens recht, ich feier ja bald meinen Hundertsten!« Stolz rückte Anna ihre Brille mit den dicken Gläsern zurecht und prüfte mit den Händen, ob ihr schneeweißer Dutt noch saß.

»Das weiß ich doch, Anna. Was will sie denn mit deinem Haus machen?«

»Als Ferienhaus zurechtmachen, wenn mein alter Kopf

das richtig verstanden hat«, grummelte Anna. »Sie will alle Möbel drin lassen und nur ein bisschen streichen lassen. Es soll wohl so sein, als ob man in einem Museum Ferien macht. Als tät ich in einem Museum wohnen! In einem Museum wird ja wohl nicht gearbeitet. In einem Museum guckt man sich Bilder an oder was anderes. Aber in meinem Haus wurde immer gearbeitet. Immer!«

»Na sicher, Anna. Lass dich bloß nicht ärgern. Ich red mal mit den anderen, und dann sprechen wir noch mal mit dieser Frau Falk.«

»So geht's ja nicht, Bub«, sagte Anna. »Dass die mir einfach mein Haus wegnehmen will. Ihr Bruder ist jetzt auch nach Garmisch gekommen, und die beiden laufen durch den Ort und klopfen einfach bei den Alten. Mein seliger Poldi würde tot umfallen, wenn er noch leben würde.«

»Das würde er, Anna, das würde er. Wir gucken mal, was wir machen können.« Leonhard klopfte der alten Frau sanft auf die Schulter und ging schnell weiter.

»Lieber Herr Doktor Gerstorff, verehrter Chef«, sagte Stümpfchen strafend, als er in die Klinik eilte. »Sie sind schon wieder zu spät. Die Kollegen warten bereits. Die Visite steht an.« Milde lächelnd wie eine genervte Mutter hielt sie ihm seinen Kittel hin.

»Ja, Stümpfchen, danke. Ich bin schon weg«, sagte Leonhard und ging Richtung Ärztezimmer, wo die Kollegen warteten.

»Leo«, wurde er von seiner Kollegin Laura, einer Assistenzärztin, begrüßt. Sie grinste ihn an. »Wie schön, dass du es noch einrichten konntest. Ich frage mich, wieso wir dir alle gemeinsam eine Armbanduhr zum Geburtstag geschenkt haben. Mit der Pünktlichkeit wirst du wohl immer auf Kriegsfuß stehen.« Unter den Ärzten herrschte ein lockerer Ton, Hierarchien gab es so gut wie keine.

»Ich habe mich schon gebessert«, verteidigte sich Leonhard schuldbewusst. »Als ich losging, lag ich gut in der Zeit, aber dann habe ich noch jemanden getroffen.«

»Du triffst immer jemanden«, lachte Justus, einer der Ärzte. »Aber gut. Nun bist du da. Dann können wir loslegen.«

Gemeinsam gingen sie in ein Krankenzimmer, in dem zwei Jungs von ungefähr zehn Jahren lagen.

»Guten Morgen, die Herren«, sagte Leonhard freundlich und wandte sich dem ersten Patienten zu. »Mein Name ist Doktor Gerstorff. Und du bist also der Henri.« Er sah auf seine Unterlagen. Henri litt an einer juvenilen rheumatoiden Arthritis, der häufigsten chronisch entzündlich-rheumatischen Erkrankung im Kindes- und Jugendalter. Die Diagnose wurde gestellt, wenn das Kind mindestens sechs Wochen lang eine Gelenkentzündung hatte und man andere Krankheiten ausgeschlossen hatte.

Henri lag matt im Bett und schien geweint zu haben. Er nickte schwach.

»Dir geht's nicht so gut?«, fragte Leonhard, und aus Henris Augen flossen die Tränen. Dass die kleinen Patientinnen und Patienten verunsichert und traurig waren, nachdem sie die Diagnose erhalten hatten, kam oft vor, deswegen gab es in der Klinik einen Psychologen, der sich individuell mit den Kindern beschäftigte.

»Nein«, sagte Henri nun. »Ich will nach Hause und wieder Judo machen.«

»Das muss noch ein bisschen warten. Aber wir tun alles dafür, dass du das bald wieder machen kannst. Du kannst hier anderen Sport machen, den deine Gelenke vertragen. Bewegung ist immer gut. Du kannst schwimmen, radfahren und auch ein bisschen Fußballspielen. Aber nicht übertreiben. Verträgst du denn die Medikamente gut?«

»Ich hab Kopfweh«, sagte Henri. »Und heut Nacht hatte ich Bauchweh.«

»Das sind ein paar Nebenwirkungen, das ist ganz normal«, erklärte Leonhard ihm.

»Und es tut ganz doll weh im Arm und in den Beinen, wenn ich mich bewege.«

»Wir versuchen mal Fango und Massage bei Henri«, sagte Leonhard an seine Kollegen gewandt. »Und entsprechende Bewegung. Dann sehen wir weiter.«

»Ist gut.« Laura machte sich Notizen.

»Werde ich wieder ganz gesund, Herr Doktor Gerstorff?«, fragte Henri leise.

»Das kann ich dir nicht versprechen. Aber wir versuchen, so weit es geht, dein altes Leben wiederherzustellen. Du musst nur mitarbeiten.«

»Das will ich auch«, sagte Henri eifrig.

»Na also. Dann mal los!«

Sie gingen zum Nachbarbett. Der elfjährige Donatus war erst seit gestern hier. Rheumatische Uveitis, eine häufige Begleiterscheinung der Arthritis bei Jugendlichen. Hierbei handelte es sich um eine ernste Komplikation am Auge. Wenn die nicht behandelt wurde, konnte das von einer Sehstörung bis hin zur Erblindung führen. Zum Glück war die Diagnose früh gestellt worden, und nun war der Junge hier zur ersten Therapie. Leonhard hoffte, dass es keine bleibenden Folgeschäden geben würde. Bei Donatus arbeitete er mit der spezialisierten Augenärztin Ines Haubner zusammen, die sich den Jungen heute Nachmittag anschauen würde.

»Was wird diese andere Ärztin denn machen?«, fragte Donatus ängstlich. Er hatte seine Decke fast bis zur Nasenspitze hochgezogen.

»Du wirst mit hoher Wahrscheinlichkeit Augentropfen bekommen«, sagte Leonhard.

»Werde ich blind?« Nun war Donatus panisch.

Leonhard setzte sich auf einen Stuhl neben das Bett des Jungen. »Zum Glück ist bei dir alles früh erkannt worden, deswegen können wir dir gut helfen. Du musst keine Angst haben, blind zu werden. Aber du musst regelmäßig die Tropfen nehmen, die Doktor Haubner dir verschreibt. Nur wenn das alles nichts nützen sollte, würden wir dich operieren, aber daran ist momentan gar nicht zu denken. Warum liegst du überhaupt im Bett? Geh doch raus in den Garten, es ist schönes Wetter. Dort spielen bestimmt schon ein paar andere Kinder.«

»Meine Mutter sagt, ich soll liegen bleiben, damit ich mir nicht noch Keime einfange, das hat sie gesagt.«

Leonhard zog unwillkürlich die Augenbrauen etwas nach oben. Viele Eltern überbehüteten ihre Kinder, weil sie sie vor allem schützen wollten. Aber sie machten ihren Kindern damit manchmal mehr Angst als nötig. »Die Mutter ist auch hier«, sagte Julchen Kahlmann, eine der Assistenzärztinnen. »Sie wollte eigentlich auch bei der Visite dabei sein.«

»Ich werde deine Mutter schon noch kennenlernen und ihr sagen, dass du aufstehen kannst«, sagte Leonhard. »Denn deine Erkrankung ist ja nicht chronisch, und meistens ist es besser, wenn …«

Die Tür ging auf, und eine hochgewachsene, schlanke, dunkelhaarige Frau trat ein, die Nervosität und Hektik ausstrahlte. In der einen Hand hielt sie eine schwer und teuer aussehende Handtasche, in der anderen gleich zwei Smartphones, die beide vibrierten.

»Sybilla von Behringhausen. Wie geht es Donatus? Donatus, was machst du da? Wieso stehst du auf? Bleib liegen, Donatus, deck dich zu.« Vor Leonhard blieb sie stehen und sah auf sein Namensschild. »Sie sind der behandelnde Arzt?«

»Einer davon. Leonhard Gerstorff ist mein Name.«

»Ich bin ja nicht blind, es steht ja auf Ihrem Schild.«

Leonhard dachte, dass sie angesichts der Diagnose ihres Sohnes einen anderen Ausdruck hätte wählen können, verkniff sich den Kommentar aber. »Wie schön. Ich habe Donatus gesagt, dass er ruhig mal an die frische Luft gehen kann. Kinder brauchen und wollen Bewegung, und glücklicherweise ist seine Erkrankung nicht ansteckend, da keine Infektion vorliegt.«

»Aber er könnte sich eine Infektion zuziehen!«, wetterte die Mutter los. »Wie können Sie so etwas auch nur in Betracht ziehen? Außerdem hat er ja noch Arthritis.«

»Das wissen wir, aber auch da ist Bewegung wichtig. Es muss nur die richtige sein.«

»Er jammert oft vor Schmerzen«, klagte Frau von Behringhausen. »Leg dich wieder hin, Donatus, spiel ein Spiel auf deinem Handy.«

Donatus ließ sich wieder in die Kissen sinken. Leonhard sah ihm an, dass er nicht so recht wusste, was er tun sollte.

»Ich bin die Mutter und habe das letzte Wort. Ich … Moment.« Frau von Behringhausen schaute auf Smartphone Nummer eins. »Das ist wichtig, da muss ich rangehen … Stella … ja, was denn … ja, nein, ja, nein, da müsste ich noch mal hin zur Kundin. … Sicher, aber sie wollte doch alles in Taupe, das versteh ich nicht, wieso denn jetzt dunkelgrün und mint? … Nun ja … ich kann hier jetzt noch nicht weg, ich melde mich wieder. Sag ihr, ich ruf sie heute noch an.«

Sie legte auf. Leonhard und sein Visiteteam standen da und schauten sie an.

»Wir gehen dann mal weiter«, sagte Leonhard und wandte sich zur Tür.

»Oh nein.« Frau von Behringhausen stellte sich wie eine kampfbereite Wikingerin vor die Ärzte. »Wir sind noch nicht fertig. Ich möchte detailliert über die einzelnen Schritte von Donatus‘ Behandlung informiert werden, und zwar umgehend. Außerdem möchte ich mindestens dreimal am Tag ein Update. Weiterhin …« Das andere Smartphone brummte nun. Sie schaute drauf. »Das ist wichtig, da muss ich rangehen … Charlie, wie schön, von Ihnen zu hören. Wie geht es Estelle? … Wunderbar. Wie war Australien? …. Wunderbar. … Was, ein Krokodil! Ach, ach. …. Natürlich kommen Cedric und ich gern zur Einweihungsfeier. Wir müssen doch sehen, wie alles ausschaut. Ja … ja …«

Leonhard wurde es nun zu bunt. »Wir gehen«, sagte er zu seinen Mitarbeitern, und sie verließen den Raum.

In der Tür drehte er sich noch mal zu Donatus um. »Ich schau nachher noch mal nach dir, und dann kommt nachmittags die Frau Doktor Haubner, die Augenärztin. Wird schon.«

Donatus lächelte ihn matt an, während seine Mutter perlend in ihr Telefon lachte.

Kapitel 7

»Gute Güte, was für eine nervige Person«, sagte Julchen, als sie draußen waren.

»Wie gut, dass wir davon nicht zu viele haben«, stimmte der Kollege Arndt ihr zu.

Leonhard schmunzelte. Er hatte schon alle Elternarten erlebt. Panische, heulende, schreiende, klagende, sich selbst bemitleidende, apathische, maßregelnde, uneinsichtige, und eben auch die Helikoptereltern. Aber die Unverschämtheit, während eines Arztgesprächs gleich zweimal ans Telefon zu gehen, war bislang noch nicht vorgekommen.

Nun ertönten hinter ihnen schnelle Schritte. Es war natürlich Donatus' Mutter.

»Es ist empörend, dass Sie einfach unser Gespräch unterbrechen und gehen«, fuhr sie Leonhard an. »Was bilden Sie sich eigentlich ein? Wissen Sie überhaupt, mit wem Sie es zu tun haben? Ich kenne wichtige Leute bei der Ärztekammer, ich werde …«

»Ich sag Ihnen jetzt mal, was ich werde«, unterbrach Leonhard sie. »Ich werde jetzt meine Visite fortführen und dann diverse Krankenakten studieren, und ich werde meine kostbare Zeit nicht verplempern, um bei Telefonaten zuzuhören, die nicht mich betreffen.«

»Das ist die Höhe!« Frau von Behringhausen hyperventilierte fast. »Ich bin hier während meiner Arbeitszeit. Ich knapse mir die Zeit ab, um Donatus beizustehen, da ist es wohl normal, wenn man mal telefoniert.«

»Nein, das ist nicht normal. Es ist geringschätzend«, sagte Leonhard ruhig. »Im Übrigen fände ich es besser, wenn Sie nicht so oft zu Donatus kämen. Ich habe den Eindruck, er kommt hier allein ganz gut zurecht. Was die Ärztekammer betrifft, nur zu. Und nun können Sie sich wieder Ihren wichtigen Kunden oder wem auch immer widmen. Einen schönen Tag wünsche ich.«

»Das ist unerhört. Unerhört ist das!«, rief Frau von Behringhausen ihnen hinterher, während sie ins nächste Krankenzimmer gingen.

»Chef«, sagte Stümpfchen zwei Stunden später. »Die Mutter von Donatus aus der Elf war bei mir und hat gezetert wie ein Waschweib. Sie will die Klinik verklagen, weil Sie einfach mitten im Gespräch weggegangen sind.«

»Das war ein bisschen anders«, sagte Leonhard müde. Die Nacht saß ihm doch noch in den Knochen. Außerdem war da die Sache mit Frederika. Er musste mit ihr sprechen. Unbedingt. Was war da nur passiert in der Klamm? So kannte er sich gar nicht.

»Wie dem auch sei, ich habe sie hinauskomplimentiert«, erklärte Stümpfchen stolz. »Ich musste sie regelrecht zur Tür rausschieben.«

»Sehr gut haben Sie das gemacht. Dann kann ich ja jetzt die neuen Patientenakten studieren.«

Die Mutter würde sich schon wieder beruhigen. Und die Ärztekammer war hysterische Eltern gewohnt. Da machte Leonhard sich keine Sorgen.

»Da wartet noch jemand vor Ihrem Büro, Chef. Eine Angelika Blum. Sie ist die Mutter des Jungen, der letzte Nacht in die Klamm gestürzt ist. Sie will sich bedanken.«

»Aha.« Leonhard passte das gerade gar nicht, er dachte an all die Akten auf seinem Schreibtisch und an die Rezepte, die er noch ausstellen musste. Aber es wäre unhöflich gewesen, die Frau nicht zu empfangen. Es würde ja hoffentlich nicht allzu lange dauern.

»Geben Sie mir rasch einen Kaffee, Stümpfchen«, bat er, und sie hatte natürlich schon vorgesorgt und hielt ihm die Tasse hin.

Leonhard stürzte das starke Gebräu hinunter und ging dann in sein Büro, um von dort die Tür zum Wartebereich zu öffnen.

Eine Frau stand sofort auf, als sie ihn sah. Das musste Angelika Blum sein. Sie war eine äußerst sympathisch aussehende Frau in den Dreißigern, die Jeans und eine schlichte Bluse trug. Um ihre Augen befanden sich unzählige Lachfältchen, und auch jetzt lächelte sie Leonhard an.

»Da ist ja Maxis Retter! Ich bin Angelika Blum.«

»Gerstorff. Ach wo, so war das gar nicht, die Kollegen haben ihn ja gefunden und gesichert.«

»Aber ich hörte, Sie sind ins Wasser gegangen, um Ihrer Kameradin zu helfen, und haben sich dabei selbst in Gefahr gebracht. Dafür möchte ich Ihnen danken. Bei den anderen Beteiligten werde ich das natürlich auch tun.«

»Das ist unser Job. Deswegen sind wir bei der Bergwacht«, erklärte Leonhard freundlich. »Wie geht es Maxi?«

»Ach, der ist schon wieder ganz munter. Nur das Bein ist leider gebrochen, er muss also noch ein bisschen langsam machen. Tja, hätte er mal auf mich gehört, dann wäre sein verstauchter Fuß bald verheilt. Wir sind immer in den Ferien hier, es ist einfach schön in Garmisch. Mit meinen Eltern war ich schon als Kind hier.«

»Ja, man kann schlechter wohnen«, musste Leonhard zugeben. »Ach, was ich noch fragen wollte: Was ist mit dem Hund … Penny hieß er, oder?«

Frau Blum lachte. »Die ist wieder da. Sobald sie Hunger hat, findet sie den Weg zurück zum Hotel. Wir sind ja immer im selben.«

»Wo denn?«

»Im *Wiesengrund*. Ich mag die Besitzer und das Haus. Fast alles ist noch so wie vor zweihundert Jahren. Aber das hat man ja hier oft.«

»Das stimmt.«

Eine kurze Pause entstand, und sie sahen sich an.

»Sagen Sie, Herr Doktor, darf ich Sie vielleicht zum Dankeschön heut Abend auf ein Glas Wein einladen?« Frau Blum lachte laut auf. »Jetzt müssten Sie Ihr Gesicht sehen! Hab ich Sie überrumpelt?«

Leonhard lachte ebenfalls. »Also, ich muss zugeben, dass das nicht so oft vorkommt. Aber es ist natürlich eine nette

Idee.« Er dachte kurz nach. Warum eigentlich nicht? »Kennen Sie den *Altenhofer*?«, fragte er dann.

»Na klar.«

»Da könnten wir uns um acht treffen.«

»Ich werde da sein«, sagte Angelika Blum und lächelte ihr liebes Lächeln. »Dann bis später.«

Er nickte ihr zu und schloss die Tür hinter ihr. Nette Frau.

Er setzte sich und schaute aus dem Fenster, ließ die Gedanken schweifen. Verflixt. Er musste auch noch mit Sebastian reden, und zwar so schnell wie möglich.

Leonhard stützte den Kopf in beide Hände. Es war gerade ein bisschen viel auf einmal. Er war ausgelaugt und müde. Er brauchte dringend Urlaub. Aber das ging jetzt nicht.

In dem Moment, als er sein Handy herausholte, um Sebastians Nummer zu suchen, sah er Stümpfchens Durchwahl auf dem Display des Kliniktelefons aufleuchten.

»Der Sebastian Haidelsburger ist da«, sagte sie. »Und fragt, ob Sie kurz Zeit hätten, Chef.«

»Soll reinkommen.« Leonhard steckte das Handy weg. So war es auch gut.

Sebastian betrat sein Büro. Er sah aus, als hätte er überhaupt nicht geschlafen.

»Schöner Mist, Leo«, war das Erste, was er sagte.

»Nun setz dich erst mal. Stümpfchen, bringen Sie uns doch bitte zwei Cappuccino«, bat er durch die Gegensprechanlage. Wenn er heute noch mehr schwarzen Kaffee trinken würde, bekäme er bald eine Gastritis.

Sebastian ließ sich auf den Besucherstuhl vor dem Schreibtisch fallen.

»Nun erzähl mal«, bat Leonhard.

»Es fing vor einem halben Jahr an«, begann Sebastian leise. »Immer mal wieder dieses Zittern, ohne Grund, einfach so. Ich konnte mich plötzlich nur noch langsam bewegen und hab mich total steif gefühlt. Dann fing das Zittern auch an, wenn ich einfach nur dagesessen hab. In den Beinen und in den Händen. Dann kamen diese Muskelschmerzen. Wie ständiger Muskelkater. Und manchmal kann ich nur noch ganz krumm laufen, Leo. Ich glaub auch, ich weiß, was es ist, ich hab's gegoogelt, aber ich war noch nicht beim Arzt. Der ganze Mist kommt schubweise, manchmal ganz lange nicht, und ich konnte es deswegen ganz gut vor euch geheim halten.«

Leonhard wusste, was jetzt kommen würde, er wusste diese Anzeichen zu deuten.

»Parkinson.« Sebastian schaute auf den Boden. »Bestimmt ist es Parkinson.«

Leonhard sagte gar nichts, er sah nur, dass Sebastians Hände stark zitterten, und seine Beine auch. Es war, als würde der Freund unter Strom stehen.

»Basti, du gehst jetzt erst mal zu einem Neurologen. In München kenn ich zwei, da ruf ich an und versuche, so schnell wie möglich einen Termin für dich zu bekommen. Da lässt du dich von Kopf bis Fuß untersuchen. Wenn es das ist, was du vermutest, ist es noch das Frühstadium, und da gibt es entsprechende Medikamente und Physiotherapie.«

»Leo, mir tut es so leid, dass ich Frederika gestern Nacht nicht halten konnte.« Nun fing Sebastian an zu weinen.

Leonhard stand auf, ging um den Tisch und packte ihn bei den Schultern. »Du hast es doch nicht mit Absicht getan.«

»Aber ich hätte gar nicht auf den Einsatz gehen dürfen«, sagte Sebastian und holte ein Taschentuch hervor. »Ich hätte euch gleich sagen müssen, dass das nicht geht. Aber du weißt, dass mir die Bergwacht über alles geht und ich die Einsätze mit euch wahnsinnig gern mache.«

»Klar weiß ich das. Die Gesundheit geht trotzdem vor. Du wirst jetzt erst mal gar nix mehr machen und dich auch von der Arbeit fernhalten.«

»Da werden die Kollegen in der Backstube sich aber freuen.« Sebastian gehörten zwei Bäckereien und Cafés im Ort, mit seiner Frau Hedda und mehreren Angestellten war er schon jahrzehntelang im Geschäft. Als Bäckermeister und Inhaber lastete natürlich die ganze Verantwortung auf ihm.

»Was nicht geht, das geht nicht. Zunächst brauchen wir die Untersuchungsergebnisse, dann sehen wir weiter. Bis dahin ruhst du dich aus. Soll ich mit Hedda sprechen?«

»Nein, nein, das schaff ich schon selbst. Ihr ist ja sowieso schon aufgefallen, dass ich alles nicht mehr so gut kann wie früher.«

»Du hast doch Gesellen, die sollen den Laden schmeißen.«

Sebastian nickte langsam. »Ja, das würde gehen.«

»Siehst du. Einen Schritt nach dem anderen. Jetzt gehst du zu Hedda und klärst das alles. Ich ruf in München an und melde dich auch vorläufig von den Einsätzen ab.«

»Aber ihr braucht einen Piloten! Ich bin doch der Einzige!«

»Das wird sich alles finden, Basti.«

Sie standen auf.

»Ich dank dir, Leo, du bist ein Guter.«

»Na, du doch auch. Ich schick dir eine Nachricht, sobald ich einen Termin für dich habe.«

Sie umarmten sich kurz zum Abschied.

Leonhard atmete tief durch, als er die Tür hinter Sebastian schloss. Für heute hatte er erst mal genug. Er würde sich jetzt endlich an die Aktendurchsicht machen und sich dann in seiner Mittagspause für eine Stunde auf dem Sofa in seinem Büro aufs Ohr legen.

Wenn er einen Termin für Sebastian in München ausmachte, könnte er ja zur Untersuchung mitfahren und dann unter einem Vorwand länger bleiben und … nein. Nein. Nein. Nein hieß es für morgen, wenn er Xaver zur Bank begleiten würde.

Er musste stark bleiben.

• • •

Victoria und Nico saßen beim alten Wilfried Reichenhalter im Hotel *Bergglück* und waren mittlerweile beim dritten Obstler angelangt.

Wilfried schaute sich die Unterlagen an, die die beiden ihm hingelegt hatten. Diese Pläne waren ja wirklich gar nicht so schlecht. Das meiste sollte so bleiben, wie es war, nur vorsichtig sollte renoviert werden, und das Denkmalamt würde nichts zu meckern haben. Das *Bergglück* mit seinen zwanzig Zimmern war Wilfried schon lange zu viel, obwohl er nur noch den Empfang machte. Den Rest erledigten sein Sohn und seine Tochter, die nur gerade beide aushäusig waren, und natürlich eine Handvoll Angestellter. Zimmer mussten geputzt, Frühstück bereitet werden, und man wurde ja nicht jünger mit den Jahren.

»Das ist ja schade, dass Ihre Kinder nicht da sind«, säuselte Victoria. »Wie ist das eigentlich, haben die ein Mitspracherecht?«

Wilfried schaute auf. »Nein. Das Hotel und der Grund und Boden, auf dem es steht, gehören mir. Ich allein hab hier das Sagen. Wenn ich hier mal waagerecht rausgetragen werde, dann können meine Kinder sich meinetwegen die Schädel einschlagen, aber vorher hat mir keiner was vorzuschreiben.«

Victoria lehnte sich interessiert nach vorne. »Da haben Sie auch völlig recht, Herr Reichenhalter. Manchmal tanzen Kinder einem ja nur auf der Nase herum. Wir haben hier übrigens einige Adressen von ganz hervorragenden Seniorenresidenzen zusammengestellt, da können Sie sich schon mal schlaumachen. Schauen Sie mal! Alle Zimmer mit Seeblick, das hat doch was, oder? Die Räumlichkeiten sind lichtdurchflutet, und es gibt jede Menge Freizeitangebote. Da kann man sich nicht beschweren.«

»Ja, das gefällt mir gut. Wissen Sie, ich wollte ja eigentlich schon aufhören mit dem Hotelbetrieb, als meine Gundula vom Herrgott heimberufen wurde.« Wilfried schenkte noch mal Himbeergeist nach und hob dann sein Stamperl, um anzustoßen. »Aber dann dachte ich, ach, ein paar Jahre machst du noch, das ist nun aber auch schon sieben Jahre her.«

»Man will ja auch irgendwann mal seinen Ruhestand genießen«, sagte Nico und klopfte ihm auf die Schulter. »Übrigens haben wir einen Vorvertrag mitgebracht, da steht alles Wichtige drin. Den könnten Sie schon unterschreiben, wenn Sie wollen.«

»Einen Vorvertrag? Ich weiß nicht, ich muss ja erst mit den Kindern …«, begann Wilfried, aber Victoria drohte ihm spielerisch mit dem Zeigefinger. »Die Kinder? Ich denk, die haben nichts zu sagen?«

»Nein, haben sie auch nicht, aber ich glaub nicht, dass die das gut finden werden. Die wollen in letzter Zeit immer alles sehen, was ich unterschreibe.«

»Also so was! Als ob Sie nicht mehr im Vollbesitz Ihrer geistigen und körperlichen Kräfte wären, dabei sind Sie doch fit wie ein Turnschuh«, sagte Nico, und Wilfried nickte.

»Bin ich auch.«

»Ach, die Kinder.« Victoria seufzte. »Ab einem gewissen Alter wollen sie einem alles abnehmen … auch das Geld«, fügte sie hinzu. »Sagen Sie, Herr …«

»Wilfried, ich heiße Wilfried.«

»Also Wilfried, hast du schon ein Testament gemacht?«

»Nein. Warum denn? Geht ja dann sowieso alles an die Kinder.«

»Na ja, Sie … ich meine, du könntest sie ja auch auf das Pflichtteil setzen und das Geld bei uns investieren, dann bist du sogar noch prozentual an unseren Projekten beteiligt.«

»Ach«, sagte Wilfried.

»Ja«, sagte Nico, und Victoria nickte.

»Das hört sich gut an«, sagte Wilfried. »Wie genau sieht das denn aus?«

• • •

Frederika stand mit Nina hinterm Tresen, als Leonhard abends die Wirtschaft betrat. Der Schankraum war gerammelt voll, Jung und Alt saßen buntgemischt beeinander, und Leonhard fiel ein, dass ja heute Freitagabend war und die »Bayernbuben« spielen würden. An diesen Abenden war das *Altenhofer* immer besonders gut besucht, und oft wurde zur Musik getanzt, bis der Boden bebte. Fast im Sekundentakt klingelte eine helle Glocke, um Bescheid zu geben, dass das nächste Essen fertig war, und die kleine Nina servierte Ochsenbäckchen, Gulasch, Schnitzel und Braten mit Soße. Frederika zapfte ein Bier nach dem anderen. Ihr Blick war nur kurz zu Leonhard gewandert, jetzt schaute sie angestrengt auf das Glas in ihrer Hand und wirkte verschlossen.

Leonhard ging schnurstracks zum Tresen. »Rika.« Er benutzte extra den Namen ihrer Kindheit. »Kannst du mir bitte mal sagen, was los ist?«

»Nix«, sagte sie und zapfte weiter.

Er beugte sich über den Tresen. »Ist es wegen des Kusses?«, fragte er leise, und nun sah sie ihn an.

»Warum flüsterst du denn plötzlich?«, fragte sie mit hochgezogenen Augenbrauen und wirkte, als wäre sie auf Krawall gebürstet. Fester als nötig stellte sie die gefüllten Biergläser auf ein Tablett.

»Na ja, weil das vielleicht nicht jeder mitbekommen sollte.«

Frederika pfefferte noch ein Glas auf ein Tablett. »Genau das hab ich mir nämlich gedacht! Dass dieser Kuss nur ein Versehen war. Weil es uns überkommen hat. Weil einer von uns durcheinander war. Weil es ganz sicher nicht mehr vorkommt, und deswegen muss auch geflüstert werden, nicht wahr?«

»Aber Rika …«

Sie trocknete hektisch ihre Hände ab. »Hat er dir was bedeutet, dieser Kuss? Sag es ehrlich.« Sie schaute ihn durchdringend an.

»Ich … keine Ahnung … ich weiß es nicht.« Leonhard fühlte sich hilflos. Dieser Tag hatte ihn so ausgelaugt, dass er zu keinem klaren Gedanken mehr fähig war. »Wir waren doch beide ganz überrascht und überfordert.«

»Also ich nicht.«

»Aber ich möglicherweise. Es tut mir leid.«

»Aha! Es tut dir leid. Da haben wir es doch.« Wütend stemmte sie die Hände in die Hüften. »Schönen Dank auch! Das brauch ich nicht, dass jemandem ein Kuss mit mir leidtut. Aber genau das hab ich vermutet. Und jetzt geh, Leo, und lass mich bitte in Ruhe. Ich hab übrigens Heribert gebeten, die Einsatzpläne künftig so zu schreiben, dass wir nicht mehr das Vergnügen miteinander haben, denn auf weiteres Leidtun kann ich gut verzichten!«

Leonhard hätte sich ohrfeigen können. Wie blöd konnte man sein? Wie ein Schuljunge hatte er herumgestammelt.

Aber er wusste wirklich nicht, was er von der Sache halten sollte.

Er sah Frederika noch mit langen braunen Zöpfen und ihrer ersten Zahnlücke vor sich, sie war doch wie eine Schwester für ihn.

Oder nicht?

»Lass mich mal durch, Leo, da haben welche Hunger.« Nina drängte sich an ihm vorbei. Frederika drehte sich weg und polierte mit Nachdruck ein Glas. Leonhard zuckte mit den Schultern und suchte nach einem freien Platz, dann sah er, dass Frau Blum ihm schon zuwinkte.

»Wie schön, dass das geklappt hat«, sagte sie, nachdem er sich neben sie gesetzt hatte. »Was möchten Sie trinken?«

»Was trinken Sie?«

»Einen ganz vorzüglichen Merlot«, sagte sie. »Perlend im Gaumen, marzipanig auf der Zunge und golden im Abgang.« Sie lachte. »Er schmeckt wirklich gut, damit machen Sie nichts falsch.«

»Na gut.« Leonhard trank hier sonst nur Xavers Bier, aber heute würde er eine Ausnahme machen. Er bestellte bei Nina einen halben Liter Merlot und dazu eine Flasche Wasser. Kurze Zeit später brachte Frederika die Getränke und stellte die Flaschen fester als nötig auf den Tisch.

»Bitte sehr«, sagte sie.

»Ach, waren Sie nicht auch bei der Rettungsaktion meines Sohnes dabei?«, fragte Frau Blum freundlich.

Frederika nickte. »Ja, war ich.«

»Dann auch Ihnen meinen allerherzlichsten Dank. Wenn

Sie möchten, setzen Sie sich doch auf einen Wein zu uns. Damit bedanke ich mich gerade bei Doktor Gerstorff.«

»Das ist sehr nett von Ihnen, aber ich bin im Service eingeteilt und habe keine Pause«, sagte Frederika bemüht freundlich.

»Einen schönen Abend noch, Leo«, sagte sie zynisch, während sie sich zum Gehen wandte.

Leonhard war ratlos. Er wusste, dass er vorhin blöde reagiert hatte. Wie konnte er das bloß wieder geradebiegen?

»Hui, ist da jemand böse auf Sie?«, fragte Angelika Blum mit ihrer netten Stimme.

»Nein, wir haben nur momentan ein ungeklärtes Verhältnis«, sagte Leonhard.

»Wie meinen Sie das?«

»Ach, wir ... egal. Lassen Sie uns von etwas anderem reden. Wo ist denn Ihr Sohn?«

»Der guckt auf dem Hotelzimmer fern«, sagte Frau Blum. »Wenn was ist, ruft er den Concierge an.«

»Ah, gut. Sie machen also regelmäßig hier Urlaub?«

Angelika Blum nickte.

»Und was machen Sie sonst?«

»Eigentlich komme ich aus Sankt Goarshausen am Rhein. Während meines Studiums habe ich meinen Mann Rainer kennengelernt und bin mit ihm nach Freiburg gezogen, dort hat er als Zahnarzt eine Praxis übernehmen können. Ich hab Germanistik und Vergleichende Literaturwissenschaften studiert und arbeite freiberuflich als Lektorin von zu Haus aus. Maxi ist unser einziges Kind. Zu unserer Familie gehören noch Toto, das ist eine Schildkröte, und mein Pferd, ein Friesenwallach. Er heißt Carbon.«

»Konnte Ihr Mann nicht mit in den Urlaub fahren?«

»Rainer ist vor drei Jahren gestorben. Ein Glioblastom.«

»Das … das tut mir leid.« Leonhard musste nicht nachfragen. Ein Glioblastom war der bösartigste aller Hirntumore und unheilbar.

»Oh, mir auch.« Angelika Blum schaute versonnen auf ihr Glas. »Rainer war ein toller Mann. Er war mein bester Freund und ein wunderbarer Vater. Wir hatten zum Glück ein wenig Zeit, um uns auf den Abschied vorzubereiten, aber hart war es trotzdem. Ich versuche, nach vorn zu schauen. Meistens gelingt es mir. Das Leben geht eben immer weiter.«

Sie hob ihr Glas, und er tat es ihr nach. »Auf das Leben.«

»Ja, darauf trinken wir.«

Der süffige Wein tat Leonhard gut. Ihm fiel ein, dass er heute noch gar nichts gegessen hatte bis auf ein paar der obligatorischen Kekse, die Stümpfchen ihm gebracht hatte. Schon nach zwei Schluck Wein spürte er, wie er innerlich gelassener und ruhiger wurde.

Ach, was sollte es! Auch wenn Frederika ihn nicht beachtete, warum sollte er sich nicht einen schönen Abend machen.

Kapitel 8

»Wenn du weiterhin so viel sitzt und dich nicht zum Ausgleich bewegst, wird es nicht besser«, tadelte Frederika den gleichaltrigen Christoph, der sich gerade wieder sein Shirt anzog. »Zwei Bandscheibenvorfälle hatten wir bei dir schon, dazu kommt, dass du im ganzen Rücken verspannt bist, und das nicht erst seit gestern. Du musst walken und schwimmen. Am besten jeden Tag.«

»Du bist lustig«, sagte Christoph und nahm seine Jacke. »Wenn ich den ganzen Tag im Büro bin, hab ich keine Lust, noch groß herumzulaufen. Dann will ich abends in Ruhe vor dem Fernseher sitzen und mein Bier trinken.«

»Genau das ist ja das Problem«, meinte Frederika. »Du hockst bei der Arbeit, und du hockst daheim.«

»Ich mag nicht schwimmen, und ich mach mich nicht zum Deppen, indem ich mit so Stöcken rumlaufe«, gab er zurück. »Das ist was für alte Leute.«

»Dann komm wenigstens regelmäßig zur Massage«, sagte Frederika, und er nickte.

»Du, Frederika, ich wollt dich das schon längst mal fragen«, stotterte Christoph. »Äh, also …«

»Ja?«

»Ich würd gern mal mit dir essen gehen, nur wenn du magst natürlich.« Mit großen Augen sah Christoph sie an. »Also, magst du?«

Frederika fühlte sich überrumpelt. Sie kannte Christoph schon immer. Seine Eltern hatten den Hof direkt neben der Brauerei, und als Kinder hatten sie sich geprügelt, vertragen, miteinander gespielt und Baumhäuser gebaut.

Zum ersten Mal sah Frederika Christoph bewusst an. Sie versuchte, ihn als Mann wahrzunehmen und nicht als kindlichen Freund.

Gut sah er aus. Mittelgroß, dunkles, volles Haar, braune, fast schwarze Augen und ein gewinnendes Lächeln. Er war nie aus Garmisch fortgegangen, hatte eine Ausbildung zum Finanzwirt absolviert und war dann beim Finanzamt in der Dompfaffstraße gelandet. Hier arbeitete er seit fast zwanzig Jahren, und so, wie es aussah, würde er dort auch noch die nächsten zwanzig Jahre arbeiten. Christoph angelte im Verein, er spielte Trompete im Verein und war auch sonst in jedem Verein Mitglied. Er liebte seine Stadt und war unglaublich heimatverbunden.

Er war geschieden, weil seine Ex-Frau Christel »noch was vom Leben haben wollte«, wie sie jedem ungefragt erzählte, woraufhin Christoph noch mehr Vereinen beitrat. Natürlich verkaufte er auf dem Weihnachtsmarkt ehrenamtlich Weißwürste und Brezeln, und auch sonst war Christoph jemand, den man Tag und Nacht anrufen konnte, er war für jeden und alle da. Hilfsbereit und gutmütig, freundlich und immer gut gelaunt. Dass Christel ihn mit den drei gemeinsamen

Kindern verlassen hatte, hatte ihn zwar mitgenommen, aber Christoph gehörte zu der Spezies Mensch, der in allem das Gute sah. »Wer weiß, für was es gut war«, lautete einer seiner Lieblingssätze.

Alle vier Wochen und einen Großteil der Ferien kamen die Kinder nach Garmisch. Christophs Verhältnis zu ihnen war gut und kameradschaftlich, auch das zu Christel, die jetzt mit einem Jürgen zusammen war, der im Einwohnermeldeamt in München arbeitete.

Frederika hatte sich öfter mal gefragt, ob es das gewesen war, was Christel »noch vom Leben haben wollte«.

»Hallo, Frederika?«, fragte Christoph nun. »Hab ich dich damit überfahren?«

»Nein, nein, hast du nicht, es kommt nur so plötzlich«, sagte sie und musste an Leonhard denken, für den sie offenbar nur ein Fehler gewesen war.

»Was sagst du also?«

»Na ja, es spricht ja nichts dagegen«, meinte Frederika dann.

»Da freu ich mich«, sagte Christoph fröhlich.

»Gleich heute?«

»Na gut. Du bist mein letzter Patient. Von mir aus können wir gleich losgehen«, sagte Frederika. »Wohin wollen wir?«

»Ich würde gern ein Stück rausfahren. Da hat eine neue Wirtschaft aufgemacht. Die *Kirchbachstuben*«, schlug er vor. »Ist dir das recht?«

Es war Frederika recht.

Kurze Zeit später saßen sie sich gegenüber.

»Kann ich bitte auf die Bank?«, hatte Christoph gefragt, als sie die Wirtschaft betreten hatten. »Ich sitz nicht gern mit dem Rücken zum Geschehen.«

»Na klar.«

Nun studierten sie die Speisekarte. Christoph war schneller fertig als sie und klappte seine zu.

»Zwei große Bier«, bestellte er bei der etwas unbeholfenen Bedienung. »Sind Sie neu hier?«, fragte er das junge Mädchen, und die nickte.

»Aha.«

Sie verschwand, und Christoph holte sein Handy raus und tippte etwas hinein.

»Ich bin mal gespannt, ob die junge Dame ordnungsgemäß angemeldet ist«, sagte er leise zu sich.

Frederika runzelte die Stirn. Plötzlich hörte sie es in unregelmäßigen Abständen knacken. Irritiert sah sie sich um.

»Hörst du das auch, dieses Klack-klack?«, fragte sie Christoph.

»Pssst, das ist mein Zähler«, murmelte er.

»Dein Zähler?«

»Psssssst! Ja, damit zähl ich die gezapften Biere.«

Frederika hob die Augenbrauen. »Warum denn?«

»Na, um festzustellen, ob die richtig abrechnen. Gehen wir mal davon aus, dass in einer Stunde dreißig Biere gezapft werden. Eins kostet fünf Euro, dann sind das hundertfünfzig Euro in der Stunde, nur die Nullkommadreier gerechnet. Und es kommen ja noch größere dazu, mit einem halben Liter, die kosten dann sieben Euro fünfzig. Wenn man das hochrechnet auf die Tage und Wochen, und man nimmt noch die Wochenenden dazu, an denen ja mehr los ist, dann kommt man auf eine Summe X, und dann wird es erst interessant …« Er machte eine Kunstpause.

»Nämlich?«, fragte Frederika.

Christoph sah sie verschwörerisch an. »Es wird interessant, sobald die Umsatzsteuervoranmeldung eingeht«, sagte er leise und knackte unter dem Tisch weiter. »Stimmen die Einnahmen? Wie halten sich Ein- und Ausgaben die Waage? Meistens, das muss man leider immer wieder feststellen, ist es so, dass die Wirte unglaublich viele Ausgaben haben, aber kaum Einnahmen. Vor allem die, die kein EC-Lesegerät haben und bei denen man nur bar bezahlen kann. Da wird zum Beispiel bei deinem Bruder hektoliterweise das Bier bestellt, aber merkwürdigerweise nicht verkauft. Und dann wird wieder Bier bestellt, obwohl man das andere Bier ja noch gar nicht unter die Leute gebracht hat, verstehst du?«

»Das heißt, du kontrollierst heut Abend die Stuben hier?«, fragte Frederika und klappte die Karte zu.

»Genau.« Er knackte. »Mich kennt hier niemand, die Wirtschaft ist ja auch neu. Man nennt das Stichprobe. Das ist, wenn …«

»Entschuldige bitte, Christoph, ich weiß, was eine Stichprobe ist«, sagte sie nun schon leicht genervt. »Ich nehm das Wiener Schnitzel mit Kartoffelsalat und Preiselbeeren.«

»Da haben wir es«, sagte Christoph triumphierend.

Frederika verstand gar nichts.

»Also, wir alle wissen ja, dass das Wiener Schnitzel nur Wiener Schnitzel genannt werden darf, wenn es auch ein Wiener Schnitzel ist und nicht ein Schnitzel Wiener Art. Ein echtes Wiener Schnitzel besteht zu hundert Prozent aus Kalbfleisch, während das Schnitzel Wiener Art vom Schwein ist. Nun gibt es natürlich Menschen, die den Unterschied gar nicht schmecken oder die sich überhaupt keine Gedanken darüber machen, von welchem Tier das Schnitzel stammt. Und da kommen wir Staatsdiener ins Spiel. Ein Wiener Schnitzel kostet hier vierundzwanzig Euro, aber ist es auch ein Wiener Schnitzel? Ist es nämlich vom Schwein, dürfte man nicht so viel Geld dafür verlangen. Da wäre es ein Schnitzel Wiener Art. Deswegen werde ich mir gleich ein Stück deines Schnitzels abschneiden und das prüfen lassen. Wenn es vom Schwein ist, bekommt der Wirt Schwierigkeiten.«

Er knackte. Da kam das Bier. Verstohlen sah Frederika auf die Uhr. Gute Güte.

»… und da dachte ich, dass das nicht stimmen kann. Ein durchschnittlicher Toilettengang braucht maximal zehn bis zwölf Blatt Toilettenpapier. Nehmen wir also an, jeder Gast geht pro Restaurantbesuch einmal zur Toilette. Der Schankraum fasst siebzig Gäste, dann sind das pro vollem Schankraum siebenhundert Blatt Papier, ungefähr natürlich. Eine Rolle dreilagiges Toilettenpapier kostet, die Rabatte mit eingerechnet, ungefähr …«

Knack, knack.

Frederika war vor lauter Langeweile schon müde geworden. Christoph hatte tatsächlich ein Stück ihres Schnitzels eingefordert und in eine Papierserviette gepackt. (»Pro Gast rechnet man eine Serviette.«)

»Ich würde jetzt gern gehen, Christoph«, sagte sie nun in seinen Redeschwall hinein.

»Warum denn?« Er war enttäuscht. »Wir unterhalten uns doch gerade so schön.«

Das konnte man nun wirklich nicht behaupten. Frederika hatte kaum drei Worte gesprochen.

»Morgen muss ich früh raus, und wir müssen ja noch zurückfahren.«

»Ach so, ja, sicher. Dann bestell ich mal die Rechnung.«

Die nette Bedienung kam.

»Kannst du bitte bezahlen, Frederika?«, fragte Christoph. »Ich hab meine Ausgabengrenze für diesen Monat schon erreicht, da ist keine Luft mehr nach oben. Ich setze mir da selbst ein Limit.«

Frederika sagte gar nichts.

»Einen Bewirtungsbeleg bitte«, forderte Christoph und lächelte die Bedienung an, die diesen sofort ausstellte.

»Also das wären dann dreiundfünfzig achtzig«, sagte sie.

»Machen Sie sechzig«, sagte Frederika.

»Oh, danke.« Die junge Frau legte den Beleg auf den Tisch.

»Du bist aber knauserig, was das Trinkgeld betrifft«, sagte Christoph. »Ach so, den Beleg müsste ich haben. Das ist ja quasi ein Dienstessen gewesen. Das hole ich mir vom Amt wieder, das Geld.«

Eine Stunde später saß Frederika auf ihrem Balkon und schaute in den Abend. Eine schöne spätsommerliche Stimmung war es. Leise Gespräche, Gelächter, ein wenig Musik.

Also wirklich, Christoph war echt lustig. Sie schüttelte

den Kopf. Ein Amtsschimmel durch und durch. Kein Wunder, dass Christel gegangen war.

»Sehen wir uns wieder?«, hatte er gefragt, als sie vor dem *Altenhofer* gehalten hatten.

»Hier in Garmisch sieht man sich doch immer wieder«, hatte sie geantwortet.

»Das meine ich nicht. Ich würde mich freuen.«

Sie war einfach ausgestiegen.

»Halt, Frederika!«, hatte er ihr hinterhergerufen. »Das Schnitzel! Das ist doch noch in deiner Tasche!«

• • •

»Herr Altenhofer, bitt' schön, kommen S' mit«, sagte die Mitarbeiterin der Sparkasse in der Münchner Innenstadt-Filiale. »Und Sie ham sich auch noch Verstärkung mitgebracht. Darf's denn ein Kaffee sein oder ein Tee, oder ein Kracherl?«

»Wir nehmen beide Kaffee«, sagte Xaver, der entsetzlich nervös war und das auch während der Fahrt ununterbrochen gesagt hatte.

Leonhard atmete tief durch. Er hatte geradezu entsetzliche Kopfschmerzen vom Merlot, von dem er definitiv zu viel getrunken hatte.

Der Abend mit Angelika Blum hatte damit geendet, dass sie sich vor der Wirtschaft in seine Arme geworfen und zu weinen begonnen hatte, weil sie so um ihren geliebten Rainer trauerte. Nachdem Leonhard ein Stück mit ihr gegangen war und sie getröstet hatte, ging es ihr etwas besser. Irgendwann standen sie vor ihrem Hotel, und er konnte sie einem Concierge übergeben, dem er das Versprechen abgenommen hatte, sie gut auf ihr Zimmer zu bringen. Wieder hatte sie ihn umarmt.

»Wollen wir noch was trinken?«, hatte sie leise gefragt, aber er hatte den Kopf geschüttelt.

Er spürte, dass das noch mehr Probleme bereiten würde. Was, wenn es zum Äußersten gekommen wäre und wenn sie es am nächsten Morgen bereut hätte? Außerdem hatte ihm nicht der Sinn nach einem flüchtigen Abenteuer gestanden. Er musste erst mal über Frederika nachdenken und sie verflixt noch mal dazu bringen, wieder normal mit ihm zu reden. Aber einen Schritt nach dem anderen. Leonhard schüttelte unwillkürlich den Kopf, um den pochenden Schmerz und die Gedanken an gestern Abend zu vertreiben.

Die nette Mitarbeiterin führte sie in einen Besprechungsraum und schloss die Tür. »Ich bring gleich die Getränke«, trällerte sie im Gehen.

Xaver holte vorsorglich schon mal die Mappe mit sämtlichen Unterlagen aus seiner Aktentasche und breitete alles auf dem Tisch aus.

»Muss ich eigentlich sagen, dass meine Hausbank weitere Kredite abgelehnt hat?«, fragte er Leonhard.

»Ich finde schon, ehrlich währt am längsten«, sagte Leonhard noch, da ging die Tür auf, und zwei Bankleute betraten den Raum und setzten sich den beiden gegenüber.

»Wilms mein Name. Das ist meine Kollegin Frau Harder. Und Sie sind …?« Herr Wilms blickte Leonhard an.

»Ich habe meinen Freund Leonhard Gerstorff mitgebracht, ich hoffe, das ist in Ordnung«, sagte Xaver, und Herr Wilms nickte.

»Solange er nicht Ihr Anwalt ist, hahaha.«

Leonhard verdrehte innerlich die Augen und wünschte sich ein Aspirin.

»Dann erzählen Sie mal.« Frau Harder lehnte sich zurück.

Xaver begann mit der Geschichte der Brauerei, des Familienbetriebs, der Wirtschaft, wie mit den Jahren alles schwieriger wurde, wie er gar nicht mehr wusste, wo ihm der Kopf stand. Er erzählte von den Hypotheken und den horrenden Raten und Zinsen, von der Angst, seine Mitarbeiter nicht mehr bezahlen zu können, vom Übernahmeangebot der großen Brauerei, und schließlich, dass er von seiner Hausbank keinen weiteren Kredit mehr bekäme.

»Ja, das war es im Großen und Ganzen«, sagte Xaver abschließend und klang beinahe erleichtert.

»Wie viel ist denn die Brauerei wert? Und das Haus mit dem Lokal und das ganze Grundstück? Gibt es noch mehr Immobilienwerte?«, wollte Frau Harder wissen.

Xaver holte die entsprechenden Unterlagen hervor und schob sie über den Tisch.

»Mhmhmhm«, machte Herr Wilms, während die Mitarbeiterin mit dem Kaffee und Limo kam.

»Da müsste man mal durchrechnen ... das heißt, die Verbindlichkeiten belaufen sich auf *round about* dreihunderttausend, und dann brauchen Sie auch noch mal Geld, um einige Neuanschaffungen zu tätigen.«

»Ja, es ist alles in die Jahre gekommen, und viele Rechnungen sind noch nicht bezahlt. Ich habe immer zuerst die

Löhne überwiesen, weil meine Mitarbeiter das Geld ja brauchen.«

»Aber, Herr Altenhofer, die Firma, die Ihnen etwas für Ihre Brauerei verkauft, muss ihre eigenen Angestellten ja auch bezahlen«, sagte Herr Wilms gütig.

»Ja, sicher, das stimmt«, sagte Xaver mit Resignation in der Stimme.

»Sie haben viel zu lange gewartet, und Sie haben viel zu hohe Belastungszinsen akkumuliert«, sagte Frau Harder. »Wenn wir zusammenkommen – ich sagte, wenn –, dann müssten wir eine Umschuldung anstreben und niedrigere Zinsen sowie längere Laufzeiten veranschlagen. Davon abgesehen gibt es auch Firmen, die gebrauchte Brauereieinrichtungen weiterverkaufen.«

»Daran hatte ich auch schon gedacht«, sagte Xaver.

»Wir reden hier also über eine Summe von *round about* einer halben Million«, sagte Herr Wilms, und Leonhard sah, dass Xaver ob dieser Summe ganz schlecht wurde. Aber er nickte.

Sie besprachen noch dies und jenes, Herr Wilms ließ Kopien erstellen und machte hin und wieder »Mhmhmhm«. Dann wurden Xaver und Leonhard mit den Worten »Wir melden uns zeitnah« von Herrn Wilms und »In jedem Fall *asap*« von Frau Harder entlassen.

An der frischen Luft atmete Xaver durch.

»Wie ich solche Termine hasse«, sagte er, und Leonhard nickte.

»Kann ich verstehen. Das Gute ist, dass sie nicht sofort Nein gesagt haben.«

»Ja, das ist gut. Auch dass sie sich *asap* melden.« Sie mussten lachen, die ganze Anspannung fiel von ihnen ab.

»Danke, dass du dabei warst. Was machen wir denn jetzt mit diesem angebrochenen Nachmittag?«, fragte Xaver. »Das ging ja alles schneller als gedacht. Wollen wir ein bisschen durch die Stadt gehen? Ich könnte gleich ein paar frühe Weihnachtsgeschenke kaufen. Sonst mach ich wieder alles auf den letzten Drücker.«

Leonhards Mund war plötzlich wie ausgetrocknet. Zehn Minuten von hier entfernt war einer der Orte, die immer dieses gefährliche Kribbeln in ihm auslösten. Er sollte, nein, er musste jetzt mit Xaver Einkäufe machen und durfte nicht an diesen Ort denken.

»Weißt du was?«, hörte Leonhard sich sagen. »Ich würde eben mal bei einem befreundeten Arzt vorbeischauen und einen Termin für Basti ausmachen.« Er hatte Xaver auf der Autofahrt von der Geschichte erzählt.

»Na gut. Dann kann ich auch gleich dein Geschenk kaufen«, lächelte der Freund. »Wie lange brauchst du?«

»So etwa zwei Stunden?«

»Perfekt. Dann treffen wir uns um sechs am Parkhaus.«

»Das ist gut. Bis nachher!« Leonhard drehte sich um und ging in die entgegengesetzte Richtung davon. Er spürte in seinem Innern, dass er wieder einen großen Fehler machen würde, wenn er nun weiterging. Aber seine Beine bewegten sich wie von selbst, und sie kannten offenbar den Weg. Hier rechts, dann wieder rechts, dann links, und schon war er in einer der weniger luxuriösen Gegenden mit Graffiti an den

Hauswänden, bröckelndem Putz und ganz anderen Menschen. Er ging weiter und weiter.

Zwei Stunden. Zwei Stunden gestohlenes Glück.

• • •

»Zwei stille Wasser«, bestellte Victoria bei Nina ohne »bitte«. Nina hätte die arrogante Frau und ihren nicht weniger arroganten Bruder am liebsten rausgeschmissen. Über diese beiden hörte man ja nichts Gutes. Wenig zwar, aber das, was man hörte, war ihr nicht geheuer.

Victoria trug heute einen cognacfarbenen Wildlederrock, eine schwarze Nylonstrumpfhose mit Naht, hohe Stiefel und eine enge Bluse, die weiter aufgeknöpft war, als der Herrgott es sehen wollte. Dann der Bruder! Wie ein Gernegroß sah der aus in seinem zu großen Anzug und dem rosa Hemd. Ein Mann im rosa Hemd, das musste man sich mal vorstellen! Die Männer, die Nina kannte, trugen weiße, graue oder blaue Hemden, und das auch nur zu besonderen Anlässen.

Ihr Freund, der Michi, hatte noch nie ein Hemd getragen. Der war froh, wenn er sich nach einem langen Tag in der Schreinerei einen Jogginganzug anziehen konnte.

Und in die Kirche, wo er eins hätte tragen müssen, ging er nicht.

Jetzt sah man sogar den BH von dieser Frau! Das ziemte sich doch nicht. Nina war mit ihren zwanzig Jahren zwar noch jung, aber sie hatte Prinzipien, und dazu gehörte, dass man sich ordentlich anzuziehen hatte. Und sie fand, dass es sich gehörte, bei Bestellungen am Tresen oder am Tisch Bitte zu sagen.

Nina beobachtete, wie Victoria zum Stammtisch hinüberschlenderte, an dem schon wieder die üblichen Verdächtigen saßen und Karten spielten.

»Ist hier noch frei?«, fragte Victoria gurrend.

»Hm«, erklang es eher abwehrend.

»Platz ist schon da«, sagte Moritz, und auch Otto und August, Frieder, Hannes und Karl nickten und starrten auf Victorias Bluse. Nun trat auch Nico an den Tisch und grüßte freundlich in die Runde.

»Sicher haben Sie alle schon gehört, dass wir im Ort sind«, sagte Victoria und sah Otto mit laszivem Augenaufschlag an.

»Mpf, wer hat das nicht?«, gab Otto zurück und schaute konzentriert auf seine Karten.

Victoria lachte. »Ich weiß, ich habe ja bei dem einen oder anderen schon geklopft und meine Vorschläge gemacht.«

»Meine Schwester ist manchmal ein bisschen vorschnell. Da gehen die Pferde mit ihr durch«, sagte Nico und zeigte seine strahlend weißen Zähne.

»Die Sache ist die, dass wir Ihnen allen eigentlich nur helfen wollen«, erklärte Victoria freundlich.

»Helfen«, knurrte Moritz. »Aha. Wie denn? Indem Sie nicht nur bei der Anna wohnen, sondern sie fast zu Tode erschrecken mit Ihren Vorschlägen?«

»Das meinte ich mit vorschnell«, sagte Nico. »Victoria hätte ihr Anliegen anders formulieren sollen.«

»Letztendlich ist alles nur zu Ihrem Besten.« Victoria setzte sich einfach auf einen der noch freien Stühle.

»Die Sache ist die, dass wir alle älter werden«, sagte sie dann. »Und man muss an später denken. Viele von Ihnen haben keine Kinder, die das Haus mal übernehmen werden, oder das Hotel. Und man will ja selbst noch ein bisschen was vom Leben haben, nicht wahr? Da kommen wir nun ins Spiel. Wir kaufen Ihre Immobilien zu einem fairen Preis und werden sie dann sorgfältig sanieren und restaurieren, natürlich alles in Absprache mit dem Denkmalschutz und weiteren Ämtern. Unser Ziel ist es, Altes zum Anfassen anzubieten. Familien sollen in einem alten Haus Urlaub machen können, so wohnen und kochen wie damals. Die Kinder lernen, Kühe zu melken, und misten Ställe aus, füttern die Schweine und die Hühner.«

»Schlachten die dann auch, die Kinder?«, fragte der alte Karl Gaubenhöffer giftig. Er stand mit seinen fast achtzig Jahren immer noch in seiner Schlachterei, und seine zwei Jahre jüngere Frau Elise verkaufte im Laden Fleisch und Wurst.

»Das vielleicht nicht«, sagte Victoria. »Andererseits wäre das vielleicht eine gute Gelegenheit, Kindern spielerisch zu erklären, woher das Fleisch kommt.«

»Spielerisch?«, fragte Karl. »Glauben Sie, ich schlachte spielerisch ein Rind oder ein Schwein? Ich schlachte. Punkt.«

»Oder so. Daran soll's nicht scheitern«, sagte Nico rasch.

»Wir haben Ihnen hier die entsprechenden Unterlagen mitgebracht. Sehen Sie sich alles in Ruhe an.« Er legte einen Stapel Prospekte auf den Stammtisch, und tatsächlich griffen einige zu.

Nina betrachtete das Geschehen argwöhnisch. Recht war ihr das alles nicht. Alte Leute konnte man schneller übers Ohr hauen als junge. Sie würde das Xaver erzählen.

• • •

»Sag mal, ist wirklich alles in Ordnung?«, fragte Xaver nun schon zum dritten Mal, während sie über die Autobahn nach Garmisch zurückfuhren.

»Was soll denn nicht in Ordnung sein?« Leonhard war genervt. »Kannst du jetzt bitte mal mit deiner Fragerei aufhören, ja? Das wäre wirklich nett.«

»Ist ja schon gut. Du bist nur so komisch.«

»Ich habe Kopfweh.«

»Sag das doch.« Xaver beschleunigte. »Dann schlaf doch ein bisschen, vielleicht geht's nachher besser.«

»Eine gute Idee.« So brauchte Leonhard sich wenigstens nicht mehr die Fragen anzuhören. Er schloss die Augen und versuchte, sich zu beruhigen, aber sein Herz raste.

Was er getan hatte, war nicht gut gewesen, gar nicht gut. Er musste das endlich lassen. Sonst würde ihn das irgendwann noch Kopf und Kragen kosten.

Kapitel 9

Einige Tage später.

Stümpfchen stand wie ein Racheengel vor Leonhard. »Warum antworten Sie denn nicht, wenn ich was in die Sprechanlage sage?«

Leonhard sah sie mit müdem Blick an. »Wenn ich die Patientenakten heute noch fertigkriegen will, muss ich mich eben auch mal auf ebendiese Patientenakten konzentrieren«, sagte er. »Was ist denn?«

»Die Gitti Leidegger hat angerufen. Die Tochter vom Wilfried. Sie ist mit ihrem Mann grad beim Vater im Hotel, und der Vater hat's plötzlich mit dem Herzen. Sie sollen schnell kommen, der Hausarzt hat Mittagspause.«

Leonhard stand sofort auf. »Warum sagen Sie das denn nicht gleich?«

»Hätte ich ja, wenn Sie an die Sprechanlage …«

Leonhard hörte gar nicht mehr hin, sondern nahm seine Jacke. Vor der Klinik schwang er sich auf sein Fahrrad und fuhr, so schnell er konnte, zum Hotel *Bergglück*.

Gitti stand schon draußen, mit ihr einige Gäste, die besorgt aussahen.

»Der Vater will das Hotel verkaufen«, rief sie ihm entgegen. »Leo, kannst du das glauben?«

»Ich denke, er hat was mit dem Herzen?«

»Hat er ja auch«, sagte Gitti aufgelöst. »Weil wir ihm gesagt haben, dass er das nicht machen soll.«

»Wo ist er?« Zum Glück hatte Leonhard an seine Arzttasche gedacht.

»In der Stube.«

Schnell ging Leonhard ins Hotel und fand den alten Wilfried kurze Zeit später auf dem Sofa liegend vor. Er atmete schwer. Gittis Mann Thorsten saß auf einem Stuhl neben dem Sofa und sprang nun auf. »Leo! Gut, dass du da bist.«

»Was ist los, Wilfried?«, fragte Leonhard und beugte sich zu dem alten Mann runter.

»Ach, die Pumpe«, sagte Wilfried, der blass und fahl dalag und stark schwitzte. Die Angst stand ihm in die Augen geschrieben. »Weil die beiden mich so aufregen. Gängeln wollen die mich, als sei ich ein kleines Kind. Dabei ist es doch meine Angelegenheit, was ich mache.«

»Wo genau tut es denn weh?«

»Es holpert. Das ist nur die Aufregung.«

»Kannst du dich aufsetzen? Dann hör ich dich mal ab.«

Wilfried kam stöhnend zum Sitzen und zog seinen Pullover aus. »Dann hör halt ab.«

Leonhard drückte das Stethoskop auf den schmalen Brustkorb des Alten. »Dein Herz schlägt ganz normal«, stellte er fest. »Das war sicher nur die Aufregung, wie du gesagt hast. Hattest du denn schon mal Probleme?«

»Nein, nie, kann ich mir auch gar nicht leisten.« Wilfried zog sich umständlich wieder an.

»Was genau ist denn los bei euch?«, fragte Leonhard.

Gitti, die hinter Leonhard hergegangen war und jetzt dastand wie ein Racheengel, war in Rage. »Er will einfach so das Haus verkaufen! Einfach so. Ohne uns zu fragen.«

»Ich muss euch gar nicht fragen«, knurrte ihr Vater unwirsch.

»Muss er doch, oder, Leo?«

»Ich bin kein Rechtsanwalt, also kann ich dir das nicht beantworten. Aber mal anders gefragt: Will denn einer von euch vier Kindern das Hotel übernehmen?«

Gitti schüttelte den Kopf. »Nein, wir haben doch alle andere Berufe. Wie soll denn das gehen?«

»Also würdet ihr es irgendwann auch verkaufen«, konstatierte Leonhard ruhig.

»Wahrscheinlich schon, aber dann können wir wenigstens entscheiden, an wen und so.«

»Aha. Und jetzt will es eben euer Vater entscheiden«, sagte Leonhard. »Das ist doch eigentlich sein gutes Recht.«

Gitti sah Leonhard wütend an. »Was ist denn, wenn er das ganze Geld ausgibt?«, fragte sie. »Von einem exklusiven Seniorenheim hat er geschwafelt, gell, Papa? Mit Wellness. Papa hat noch nie Wellness gemacht. Wieso sollte er denn jetzt auf einmal Wellness machen? Diese Frau war hier mit ihrem Bruder, diese Victoria Falk, und sie hat Prospekte und so hiergelassen. Bestimmt wollen die Papa übers Ohr hauen.«

»So ein Quatsch!«, fuhr Wilfried dazwischen. »Ich lass mich nicht übers Ohr hauen.«

»Woher willst du das denn wissen, du kennst die Leute doch nicht«, mischte sich nun Thorsten ein.

»Du sei stad«, sagte Wilfried. »Du hast gar nix zu sagen.«

»Also Papa! Thorsten ist mein Mann, natürlich hat er was zu sagen!«

Wilfried hob drohend die Faust. »Das hier ist immer noch mein Haus, und das bleibt's auch, so lange ich das will.«

»Nun reg dich nicht auf«, bat Leonhard ihn. »Das wird sich alles finden. Ich würde diese Unterlagen und das Angebot einfach mal prüfen lassen, Wilfried.«

»Genau, ich lass es prüfen, und dann verkauf ich, und dann mach ich eine Weltreise!«, rief Wilfried nun, und Gitti wurde blass.

»Eine Weltreise? Das wird ja immer besser! Du kannst in deinem Alter doch nicht alleine auf Weltreise gehen.« Leonhard ahnte, dass sie eigentlich noch »Das ist auch viel zu teuer« sagen wollte, es sich aber verkniff.

»Wer sagt denn, dass ich alleine reise?«, kicherte Wilfried. »Ich gebe ein Inserat auf in der Zeitung, dass ich eine junge Dame suche, die mich begleitet, am besten eine Krankenschwester oder eine Pflegerin. Dann freut ihr euch sicher für mich.«

Leonhard musste grinsen. Wilfried war immer für einen guten Spruch zu haben. Aber Gitti nicht.

»Und die setzt du dann als Erbin ein, was? Wahrscheinlich jemanden aus Tschechien oder Polen oder aus der Ukraine. Die erbt dann alles.«

»Tschechien ist schön«, sagte Wilfried. »Nichts gegen Tschechien.«

»Das kommt überhaupt nicht infrage«, schimpfte Gitti weiter. »Thorsten, sag doch auch mal was.«

»Ich soll mich doch raushalten«, sagte Thorsten und hob beide Hände. »Also halt ich mich raus.«

»Ich werde das mit den Geschwistern besprechen«, erklärte Gitti. »Da wird es Mittel und Wege geben, um das zu verhindern, Papa. Und wenn wir dich als unzurechnungsfähig erklären lassen!«

»Nun mach mal halblang, Gitti«, sagte Leonhard, den alles langsam nervte. Er hatte keine Lust, in diesen Familienstreit hineingezogen zu werden, er hatte genug eigene Probleme. »So einfach geht das auch nicht. Wilfried ist absolut Herr seiner Sinne. Er denkt vielleicht gerade einfach mal nur an sich und nicht an euch oder das Hotel. Er denkt an das, was er noch machen möchte.«

»Keinen Urlaub hab ich gemacht, nie«, rief Wilfried. »Als die Mutter gestorben ist, hatte ich vor, eine Woche in den Harz zu fahren. Eine Woche! Selbst das haben mir die Kinder nicht gegönnt. ›Wozu brauchst du denn Erholung im Harz, Papa, du hast doch hier ein Hotel zur Erholung?‹, das haben sie gesagt.«

»Das war nicht ich, die Mimi war das«, sagte Gitti.

»Aber ihr habt der Mimi zugestimmt. Braucht er nicht, der Alte. Soll schön schuften und uns alles hinterlassen.«

Wilfried stand nun auf. »Ihr werdet schon sehen, ihr werdet schon sehen! Ihr werdet euch alle noch umgucken, umgucken werdet ihr euch!«

Dann stapfte er aus der Stube, den Kopf erhoben.

• • •

Während Leonhard zur Klinik zurückradelte, fasste er einen Entschluss. Er würde sich endlich mal mit dieser Victoria Falk und ihrem Bruder unterhalten. Die schienen ja ziemlichen Unfrieden reinzubringen nach Garmisch.

Außerdem musste er unbedingt mit Frederika sprechen. Er hatte sie seit dem Abend im Wirtshaus nicht mehr gesehen, aber oft an sie gedacht. Mit merkwürdigen, zwiespältigen Gefühlen, die er selbst nicht richtig deuten konnte. Die ganze Situation war für ihn verwirrend. Das Gespräch würder er gleich führen, wenn er Feierabend hatte.

Er fuhr einen kurzen Umweg, weil er Lust auf ein Stück Kuchen hatte, und hielt vor der Bäckerei von Sebastian und Hedda. Für nächste Woche hatte er für Sebastian einen Termin bei einem Münchner Neurologen ausgemacht, und beide waren sehr dankbar gewesen.

»Ich tue, was ich kann, um ihn zu unterstützen«, hatte Hedda gesagt. Das glaubte ihr Leonhard aufs Wort. Hedda war eine bodenständige, kräftige Frau mit zwei Händen, die zupacken konnten. Sie würde das alles schon hinkriegen!

Sie stand nun auch vorn im Laden. »Leo. Du hier, um diese Zeit?«

»Mir war so nach eurer Mohn-Marzipan-Torte«, sagte er und lächelte sie an.

»Die sollst du haben. Ein Stück oder zwei?«

»Eins. Und ein Stück Pflaumenkuchen.«

»Der ist dann bestimmt für Stümpfchen«, lachte Hedda, und Leonhard nickte.

»Ich geb dir noch Sahne drauf«, sagte sie. »Wir wissen ja alle, wie sehr Stümpfchen Sahne liebt. Du, Leo, jetzt wo wir gerade alleine im Laden sind. Ich dank dir sehr, dass du dich für Basti so einsetzt. Ihn nimmt das alles arg mit.«

»Das kann ich verstehen, Hedda. Würde es mich auch. Ich helfe gern, das weißt du, und ich hoffe, der Kollege kriegt ihn wieder hin. Gut möglich, dass er dauerhaft Tabletten nehmen muss.«

»Ach, das ist egal. Hauptsache, er kann wieder so, wie er will.« Hedda hatte den Kuchen fertig verpackt. »So, bittschön! Lasst es euch schmecken. Und grüß Stümpfchen von mir. Nächste Woche treffen wir uns übrigens, um den Kirchenbasar für Weihnachten zu besprechen. Am Donnerstag im Gemeindesaal hinter der Kirche.«

»Ich werde es ausrichten.« Leonhard nahm das Kuchenpaket und radelte weiter.

»Was war denn mit Wilfried?«, wollte Stümpfchen unverzüglich wissen, als Leonhard in der Klinik angekommen war. Er erzählte in kurzen Worten, was vorgefallen war.

»Ach du liebe Zeit, das kann ich mir vorstellen, dass die Kinder da wütend sind. Wilfried und seine Frau waren viel zu lieb mit ihnen, die ganzen Jahre über. Haben geschuftet und gerackert und sich selbst nichts gegönnt, und jetzt gönnen die ihm nicht mal das Schwarze unterm Fingernagel. Also so was.«

»Ich kann Gitti aber auch verstehen«, sagte Leonhard nachdenklich. »Da kommen plötzlich diese Falks her und bringen alles durcheinander. Ich werde die mal aufsuchen und fragen, was genau sie eigentlich vorhaben.«

»Aber was wollen Sie denn gegen diese Leute ausrichten? Sollte da nicht besser die Bürgermeisterin mal nachhaken? Und die vom Hof jagen?«

»Man kann nicht einfach Leute vom Hof jagen, nur weil sie Immobilienangebote unterbreiten, glaub ich jedenfalls«, mutmaßte Leonhard. »Aber merkwürdig ist es in jedem Fall.«

»Ich finde das anmaßend«, befand Stümpfchen. »Die Alteingesessenen so zu drangsalieren. Die können sich doch gar nicht richtig zur Wehr setzen. Diese jungen Leute von heute, die gehen ja über Leichen. Eine Zumutung ist das.«

»Ich hoffe, dass das hier keine Zumutung ist.« Leonhard holte das kleine Kuchenpaket aus seiner Tasche. »Frischer Pflaumenkuchen mit einem Klecks Sahne, extra für Sie, Stümpfchen.«

»Ach!«, rief Stümpfchen. »Dasselbe habe ich auch gedacht und für Sie Mohn-Marzipan-Torte gekauft. Und für mich den Pflaumenkuchen.«

Leonhard lächelte. »Wir kennen einander zu gut, Stümpfchen. Sie waren wohl in der anderen Filiale. Sonst hätte ja Hedda was gesagt.«

»Jedenfalls müssen wir jetzt vier Stück Kuchen essen, Chef«, meinte Stümpfchen.

»Ach«, sagte Leonhard. »Da gibt's Schlimmeres.«

»Möchtest du nicht heute zum Abendessen kommen?«, fragte Leonhards Mutter eine halbe Stunde später am Telefon. Sie klang erregt. »Benedikt ist schon wieder da. Es gibt, nun, ich will mal sagen, Neuigkeiten.«

»Aha«, brummte Leonhard. Neuigkeiten waren bei Benedikt garantiert immer eins: teuer. »Was denn für welche?«

»Ach, Leo, seine Wohnung wurde ihm gekündigt, und er findet einfach keine Arbeit und … ach bitte, komm doch heut Abend her.«

Leonhard konnte sich Schöneres vorstellen. Sein Herz sprudelte nicht gerade über vor Bruderliebe, weil Benedikt ihre Mutter so aufregte, und das immer wieder. Wally hätte es wirklich verdient, ihren Ruhestand zu genießen, ohne dass sie sich ständig Sorgen um ihren Jüngsten machen musste. Leonhard schwoll jetzt schon der Kamm, wenn er daran dachte, dass Benedikt wieder mit neuem Drama aufgetaucht war.

Wally versuchte immer wieder, die beiden Brüder einander näher zu bringen. Sie wünschte sich eine intakte Familie, in der jeder für jeden durchs Feuer ging und man füreinander einstand.

Leider konnten ihr weder Benedikt noch Leonhard diesen Gefallen bislang tun. Sie gerieten andauernd aneinander. Trotzdem gab Wally nicht auf. Und Leonhard versuchte stets, sich zurückzuhalten.

Diesmal war Benedikt also die Wohnung gekündigt worden? Sonderbar. Die Eltern zahlten doch die Miete.

»Leo, jetzt sag doch mal.« Wally ließ nicht locker.

»Ja, ich komm vorbei. So gegen sieben.«

»Fein. Ich hab einen Zwiebelkuchen gemacht, den isst Benedikt doch so gern.«

Leonhard legte auf. Den isst Benedikt doch so gern. Das hat Benedikt doch als Kind schon so gemocht. Das hat Benedikt doch noch nie leiden können. Er musste Wally das Glucken abgewöhnen.

Seufzend sah er auf die Uhr. Zeit für die tägliche Visite, dann standen die Elterngespräche auf dem Programm.

Und dann war da noch die Sache mit Frederika.

Kapitel 10

Abends um halb sieben schloss Leonhard seinen Schreibtisch ab und verließ das Büro. Stümpfchen war schon seit zwei Stunden im Feierabend; die gute Seele fragte stets freundlich, ob sie auch noch bleiben solle.

Er verließ die Klinik, und ihm schwirrte der Kopf von all dem, was passiert war in der letzten Zeit. Da klingelte sein Handy. Angelika, die Mutter von Maxi. Nein, er würde nicht rangehen, sondern ihr später per SMS schreiben, dass er im Moment leider keine Zeit für ein Treffen hatte.

Stattdessen würde er jetzt zu seiner Mutter fahren, den lieben Sohn spielen, keinen Alkohol trinken, weil er Bereitschaft hatte, und sich in Gottes Namen anhören, was Benedikt wieder »Tolles« plante.

Auf dem Weg zum Elternhaus kam ihm Otto entgegen, einer der Stammtischbrüder, und Leonhard hielt an.

»Leo«, sagte Otto. »Na, fertig für heute?«

»Ja. Sag mal, waren diese Victoria Falk und ihr Bruder bei euch? Ich hörte, dass die hier ihre Runden drehen und den Leuten ihre Häuser abkaufen wollen.«

Otto nickte. »Ach, so verkehrt ist das gar nicht«, meinte

er. »Die wollen gut zahlen, und irgendwann ist's ja auch mal gut mit den Alten. Vielleicht gar nicht so schlecht, ins Stift zu gehen.«

»Das heißt, du willst das machen? Dein Haus verkaufen?«

Otto zuckte mit den Schultern. »Weiß noch nicht, denke gerade drüber nach. Aber der Wilfried, der verkauft.«

»Das habe ich gehört. Aber Otto, tu mir den Gefallen und geh vorher zu einem Anwalt und lass dich beraten.«

»Jo, mal sehen«, sagte Otto.

»Was sagt denn Elfi dazu?«

»Ach, Elfi sagt doch nie zu irgendwas irgendwas. Die kommt schon mit, wenn ich das sage.«

Elfi war die kleine, verhuschte Frau von Otto. Eine von denen, die nur das taten, was der Mann wollte, sein Wille war Gesetz. Aber Leonhard fragte sich, ob Elfi die Idee wirklich gut finden würde, hier die Zelte abzubrechen.

Verflixt, er dachte über viel zu vieles nach. Anstatt die Leute einfach machen zu lassen. Er hatte selbst genug Probleme.

»Na dann, Otto.« Er nickte dem alten Mann zu und fuhr weiter.

»Da bist du ja.« Wally freute sich, ihren Sohn so schnell wiederzusehen. »Setz dich, Leonhard, setz dich. Hanno holt schnell noch Bier aus dem Keller, Benedikt mag ja keinen Federweißen, aber du schon, nicht wahr?«

»Ich kann heut nichts trinken, Mama, ich hab Bereitschaft.«

»Ach, ein Glas.«

»Nein, Mama.« Immer diese Diskussionen.

Da kam Benedikt aus dem Wohnzimmer angeschlurft. »So schnell sieht man sich wieder.«

»Stimmt, ich war auch überrascht, als Mama mich eben zum Abendessen eingeladen hat«, sagte Leonhard mit ruhiger Stimme. Wally zuliebe wollte er heute Abend einen kühlen Kopf bewahren.

»Ach, tu doch nicht so scheinheilig! Mama hat dir brühwarm von meinen Problemen erzählt, und du lässt es dir natürlich nicht nehmen, hier aufzutauchen und deinen kleinen Bruder zu maßregeln.« Benedikt lehnte sich an den Türrahmen und verschränkte die Arme vor der Brust.

Leonhard spürte, wie sein Puls nun doch in die Höhe schnellte. »Na gut, wenn du gleich zur Sache kommen willst. Mama sagt, dass dir die Wohnung gekündigt wurde? Soweit ich weiß, zahlen die Eltern doch deine Miete.«

Benedikt wurde ein ganz klein wenig rot. »Jo, das stimmt, aber ich brauchte das Geld für was anderes.«

»Der Kuchen braucht noch eine Viertelstunde. Setzt euch doch«, sagte Wally überbordend freundlich. Sie wollte so gern, dass sich alle vertrugen.

Aber Leonhard war schon wieder auf hundertachtzig. »Aha. Für was anderes. Und da zahlst du deine Miete nicht? Was ist denn das andere?« Er wandte sich an Wally. »Warum habt ihr denn die Miete nicht direkt auf das Vermieterkonto überwiesen, Mama?«

»Aber Benedikt ist doch erwachsen«, sagte Wally. Ratlos hob sie die Hände, die noch in den Ofenhandschuhen steckten.

»Offenbar nicht erwachsen genug, um seinen Verpflichtungen nachzukommen.« Zu gern hätte Leonhard jetzt doch ein Bier getrunken. Aber er tat es nicht.

»Das geht dich ja eigentlich auch gar nichts an«, sagte Benedikt wütend.

»Doch, finde ich schon. Immerhin verzichten deine Eltern möglicherweise auf vieles, um dich zu unterstützen, hast du daran mal gedacht? Denkst du überhaupt?«

Benedikt ließ sich auf die Eckbank fallen. »Du bist ein unverbesserlicher Klugscheißer, Leo. Schon immer gewesen.«

»Aber der Klugscheißer kann selbst für sich sorgen«, konterte Leonhard und ärgerte sich schon wieder über sich selbst. Warum konnte er nicht einfach gelassen bleiben?

Hanno kam mit einem Flaschenträger voller Bier in den Raum. »Hallo, Leo. Na, versteht ihr zwei euch schon wieder nicht?«

»Mich hat nur interessiert, wieso die Miete nicht da ankam, wo sie ankommen sollte«, sagte Leonhard. »Weil Benedikt wieder was Tolles gewittert hat, aus dem dann doch nichts geworden ist, nicht wahr?«

»Das war nicht meine Schuld! Das Projekt war total vielversprechend. Es ging um die Renovierung eines Lofts in der Stadt, in dem Künstler dann ihre Werke ausstellen sollten, alle drei Monate was Neues. Mit Sitzbereich und Bar. Da habe ich mich finanziell eben eingebracht.«

»Und dann?«

»Dann ist den Investoren leider das Geld ausgegangen.«

»Und was war dann mit deinem Geld?«

»Das war da schon verplant und ausgegeben.«

»Na wunderbar.« Leonhard lachte auf, woraufhin Benedikt die Hände zu Fäusten ballte.

»Hör auf, so mit mir zu reden, und vor allen Dingen, lach mich nicht aus«, knirschte er.

Hanno ließ sich seufzend auf einen Stuhl sinken. »Wann musst du denn aus deiner Wohnung raus?«, wollte er wissen.

»Eigentlich bin ich schon draußen.«

»Was heißt denn eigentlich?«

»Ich hatte eine Räumungsklage.«

»Wieso?«

»Weil ich nicht freiwillig ausziehen wollte, was sonst? Ich hatte vorgeschlagen, die rückständige Miete nach und nach in Raten mit der laufenden zurückzuzahlen, aber darauf hat sich der blöde Typ nicht eingelassen. Man wolle solvente Mieter, hat er gesagt.«

»Hm«, machte Hanno. »Wo sind denn jetzt deine Möbel?«

Nun glühte Benedikt wie eine rote Ampel. »Einbehalten.«

»Was? Von wem denn? Warum?«, fragte Wally entsetzt.

»Vermieterpfandrecht.«

»Da können die einfach die Möbel behalten? Das ist ja eine bodenlose Unverschämtheit.«

»Nein, Mama, eine bodenlose Unverschämtheit ist es, dass Benedikt monatelang keine Miete gezahlt hat«, stellte Leonhard richtig. »Heißt das, dass auch die beiden alten Schränke von Oma und der Sekretär von Uroma jetzt auch weg sind?«

Benedikt nickte und sah nun doch betreten aus. »Ich hab nur meine Klamotten einpacken dürfen.«

Leonhard musste daran denken, wie er als kleiner Junge

in dem Sekretär seiner Uroma immer das Geheimfach gesucht hatte. Einmal war er den halben Tag damit beschäftigt gewesen. In den Schränken hatte es immer herrlich gerochen, weil die Oma Seifenstücke zwischen die gestärkte Wäsche gelegt hatte. Leonhard konnte sich noch ganz genau an diesen Geruch erinnern. Und nun waren diese schönen Stücke fort. Benedikts Vermieter würde sich die Hände reiben.

Benedikt stand nun auf und nahm sich ein Bier. Leonhard füllte sich Wasser aus dem Krug auf dem Tisch in ein Glas.

»Das heißt, du bist jetzt obdachlos?«, fragte Wally, die das ganze Ausmaß langsam zu begreifen schien. Hilflos nahm sie ihre Brille mit der roten Fassung ab, schob ihre halblangen dunklen Haare damit nach hinten und setzte sie dann gleich wieder auf. Leonhard hatte Angst, dass sie anfangen würde zu weinen. Was Benedikt anging, war sie sowieso nah am Wasser gebaut, und Leonhard konnte es nicht ertragen, seine kleine, zierliche Mutter unglücklich zu sehen.

»Wenn du es so nett ausdrücken willst, Mama.«

»Wie soll sie es denn sonst ausdrücken?«, knurrte Hanno. »Was hast du jetzt vor?«

Hanno sah müde aus. Der große, breitschultrige Mann mit dem schwarzen Haar, das von silbernen Strähnen durchzogen war, wirkte normalerweise wie ein Fels in der Brandung. Gerade aber schien er zu resignieren.

»Nun, ich wollte, also ich will euch fragen, ob ich erst mal wieder hier einziehen kann. In mein altes Zimmer. Dann sehe ich weiter.«

Leonhard sah schon vor sich, wie Benedikt bis mittags schlief und sich von ihrer Mutter das Frühstück richten ließ.

Dann würde er jammern, bis sie ihm den Streuselkuchen backen würde, den er ja als Kind schon so gerne gegessen hatte. Was für eine Augenwischerei!

»Eigentlich wollten wir umbauen und auch im ersten Stock eine Küche einbauen lassen. Die neue Wohnung wollten wir dann vermieten«, sagte Hanno zögerlich.

»Habt ihr Geldsorgen?«, fragte Leonhard ernst.

»Ach, was heißt Geldsorgen. Ist halt monatlich ein Happen, was für Benedikt anfällt, und oben steht alles leer. Wir schlafen ja schon lang im ehemaligen Esszimmer, ist doch alles groß genug hier unten. Also warum nicht umbauen und vermieten?«

»Ja sicher«, sagte Leonhard.

»Aber wenn Benedikt bei uns wohnt, sparen wir uns die monatlichen Überweisungen an ihn.« Wally hatte ihre eigene, mütterliche Logik. Leonhard verdrehte die Augen.

»Ach Wally«, fuhr Hanno sie an. »Was redest du denn da? Der Junge ist mittlerweile alt genug, um für sich selbst zu sorgen. So langsam hab ich keine Lust mehr.«

»Aber wenn er doch nicht kann!«, rief Wally. »Bestimmt ist in dir irgendeine Blockade, oder, Junge?«

»Ja, eine Arbeitsblockade«, sagte der Vater böse. »Nein, jetzt bist du ruhig!«, blaffte er Benedikt an, der gerade was sagen wollte. »Jetzt rede ich. Du kannst ein paar Monate hier wohnen, aber du wirst nicht auf der faulen Haut liegen wie ein Tagedieb, sondern arbeiten. Was, ist mir egal. So geht es nicht weiter. Meine Güte, Junge, du bist vierzig Jahre alt und hast noch nichts auf die Reihe gekriegt außer hochtrabenden

Ideen und Plänen, aus denen nichts geworden ist. Noch nicht mal eine Ausbildung hast du.«

»Das war halt nicht so meins«, sagte Benedikt.

Nun musste Hanno beinahe lachen. »Nicht so meins. Der war gut. Glaubst du, ich hab bei Wind und Wetter gern im Wald gearbeitet und deine Mutter damals für die Pensionsgäste gekocht? Die Zimmer geputzt? Bis nachts an der Mangel gestanden?«

»Das ist ja nun vorbei«, sagte Wally, und Leonhard musste sich auf die Zunge beißen, um sich nicht einzumischen.

»Das ist jedenfalls mein letztes Wort«, donnerte Hanno und nahm einen großen Schluck Bier.

»Ich glaub, jetzt ist der Zwiebelkuchen auch fertig.« Wally huschte zum Backofen.

Am Tisch wurde es ruhig. Benedikt hatte sich auf der Bank nach hinten gelehnt und starrte demonstrativ in die Luft. Leonhard fragte sich, wie das alles weitergehen sollte. Er war sich sicher, dass Benedikt allein weiterhin nichts auf die Reihe kriegen und den Eltern auf der Tasche liegen würde. Wenn er doch nur …

»Ich hab eine Idee«, brach es plötzlich aus Leonhard hervor. »Benedikt, du könntest bei Xaver im *Altenhofer* aushelfen. Nina bräuchte dringend Unterstützung, und Frederika ist ja auch nicht immer da.«

Benedikt starrte seinen Bruder an, während Wally den Zwiebelkuchen schnitt und auf die Teller verteilte.

»Was soll ich denn da machen? Gläser spülen, oder was?«

»Du sagst das so, als solltest du Leichen obduzieren«, sagte Leonhard. »Was ist denn bitte daran schlimm, Gläser zu spülen? Ich hab das in meiner Jugend auch gemacht, als ich Xavers Vater geholfen habe. Stell dir vor, das kann sogar Spaß machen.«

»Es muss ja nicht für immer sein«, sagte Wally sanft.

»Hauptsache, er macht überhaupt erst mal was«, knurrte Hanno und nahm sich noch ein Bier. »Hach, das gute Altenhofer ist das beste Bier überhaupt. Da kommen die großen Konzerne nicht mit. Der Xaver, der braut noch mit Herz und Liebe und mit Verstand.«

»Ich mach mich ja lächerlich«, sagte Benedikt ablehnend. »In einer Wirtschaft Gläser spülen und Bier zapfen und Schnitzel an die Tische tragen. Wer bin ich denn?«

Leonhard aß resigniert ein Stück Zwiebelkuchen. Bei Benedikt waren eben Hopfen und Malz verloren.

Da fiel ihm ein, dass er noch gar nicht von Xaver gehört hatte, ob die Bank sich bezüglich des Kredits gemeldet hatte. Das hätten die doch längst machen müssen. Er beschloss, nachher noch mal in der Wirtschaft vorbeizufahren. Aber der stand bestimmt in der Küche, weil Jürgen, der Koch, mal wieder krank war.

Am Tisch herrschte nun eine unangenehme Stille. Jeder aß seinen Zwiebelkuchen, man hörte nur das Klappern des Bestecks auf den Tellern.

»Ich muss dann mal weiter«, sagte Leonhard, als er fertig war und die Stille einfach nicht mehr aushalten konnte.

»Das war aber ein kurzer Besuch«, sagte Wally.

»Ich muss noch mal zu Xaver«, erklärte Leonhard und wischte sich den Mund ab. Benedikt würdigte ihn keines Blickes. Leonhard hätte Respekt vor ihm gehabt, wenn er Ja zu seinem Vorschlag gesagt hätte, beim Xaver auszuhelfen. Aber so würde es einfach immer so weitergehen. Benedikt würde zurück in sein Zimmer kriechen, in dem noch die Poster und die Bücher von früher waren, und vor sich hin klagen, während Wally seine Wäsche wusch und bügelte.

Kurz nachdem er das Haus verlassen hatte, klingelte sein Handy.

»Leo, kannst du herkommen?«, fragte Xaver.

»Wollte ich sowieso gerade.«

»Das ist gut. Es ist nämlich so, eigentlich wollte ich es dir erst morgen sagen, aber ich halt es nicht mehr aus. Ich bin ganz fertig, Leo.«

»Was ist denn los? … Ach was, warte auf mich, bin in zehn Minuten da.«

Leonhard legte auf und fuhr los.

Kapitel 11

Wie Leonhard vermutet hatte, stand Xaver allein in der Küche. Jürgen glänzte durch Abwesenheit.

Leonhard sah es seinem Freund schon an. »Die Bank hat den Kredit also nicht bewilligt«, sagte er.

Xaver nickte. »Das Haus und die Brauerei sind schon zu hoch belastet, das Risiko ist zu groß. Man rät mir, an die Münchner zu verkaufen. Und ich soll mich bei denen anstellen lassen und die Wirtschaft eventuell verpachten, weil es sonst alles zu viel wird.«

»Verpachten ist vielleicht wirklich nicht die schlechteste Idee«, sagte Leonhard. »Aber alles andere ist Mist, richtig großer Mist. Verdammt, Xaver, das Gespräch war doch vielversprechend! Die wirkten doch gar nicht ablehnend.«

»Sind die doch erst mal nie, bis sie alles geprüft haben«, sagte Xaver und wendete ein Schweinefilet. Es zischte. »Ich weiß nicht, was ich machen soll. Ich bin ratlos. Mich in meiner eigenen Brauerei anstellen lassen … keine Ahnung, ob das ein guter Plan ist.«

»Das weiß ich auch nicht. Aber gibt es eine andere Lösung? Wir sollten zumindest drüber nachdenken.«

»Ja, vielleicht. Aber die Brauerei und die Wirtschaft sind Familienunternehmen.«

»Ja, aber vielleicht ist der Lauf der Dinge nun mal anders. Vielleicht müssen wir uns an den Gedanken gewöhnen«, sagte Leonhard vorsichtig. »Du wärst nicht der Einzige, der etwas aufgeben muss. Das müssen andere auch.«

»Schon klar, Leo. Schlimm wäre es für mich trotzdem.« Xaver nahm das Filet aus der Pfanne und schnitt es in Scheiben. Er legte es auf zwei vorgewärmte Teller und gab die Kroketten aus der Fritteuse dazu, dann Erbsen und Möhren. Er drückte auf eine Klingel, und einige Sekunden später tauchte Frederika auf, um die Teller zu holen. Ihre Wangen waren gerötet, und sie hatte das lange hellbraune Haar zu einem strengen Pferdeschwanz zurückgebunden.

»Hallo, Rika.«

»Hallo, Leonhard.« Sie sah ihn kurz an, dann nahm sie die Teller und verschwand.

»Hö?«, machte Xaver. »Seit wann nennst du sie denn wieder Rika? Und sie dich Leonhard? Habt ihr alles verdreht? Überhaupt ist sie so komisch seit ein paar Tagen. Habt ihr euch gefetzt? Ist was passiert?«

»Ich … nein, es ist nichts.«

Xaver zog die Augenbrauen hoch. »Das glaub ich dir nicht. Ich kenn dich. Also, was ist los?«

»Äh, also …«

»Leo! Nun sag schon!«

»Wir haben uns in der Klamm geküsst, und ich glaube, es war ein Fehler.« Nun war es draußen.

»Du und Rika, geküsst? Warum denn?« Xaver war völlig perplex.

»Es kam einfach so. Ich glaube, es war ein Fehler. Also bestimmt. Also vielleicht. Ich weiß es nicht.«

»Du glaubst, es war ein Fehler, oder vielleicht ein Fehler? Was denn nun?«

»Jedenfalls ist sie seitdem merkwürdig zu mir.«

»Hast du ihr falsche Hoffnungen gemacht?«, wollte der Freund wissen. »Oder sie dir? Ich hatte nie das Gefühl, dass ihr mehr seid als gute Freunde.«

»Niemand hat irgendwem Hoffnung gemacht, glaub ich jedenfalls, aber ich glaube, dass Rika glaubt, dass es so sein könnte, und dann glaub ich …«

»Sei mal stad jetzt, du machst mich ja ganz wuschig mit deinem ›glauben hier, glauben da‹. Setzt euch halt wie Erwachsene hin und redet drüber.«

»Will ich ja. Werde ich auch. Das kommt schon wieder ins Reine.«

»Soll ich mal mit ihr reden?«

»Nein, nein, auf keinen Fall, das mach ich schon selbst! So. Ist auch unwichtig jetzt, Xaver. Wir müssen eine Lösung finden für dein Problem.«

»Ich fürchte nur, es wird nur eine geben«, sagte Xaver und wischte seine Hände an der Schürze ab. Traurig sah er seinen Freund an und zuckte hoffnungslos mit den Schultern, da rief Nina schon die neuen Bestellungen in die Küche.

Leonhard lehnte sich an das große hölzerne Buffet, in dem Xaver das Geschirr lagerte. Vielleicht, dachte er, war es wirklich nicht die schlechteste Idee, die Brauerei zu verkaufen. Damit Xaver mal ein bisschen kürzertreten konnte. Mal einen Tag freinehmen. Er stand manchmal bis weit nach Mitternacht in der Wirtschaft, um sechs Uhr war er schon wieder auf den Beinen, um in der Brauerei nach dem Rechten zu sehen. Dazu kam noch der ganze Bürokram, der war auch nicht ohne. Xavers Gesundheit wäre es in jedem Fall zuträglich, wenn er mal ein paar Gänge runterschalten würde.

Wieder kamen Bestellungen rein.

Leonhard ging zu der Leiste, an der die Küchenschürzen hingen, und band sich eine um. »So. Ich helf dir jetzt. Sag mir, was ich machen soll.«

»Ach Leo, du bist doch auch müde, geh lieber heim und schlaf. Außerdem hast du Bereitschaft.«

»Ja, und auch Bereitschaft bei dir. Also, was steht an? Kartoffeln schälen, Gemüse putzen? Sag schon.«

Xaver lächelte ihn an.

Gegen ein Uhr morgens war Leonhard zu Hause und nun wirklich zum Umfallen müde. Während der gemeinsamen Arbeit hatten die Freunde weiter beratschlagt, was zu tun sei.

Kurz hatte Leonhard überlegt, Xaver sein Erspartes oder das, was noch davon übrig war, als zinslosen Kredit zu geben. Aber dann hatte er wieder dieses unheilvolle Kribbeln verspürt, das ihm sagte, dass er das Geld für eigene Abenteuer brauchte. Wenn er sich doch irgendjemandem anvertrauen könnte!

Aber das ging nicht. Das ging einfach nicht.

Zu Hause angekommen, schaffte er es gerade noch, seine

Zähne zu putzen und den Pyjama anzuziehen, dann fiel er ins Bett und schlief auf der Stelle ein.

Kapitel 12

Am nächsten Abend trafen sich die Bergretter zu ihrem wöchentlichen Stammtisch beim *Altenhofer*. Es war Wochenende und die Wirtschaft proppenvoll, und die »Bayernbuben« bauten gerade ihr Equipment auf. Frederika war gleich nach dem Einsatz mit Kopfschmerzen in ihre Wohnung gegangen. Die anderen saßen nun da.

»Heute war die Hölle los«, berichtete Heribert, der gerade mit Klaus und Elmar von einem Einsatz gekommen war.

»Erzähl«, bat Leonhard, der das Protokoll führte. »Hat es was mit dem Unwetter zu tun?«

Er hatte von der Klinik aus beobachtet, wie bedrohliche Wolken aufgezogen waren. An solchen Tagen konnte man quasi drauf warten, dass ein Notruf abgesetzt wurde.

»Einige Wanderer sind im Berg von dem plötzlichen Unwetter mit einzelnen Schneeschauern völlig unvorbereitet getroffen worden. Sie konnten, so sagen sie, die eigene Hand nicht mehr vor den Augen sehen. Schnee ist um diese Jahreszeit auf der Zugspitze zwar ungewöhnlich, aber durchaus möglich. Natürlich waren die wenigsten für solche Temperaturen gerüstet. Ein älteres Ehepaar hat sich komplett verlaufen und war schon unterkühlt, als wir sie geborgen haben. Dann noch acht Kegelclubdamen, die unbedingt vom Weg abgehen mussten und irgendwann überhaupt nicht mehr wussten, wo sie waren. Zwei sind gestürzt, eine hat sich den Arm gebrochen. Dazu kam ein Bergsteiger, der sich nicht richtig gesichert hatte und vierzig Meter abgestürzt ist, bis das Seil sich in einem Astgewirr verfangen hat. Was für ein Glück! Der hat nur Rippenprellungen und wahrscheinlich einige Haarrisse. Wie oft sollen wir eigentlich noch sagen und auf alle Tafeln schreiben, dass man seine Ausrüstung hundertmal kontrollieren soll?«

»Die Leute lernen's eben nie«, sagte Sebastian, der auch da war. Er hatte seine Jacke noch an und die Hände tief in den Taschen vergraben. Nur ab und zu zog er eine Hand hervor, um nach seinem Bier zu greifen.

»Gut, ich hab es aufgeschrieben«, meinte Leonhard. »So ein verfrühtes Winterwetter hatten wir lange nicht, ich erinner mich jedenfalls nicht. Und das im September.«

»Das ist der Klimawandel«, sagten nun mehrere durcheinander, und eine neue Diskussion entfachte.

Leonhard wollte noch eine Runde Bier für alle bestellen und schaute sich nach Nina um. Da sah er Angelika, Max' Mutter, die vergnügt an einem Tisch saß und sich angeregt mit dem immer fröhlichen Günni unterhielt. Gut. Das passte doch. Angelika schien ihm auch gar nicht böse zu sein, gut gelaunt winkte sie ihm zu, er winkte zurück. Dann machte er Nina ein Zeichen, dass sie noch eine Runde bringen sollte. Die nickte.

Sebastian klopfte auf den Tisch, und alle horchten auf. »Ich muss euch was mitteilen, Leute.«

»Was ist los, Basti?« Xaver sah besorgt aus.

»Ich hatte heute einen Arzttermin. Es werden noch mehrere folgen. Aber ihr müsst euch drauf einstellen, dass ein anderer Pilot bei den Einsätzen fliegen wird. Ich falle vorerst aus und weiß auch nicht, wie lange.«

Alle am Tisch waren mucksmäuschenstill.

»Was hast du, Basti?«, fragte Elmar in die Stille.

»Es steht noch nicht fest, aber höchstwahrscheinlich Parkinson«, sagte Sebastian mit monotoner Stimme. »Fliegen darf ich damit natürlich nicht. Mal sehen, ob ich anderweitig in der Rettung eingesetzt werden kann.«

»Ja aber, Basti«, sagte Xaver. »Wie schrecklich.«

Elmar schüttelte den Kopf. »Wie leid mir das tut. Vielleicht ist es doch nicht so schlimm, wie es aussieht?«

»Niemand fliegt so gut wie du«, meinte Klaus und klopfte Sebastian auf die Schulter.

Irgendwann hob der die Hände. »Es nützt nix, Kameraden. Ich muss abwarten und den Tatsachen ins Auge blicken. Vielleicht kann ich mich ja beim Papierkram ein bisschen nützlich machen oder in der Ausbildung. Natürlich nicht direkt im Berg, aber in der Theorie.«

»Danke, dass du uns das gesagt hast, danke für dein Vertrauen«, sagte Heribert.

»Na klar, ihr seid doch meine Kameraden. Und was soll ich denn groß weiter was verheimlichen, das wäre ja Blödsinn. Ihr könnt euch sicher alle denken, dass mir die Hände auch vor ein paar Tagen in der Klamm versagt haben. So was soll nie wieder passieren! Was die Fliegerei angeht, ich hab mich schon nach Ersatz umgesehen.«

»Aha. Wen schlägst du vor?«, fragte Leonhard. Ihm war unwohl bei der Vorstellung, mit jemand anderem als mit Sebastian zu fliegen.

»Er heißt Philipp Köhler und ist dreiunddreißig Jahre alt.«

»Der Name sagt mir was. Der hat schon etliche Auszeichnungen gekriegt, wenn ich mich richtig erinnere«, sagte Leonhard, und Sebastian nickte.

»Nur der Beste für euch. Philipp ist Tierarzt und übernimmt hier die Praxis vom Emil Brettmacher. Ich glaub, er ist ein guter Junge. Jedenfalls hab ich ihn gefragt, und er freut sich sehr, euch alle kennenzulernen.«

»Da hast du ja an alles gedacht«, sagte Xaver nickend. »Also! Nina, stell gern die Bier hier ab, dann trinken wir auf deine Gesundheit, mein Freund. Auf das Leben!«

Alle hoben die Gläser.

»Auf das Leben!«

Sie tranken, und kurz war Ruhe am Tisch. Dann begannen die »Bayernbuben« zu spielen, und die ersten tanzbereiten Paare drehten schon unter dem Kronleuchter ihre Runden.

»Sagt mal, ihr habt doch auch von dieser Falk und ihrem Bruder gehört?«, fragte Leonhard laut in die Runde. Insgeheim hasste er es, wenn die Buben spielten, es war immer ein Höllenlärm.

»Ja, einige finden das sogar gut. Andere wiederum sagen, die zwei wären vom Teufel geschickt worden und diese Victoria eine Hexe. Na ja, was die Leute so reden.« Kurt runzelte die Stirn.

»Ich frage mich, ob deren Konzept überhaupt hierher nach Garmisch passt«, sagte Klaus und wedelte mit einem der Flyer. »Wir wollen hier doch lieber die wirklich Naturverbundenen, ohne zu viel Schickimicki, das ist ja hier nicht Kitzbühel. Die Garmischer Gäste sind sportlich und gern draußen, die sind bodenständig und nicht abgehoben. Aber wenn ich schon lese, Familie mit Kindern, die dem stressigen Alltag entfliehen wollen und zurück zum Ursprünglichen in seiner ganzen Fülle finden. Hier steht: Pfannkuchen backen statt Porsche fahren. Was ist das denn für ein Schwachsinn? Ich seh schon die Frauen in Pelzmänteln rumlaufen und die Ställe ausmisten, weil das ja so erdet. Ja, erden, das steht hier. Wo sind wir denn?« Er studierte weiter den Prospekt.

»Ich glaube, wir sollten uns dieses dubiose Geschwisterpaar mal vorknöpfen. Ich hab mir schon seit Tagen vorgenommen, mit den beiden zu sprechen, komm aber nie dazu«, sagte Leonhard. »Am besten, ich ruf morgen mal die Bürgermeisterin an und frage sie, ob sie schon was davon gehört hat und was wir da machen können.«

»Morgen ist das Rathaus zu. Da hat auch Gabi Manderbach frei«, sagte Xaver.

»Dann eben übermorgen.«

»Ja, ruf die mal an«, stimmte Elmar zu, und da ging die Tür auf, und ein Mann und eine Frau betraten die Wirtschaft. Bei denen konnte es sich nur um Victoria Falk und ihren Bruder Nico handeln, wie Leonhard schnell schlussfolgerte. Die beiden umwehte ein Hauch von Großstadt und eine Geschäftigkeit, die man sonst nie in Garmisch zu spüren bekam.

»Die Falk ist aber auch eine Erscheinung«, entfuhr es Heribert, und einige der Anwesenden nickten. In der Tat hatte Victoria sich wieder in Schale geworfen, sie trug ein cremefarbenes Ensemble und große blaue Ohrgehänge. Ihr Bruder wirkte neben ihr fast unscheinbar.

Die beiden schauten sich nach einem freien Platz um. Heribert winkte, ohne die anderen zu fragen.

»Hier! Hier sind noch zwei Stühle frei!«, brüllte er gegen die »Bayernbuben« an, die gerade das Kufsteinlied spielten, drei Männer des Ensembles sangen dazu. Leonhard konnte dieses Lied einfach nicht mehr hören. Seitdem er denken konnte, verfolgte es ihn, wo er stand und ging. Er hatte sich schon immer gefragt, warum man hier in Garmisch ein Lied toll fand, in dem von Tirol gesungen wurde und von Kufstein, das war doch in Österreich. Wussten das die Menschen etwa nicht? Aber auch heute sangen die Besucher des Wirtshauses lautstark mit:

»Es gibt so vieles, bei uns in Tirol,
ein gutes Weinder'l aus Südtirol,
und mancher wünscht sich, s' möcht' immer so sein,
bei einem Madel und 'nem Glasel Wein,
bei einem Madel und einem Glasel Wein!«

Dann kam dieses entsetzliche Gejodel, von dem Leonhard hin und wieder Kopfschmerzen bekam:

»Ho la lai di le, di le, di le,
yo la li o di lai, di du, di di,
yo la li o di lai, di du, di di,
yo la li o di lai, di du, di di …«

Während alle mitgrölten, drängten sich Nico und seine Schwester zum Tisch durch. Victoria bedachte alle mit ihrem strahlendsten Lächeln.

»Danke, das ist nett, sonst ist ja wirklich nichts mehr frei«, sagte sie mit einem Augenaufschlag zu Heribert. Der zuckte mit den Schultern, murmelte »Klar doch« und himmelte sie mit seinen Blicken an.

Nun, Leonhard konnte es verstehen. Heribert war gerade mal Anfang zwanzig und hatte noch nie eine Freundin gehabt, nur ein paar Techtelmechtel. Fast seine gesamte Freizeit verbrachte er bei den Bergrettern und war dort der Jüngste im Vorstand und Kassenwart. Eine Frau wie Victoria musste ihm ja gefallen.

Leonhard konnte nicht sagen, warum, aber in ihm schrillten sofort die Alarmglocken. So nett die beiden auch aussahen, er spürte eine Art Gefahr von ihnen ausgehen. Er witterte, dass die beiden keine guten Menschen waren, und deshalb würde er denen jetzt mal ganz genau auf den Zahn fühlen, auch wenn er sich bei einigen seiner Tischgenossen unbeliebt machen würde.

»Sie wohnen bei Anna Klinghuber?«, fragte er nun freundlich, und sofort wandte Victoria sich ihm zu, während Nico ein Gespräch mit Heribert begann.

»Ja. Es ist wunderschön dort. Man hat das Gefühl, in ein anderes Jahrhundert einzutauchen. Allein diese Küche.«

»Die ist in der Tat aus dem achtzehnten Jahrhundert, die Küche«, sagte Leonhard nickend. »Bei Anna ist nie etwas erneuert worden. Man tuschelt, sie würde sogar noch auf den Matratzen schlafen, die ihre Ururgroßeltern schon auf den Betten liegen hatten.«

»Wie aufregend.«

Die anderen am Tisch lauschten interessiert.

»Das Gleiche gilt für die Fremdenzimmer, alles Originalzustand. Es ist natürlich romantisch, aber die ganzen Bettwanzen …«

Victoria schaute ihn an. »Bettwanzen?«

»Ja«, bestätigte Leonhard, der nicht aufhören konnte. »Wanzen, Kakerlaken und kleine Mäuse. Die Zugspitzmaus kommt halt manchmal ins Tal. Sie mag es warm, deswegen springt sie gern nachts in die Betten, wenn die Leute drin liegen.«

Victoria sah ihn an und kniff dann die Augen zusammen. »Sehr witzig. Wirklich, ich kann mich vor Lachen kaum noch halten.« Sie drehte sich wieder weg. »Ach, wie ich sehe, liegen hier ja unsere Flyer. Sie denken sicher: Da kommen diese zwei aus Augsburg und bringen hier alles durcheinander. Aber wir betrachten das alles als eine Win-win-Situation.«

»Indem Sie die Leute einschüchtern und manipulieren?«, fragte Leonhard sarkastisch.

»Wen haben wir denn eingeschüchtert?«

»Anna zum Beispiel. Die ist ganz außer sich.«

»Ich hab ihr lediglich einen Vorschlag unterbreitet.«

»Einer fast Hundertjährigen etwas zu erzählen von *an die Zukunft denken* und von *Verkauf* und *in ein Heim ziehen*, das ist in meinen Augen sittenwidrig. Vergessen Sie nicht, dass die alten Leute hier in Garmisch teils seit ihrer Geburt leben. Die wollen gar nicht weg.«

Victoria warf ihre dunklen Haare schwungvoll über die Schulter. Sie schien nun ganz in ihrem Element zu sein. »Und das halte ich für gefährlich! Hier kriegt es doch keiner mit, wenn sie im Haus einen Unfall haben oder es plötzlich brennt oder sie einen Schlaganfall erleiden. In einem Seniorenstift ist man ab einem gewissen Alter viel besser aufgehoben. Da liegt man nicht wochenlang auf dem Boden, und keiner merkt was.«

»Hier hat noch nie jemand wochenlang auf dem Boden gelegen. Wir kümmern uns um unsere Alten und schauen regelmäßig nach ihnen«, sagte Leonhard. »Ich werde mir Ihren Flyer mal genau ansehen, und ich werde die alten Leute warnen. Sie warne ich auch. Hier wird niemand aus seinem Haus vertrieben, dass das mal klar ist!«

»Sie haben mir gar nichts zu sagen, Herr … Herr …«

»Doktor Leonhard Gerstorff, Leiter der Kinder-Rheumaklinik vor Ort.«

»Gut, dann Herr Doktor Gerstorff. Ich werde mich von Ihnen sicher nicht davon abhalten lassen, meine Arbeit zu tun. Merken Sie sich das.« Das freundliche Lächeln war aus ihrem Gesicht verschwunden.

»Ich wiederum werde nicht zulassen, dass Menschen in

ihrem letzten Lebensabschnitt irgendwohin verpflanzt werden, ohne dass sie das eigentlich wollen.«

Victoria stand auf, und der Stuhl hinter ihr kippte um. Zornig sah sie Leonhard an. »Das werden wir ja sehen!«

Sie drehte sich um und ging zu einem hölzernen Barhocker an den Tresen. Ihr Bruder folgte ihr.

»Jetzt hast du's mir vermasselt, Leo«, sagte Heribert traurig. »Ich wär so gern mit ihr ins Gespräch gekommen.«

»Was bist du denn so barsch mit der jungen Frau?«, fragte nun auch Xaver. »Sie hat dir doch nichts getan.«

»Noch nicht«, sagte Leonhard. »Hört mal, ich möchte, dass wir die im Auge behalten. Morgen ruf ich gleich als Erstes die Gabi Manderbach an. Hier wird keiner übers Ohr gehauen!«

»Ich glaube, du übertreibst ein bisschen, nun komm mal runter«, meinte auch Klaus, aber Leonhard steckte einen der Flyer ein. Er hatte einfach ein ungutes Gefühl.

Kapitel 13

Am übernächsten Morgen – er hatte heute einen freien Tag – griff er sofort zum Telefon und rief bei der Stadt an, um zu fragen, ob Gabi Manderbach zu sprechen sei.

»Doktor Gerstorff, wir haben lang nicht gesprochen. Wie geht's Ihnen?«, fragte Frau Manderbach freundlich.

»So weit gut, ich hoffe, Ihnen auch. Weswegen ich anrufe … Sicher ist Ihnen schon bekannt, dass eine Victoria Falk und ein Nico Falk hier herumlaufen und unsere älteren Bürger zum Verkauf ihrer Häuser überreden wollen?«

»Natürlich, der Flurfunk macht auch hier nicht halt«, sagte Frau Manderbach. »Das Problem ist nur, dass ich da erst mal nichts machen kann. Es steht jedem frei, jemand anderem ein Angebot zu offerieren, und selbst wenn verkauft wird, sind uns die Hände gebunden. Und seien wir ehrlich, es ist nichts Verwerfliches, ein altes Haus in seinem ursprünglichen Zustand zu lassen und dann weiterzuvermieten an Feriengäste.«

»Ich habe ein ungutes Gefühl«, sagte Leonhard mit Nachdruck.

»Die tun so, als seien sie Samariter, aber eigentlich wollen sie die Zerstörung.« Er ärgerte sich selbst über seinen theatralischen Tonfall und die Wortwahl.

»Ich glaube, Sie übertreiben ein wenig, Doktor Gerstorff«, wollte ihn die Bürgermeisterin beschwichtigen. »Hat es denn schon irgendwelche Beschwerden gegeben? Wurde jemand betrogen?«

»Nein, das nicht. Wilfried Reichenhalter hat sich nur so aufgeregt, dass er es mit dem Herzen bekommen hat«, sagte Leonhard. »Aber das kann natürlich auch am Streit mit seiner Tochter gelegen haben.«

Kurz erzählte er Frau Manderbach, was passiert war.

»Ich sehe da momentan keinen Anlass zum Handeln«, meinte sie. »Aber ich werde die Sache beobachten.«

»Gut. Danke, dass Sie mir zugehört haben.«

»Das ist doch selbstverständlich. Halten Sie mich auf dem Laufenden.«

»Das mach ich. Eine schöne Woche wünsch ich Ihnen.«

»Ihnen auch, Doktor Gerstorff.«

Leonhard legte auf, machte sich noch einen Kaffee, ging ins Wohnzimmer und sah aus dem Panoramafenster. Er blickte auf die Berge und die schneebedeckten Spitzen. Wie schön es hier war! Man musste es sich hin und wieder erneut bewusst machen, dass dieses Fleckchen Erde einfach himmlisch war. Wer hatte das schon! Gestern war es spät geworden, er hatte wieder Xaver in der Küche geholfen.

»Du schälst jetzt schon besser Kartoffeln als meine Mutter«, hatte Xaver halb anerkennend, halb im Scherz gesagt. »Und die Möhren schabst du wie ein Vollprofi. Vielleicht solltest du einen Berufswechsel in Betracht ziehen.«

»Nee, da würde mir ganz schnell langweilig werden«, hatte Leonhard gesagt. Die beiden hatten nebeneinander gearbeitet und konnten lange und ausführlich über die Brauerei sprechen und wie es weitergehen sollte.

»Wie wäre es denn, wenn du das Hinterhaus renovierst und dann verpachtest?«, hatte Leonhard vorgeschlagen. Das Hinterhaus war ein ehemaliger Kuhstall, das in den Siebzigerjahren zu einem kleinen Hotel umgebaut worden war. Allerdings war es seitdem nicht mehr renoviert worden, und entsprechend sah das Haus mit seinen sieben Zimmern auch aus. Linoleum, ockerfarbene Vorhänge und orangene Waschbecken, lindgrüne Auslegware und Resopal dominierten hier. Leonhard hatte sich immer vor den Zimmern gegruselt. Sie waren dunkel und unfreundlich und rochen nach Mottenkugeln und irgendwas Undefinierbarem.

Trotzdem waren die Gäste früher in Scharen gekommen, und das kleine Hotel war stets ausgebucht gewesen, so lange, bis Xavers Mutter vor einigen Jahren starb, und der Vater bald danach. Mit der Brauerei und der Wirtsstube hatte Xaver dann genug zu tun gehabt und sich erst mal nicht um einen Pächter gekümmert. Es wäre so viel zu renovieren gewesen: Manche Zimmer hatten noch nicht mal ein Bad, sondern nur ein »Vertreterklo«, wie Xaver das Waschbecken im Raum nannte.

So war das Hotel über all die Jahre in Vergessenheit geraten. Manchmal stiegen die Garmischer Kinder durch das kleine Fenster neben der Eingangstür ein und spielten Verstecken, ansonsten passierte nichts mit dem ehemaligen Stall.

»Ich krieg ja so schon kein Geld von der Bank, wie soll ich

da renovieren?«, hatte Xaver gefragt. »Was glaubst du, was da alles zu tun ist? Die Leitungen müssen neu gemacht werden, die ganze Küche muss raus. Eigentlich muss alles raus. Denk mal an diese scheußlichen Farben.«

Leonhard hatte sich erinnert, und schon waren sie mittendrin in »Weißt du noch, damals?« und »Was ist wohl aus dem und dem geworden?«.

»Wenn ich dir bloß helfen könnte, Xaver«, hatte Leonhard laut gedacht.

»Nix da. Ich pack das schon irgendwie. Mir ist es schon so viel wert, dass du da bist in dieser Zeit.«

»Na hör mal. Das ist selbstverständlich. Von der Wiege bis zur Bahre, weißt du doch«, hatte Leonhard gesagt. »Irgendwas wird uns einfallen.«

»Ja, ich hoffe nur, bald«, hatte Xaver seufzend gesagt und das nächste Steak gewendet, dass es nur so zischte.

»Ich werde jedenfalls bei dir sein«, hatte Leonhard versprochen.

Dann war Frederika in die Küche gekommen, sie hatte Xaver versprochen, beim Bedienen zu helfen.

Leonhard hatte sie ein sprödes »Hallo« zugeworfen und ihn dann links liegen gelassen. Als Leonhard ihr einen Teller gereicht hatte, hatten sich ihre Finger berührt. Leonhards Herz hatte plötzlich schneller geklopft, und er musste an den Kuss in der Klamm denken.

»Rika, ich möchte gern mit dir reden. Darüber«, hatte er leise gesagt.

»Kein Bedarf«, war alles gewesen, was sie dazu zu sagen hatte.

Nach dem Telefonat legte Leonhard sich noch mal ins Bett und genoss es, heute frei zu haben. Manchmal machte er das, sich einfach mal zwischendurch einen Urlaubstag nehmen. An diesen Tagen tat er so gut wie nichts oder nur Dinge, auf die er wirklich Lust hatte. Er las endlich seinen Krimi weiter, machte sich guten, starken Kaffee und frühstückte später Obst, Rührei, Toast mit Schinken und mit dem Bienenhonig vom Imker Studt. Zu selten hatte er dieses In-den-Tag-Taumeln ganz ohne Termine, von der Bereitschaft bei der Bergrettung abgesehen.

Barfuß ging er im Pyjama durch die ruhige Wohnung und dankte mal wieder dem Schöpfer, dass es in seinem Leben Frau Walddorf gab, die Haushaltshilfe, von ihm nur Waldperle genannt. Sie kam zwei Mal pro Woche und machte Leonhard den gesamten Haushalt, auch die Einkäufe erledigte sie. Sie bügelte die Kittel und die Hemden, sorgte für die Blumen, polierte Gläser und bezog sein Bett.

»Immer noch keine neue Frau Doktor in Sicht«, sagte sie gern, wenn Leonhard gerade in der Nähe war.

»Nein, immer noch nicht«, sagte er dann, und sie schüttelte den Kopf. »So ein feiner Mann und keine Frau. Ich mache drei Kreuze, wenn ich endlich das Bett für zwei Personen beziehen kann.«

Leonhard war vorsichtig geworden. Die Trennung von Dorothea und dieser Rattenschwanz an Behördenkram, Anwälten, Versorgungsausgleich und was sonst noch alles danach hatten ihm arg zugesetzt. Das alles steckte ihm noch in den Knochen. Die Scheidung hatte ihn viel Geld gekostet. Den Unterhalt für die beiden studierenden Kinder Marleen und Alexander, die sein ganzer Stolz waren, trugen sie zwar beide hälftig, wenigstens das, aber dennoch war es teuer gewesen. Von Doro hatte er länger nichts gehört, auch nicht von ihren Anwälten. Von seiner Tochter Marleen wusste er zumindest, dass sie aus Afrika zurück war und nun in Hamburg wohnte, wo sie eine Anstellung im Universitätskrankenhaus hatte.

»Weißt du was, Papa«, sagte Marleen immer. »Ihr beide solltet euch endlich mal aussprechen. Das ist nicht gut, was ihr da macht.«

Da hatte Marleen bestimmt nicht unrecht, aber Leonhard hatte nicht die Kraft für ein solches Gespräch, und auch Dorothea hatte bislang nicht die Initiative ergriffen. Es erschien einfacher, alles weiterlaufen zu lassen.

Leonhard setzte sich in seinen anthrazitfarbenen, urgemütlichen Ohrensessel und schaute wieder aus dem Fenster. Der Blick auf die Berge war atemberaubend, gerade heute bei Sonnenschein. Sein Telefon klingelte. Er war erleichtert, dass es nicht der Piepser von der Bergwacht war.

Eine unbekannte Nummer, aber er nahm ab.

»Gerstorff.«

»Hier auch«, erklang Dorothea Gerstorffs Stimme. »Störe ich?«

»Äh, nein. Doro! Was für ein Zufall! Hab gerade an dich gedacht, und schon rufst du an. Wie schön, von dir zu hören. Wie geht's dir?«

»Abgesehen davon, dass ich bis heute Morgen einen Wurm in mir hatte, geht's mir gut.«

»Einen Wurm?«

»Mitbringsel aus Afrika. Die kleinen Biester können schrecklich nerven. Mein Kollege hat ihn heute Morgen aus meinem Ohr gezogen. Zwölf Zentimeter, kann man sich das vorstellen?«

»Oh Gott! Ich hoffe, du bist gegen alles geimpft«, sagte Leonhard besorgt. »Ein Wurm. Das ist nicht gerade das, was man aus Afrika mitbringen möchte. Und sonst?«

»Afrika war aufregend, heiß und zermürbend. Die medizinische Versorgung ist eine Katastrophe, die hygienische auch. Aber das weißt du sicher. Ich kann dir nicht sagen, wie viele Kinder ich auf die Welt geholt habe, und nicht alle waren gesund.«

Dorothea war Gynäkologin, und noch dazu eine sehr gute.

»Aber jetzt bin ich wieder da und kann mal an mich denken, das dachte ich zumindest.«

»Marleen sagte, du hast eine Stelle in Hamburg.«

»Im UKE, ja. Die ist auch wirklich gut. Aber ich werde trotzdem nicht dortbleiben.«

»Nein?«

»Ich komme nächsten Monat zurück nach Garmisch«, sagte Dorothea. »Meine Eltern werden nicht jünger, und du weißt, wie sie sind. Sie sagen nichts und klagen nie, aber ich weiß, dass sie bald auf Hilfe angewiesen sein werden. Also ziehe ich in die Wohnung über ihnen.«

»Du kommst zurück?« Leonhard spürte, wie sein Herz einen Hüpfer machte.

»Ja. Ist schon alles arrangiert. Nur meine Eltern wissen es

noch nicht. Ich hatte ehrlich gesagt gehofft, dass du das übernehmen würdest.«

»Ich soll ihnen Bescheid geben?«

Leonhard hatte seine Schwiegereltern immer gemocht und sich bei ihnen willkommen gefühlt. Er besuchte sie auch hin und wieder, die letzten zwei Monate hatte er dafür aber keine Zeit gefunden.

»Das wäre sehr nett. Sie mögen dich. Und ich will nicht, dass sie einen Schreck kriegen, wenn ich es ihnen am Telefon sage. Du weißt, Papa und sein Herz. Im Gegenzug darfst du dann mal für mich kochen.« Leonhard hörte sie leise kichern. Dorothea hasste Kochen und hatte das immer Leonhard überlassen.

»Also ich mach beides gern, Doro«, sagte er nun. »Kann ich sonst noch was für dich tun?«

»Ich wollte dich fragen, ob wir es ohne Streit und Vorwürfe hinkriegen, mit Marleen und Alexander den achtzigsten Geburtstag ihres Opas zu feiern. Wally und Hanno können auch gern dazukommen. Ich fände es schön, wenn ein wenig Normalität in unser Leben käme.«

»Natürlich, Doro. Ich denke, das kriegen wir hin, bestimmt«, sagte Leonhard.

»Das freut mich, Leo, wirklich. Wie ist es dir ergangen?«

Sie tauschten noch einige Belanglosigkeiten aus und verabschiedeten sich dann freundschaftlich. Leonhard legte auf.

Dorothea würde zurückkommen.

Damit hatte er nun nicht gerechnet. Er hatte gedacht, dass sie in der Großstadt bleiben wollte. Er war so überrumpelt gewesen, dass er sie gar nicht gefragt hatte, wo sie in Garmisch arbeiten würde. Nun, das würde er schon noch erfahren.

Leonhard stand auf und machte sich nun noch einen Kaffee. Auch ohne Krankenhausdienst und Bergrettung hatte sein freier Tag eine Wendung genommen, die er niemals hätte voraussehen können. Er ahnte, dass sein Leben in Garmisch bald noch ein wenig komplizierter werden würde.

Kapitel 14

»Das ist ganz wunderbar.« Victoria streichelte Wilfrieds Unterarm. »Du hast alles richtig gemacht, Wilfried. Jetzt zeigst du es deinen Kindern mal. Die können doch nicht alles mit dir machen!«

»Ganz genau. Darauf trinken wir noch einen Obstler. Ich hab eine Marille, so was Gutes habt ihr noch nicht getrunken.« Er stand auf und schlurfte zu dem alten Küchenbuffet, um Gläser und Flasche zu holen.

Victoria sah ihren Bruder an. Schnell machte er mit zwei Fingern das Victory-Zeichen, und sie lächelte.

Da kam Wilfried zurück. »Also, wo soll ich unterschreiben?«

»Hier, hier … ja, und hier«, sagte Victoria. »Dann ist alles geritzt, und wir können anstoßen.«

Wilfried keckerte. »Meine Kinder werden Augen machen, Augen werden die machen …«

»Es ist die richtige Entscheidung, Wilfried«, sagte Nico und nickte bekräftigend. »Und im Altenheim ›Bergfrieden‹ wirst du dich wohlfühlen. Den ganzen Tag lang kannst du tun und lassen, was nur du willst. Dein Anwesen wird wunderhübsch saniert, alles Alte bleibt erhalten, und du kriegst sogar zweimal im Jahr einen schönen Happen Geld , weil du dich zur Investition entschlossen hast.«

»Ja!« Wilfried kippte schon das Glas. »Ich investiere. Ich, Wilfried, investiere! Das gefällt mir.«

»Uns gefällt das auch.« Victoria nickte ihm freundlich zu.

Eine halbe Stunde später brachen die Geschwister auf.

»Was machen wir, wenn die Kinder uns auf die Pelle rücken?«, fragte Nico, als sie durch die gepflasterten Straßen liefen.

»Sie können gar nichts machen«, meinte Victoria selbstbewusst. »Es gibt Verträge. Und ich hab Wilfried gesagt, er soll es seinen Kindern frühestens in zwei Wochen sagen, wegen der Rücktrittsmöglichkeit. Ab dann haben wir die Katze im Sack. Und es wäre wichtig, dass er bald auszieht ins ›Bergfrieden‹ und wir ihm vertragsgemäß eine kleine Summe Geld bezahlen, damit der Anschein geweckt ist, alles habe seine Richtigkeit. Er soll schwärmen, wie toll alles ist. Damit die anderen mitziehen. So haben wir es doch hundertmal besprochen, Nico.«

»Ja, schon … ich wollte es nur noch mal hören.«

Victoria verdrehte die Augen und beschleunigte ihre Schritte. »Jetzt merk es dir halt mal.«

• • •

Abends machte Leonhard in seiner Wohnung die indirekte Beleuchtung an, sodass sein Wohnzimmer in ein sanftes, warmes Gelb getaucht wurde. Nur zu gern hätte er ein Glas guten Barolo getrunken, aber er konnte die Uhr danach stellen, dass dann der Piepser losging. So war es immer, wenn er Bereitschaft hatte.

Aber obwohl er auf den Wein verzichtete, wurde es kein ruhiger Abend. Gerade als er den Teebeutel aus der Tasse nahm, piepste der Alarm.

Er rief sofort die Zentrale an.

Sebastian hatte Telefondienst. »Zwei vermisste Personen. Junge Frau, dreiundzwanzig, junger Mann, vierundzwanzig. Sina Maier und Daniel Balduin. Wollten zum Freeclimben los. Alpspitze. Sind relativ unerfahren und für die Witterung wohl viel zu dünn angezogen. Ortung negativ.«

»Bin in einer Viertelstunde in der Zentrale«, sagte Leonhard.

Dann radelte er schnell zur Einsatzzentrale, wo Sebastian und weitere Kollegen schon warteten. Neben Xaver stand ein junger Mann, der sich Leonhard als Philipp Köhler vorstellte. Philipp war ein smarter Typ mit dunkelblondem Haar und leichtem Dreitagebart, wachen, hellen Augen und sportlicher Figur. Er reichte Leonhard die Hand.

»Freu mich wirklich sehr, Leonhard. Ich glaub allerdings nicht, dass wir heute den Heli benutzen können«, sagte Philipp dann, und Sebastian nickte. »Es gibt so gut wie keine Sicht. Und es ist dunkel. Dazu wieder dieser Regensturm. Himmelherrgott, dieses Wetter!«

Leonhard nickte ebenfalls. Er hatte länger keinen Einsatz auf der Alpspitze mehr gemacht. Der Berg nötigte selbst ihm Respekt ab, und er wunderte sich immer wieder, welche halsbrecherischen Touren Kletterer dort oben absolvierten. Manche kletterten ohne Handschuhe oder nur im T-Shirt, manche ohne Helm.

»Wir sollten zunächst auf den gängigen Wegen suchen«, sagte Xaver. »Und wir nehmen diesmal den Hektor mit.« Hektor war ein speziell ausgebildeter Lawinenspürhund, der auch auf anderen Einsätzen hilfreich war.

»Wir brauchen noch etwas von den beiden, woran Hektor schnuppern kann«, sagte Sebastian. »Haben wir was?«

»Ja, ich war im Hotel und hab das hier geholt.« Heribert hielt zwei Pullover hoch.

»Sehr gut mitgedacht«, lobte Leonhard. »Auf geht's!«

Sie zogen sich ihre Funktionskleidung aus Softshell an und liefen nach draußen, um im Einsatzfahrzeug zur Alpspitze zu fahren, die markant über Garmisch-Partenkirchen und das Werdenfelser Land ragte. Nicht so hoch wie die Zugspitze, maß sie immerhin 2.628 Meter und war damit einer der höchsten Gipfel in der Region. Gerade in den Sommermonaten war die Alpspitze ein beliebtes Ziel von Kletterfreunden; es gab Touren mit unterschiedlichen Schwierigkeitsgraden, die auf den Gipfel führten.

Sie holperten über die Straße, und das Licht der Scheinwerfer durchschnitt die Dunkelheit, eine Gams wäre ihnen fast vor den Einsatzwagen gelaufen. Der Wagen erklomm nun mit seinem Allradantrieb eine steile Straße, und Leonhard wurde in den Sitz gedrückt.

»Meint ihr, die sind über die Ferrata gelaufen?«, fragte er, der im Einsatzwagen vorne saß, nach hinten. Die bekannteste und auch leichteste Route war die Alpspitz-Ferrata. Der Klettersteig erfreute sich höchster Beliebtheit und war mit

Stahlstiften, Leitern und Stahlseilen gesichert, sodass er auch für Anfänger gut zu bewältigen war.

»Wir fangen da an. Wenn wir sie dort nicht finden, machen wir am Jubiläumsgrat weiter. Oder was meinst du, Leo?«, fragte Xaver. Der Jubiläumsgrat verlief in Richtung Zugspitze.

»So machen wir es. Mist ist, dass wir sie überhaupt nicht orten können. Entweder haben sie keine Funkgeräte dabei, was grob fahrlässig wäre, oder aber sie sind in einem Gebiet, in dem sie keinen Empfang haben. Beide Möglichkeiten sind realistisch.« Leonhard dachte weiter nach. »Hoffentlich sind sie nicht in eine Gletscherspalte gerutscht. In der Dunkelheit sind die Berge tückisch.«

Als sie am Fuß der Alpspitze ankamen, war das Unwetter zu einem tüchtigen Sturm gewachsen. Sie zogen sich Funktionsjacken mit Reflexstreifen an und fleecegefütterte, wasserdichte Handschuhe, setzten ihre Helme auf und verteilten Headsets und sicherten sich gegenseitig, um dann noch dreimal alles zu kontrollieren.

»Und los.« Leonhard und Xaver machten den Anfang. Leonhard hielt Hektor an der Leine, und der Hund schnüffelte und zog.

Zwei Stunden später standen sie erfolglos zusammen. Von den beiden Vermissten gab es keine Spur, auch Hektor hatte nicht angeschlagen. Das Unwetter war gefühlt von Viertelstunde zu Viertelstunde heftiger geworden. Leonhard sah überhaupt nichts mehr. Die Tropfen waren wie kleine Nadeln auf der Haut. Der Sturm stand als graue, tobende

Wand vor ihnen. Die Temperatur hatte deutlich nachgelassen, je höher sie gekommen waren.

»Das bringt nichts«, befand Elmar. Der Sturm heulte und verschluckte fast seine Worte. »Wir machen morgen bei Tagesanbruch weiter.«

»Bis dahin können die erforen sein«, rief Leonhard. »Lasst uns doch noch eine andere Strecke absuchen.«

»Ich muss auch an die Belegschaft denken«, sagte Elmar, der heute die Leitung hatte. Man sah ihm an, dass ihm die Entscheidung nicht leichtfiel.

»Wenn es stimmt, dass die beiden zu dünn angezogen sind, dann könnten sie heute Nacht erfrieren«, meinte nun auch Xaver. »Das wäre fatal.«

»Also gut, wenn ihr es euch zutraut, suchen wir noch den anderen Weg ab«, sagte Elmar. »Kontrolliert bitte eure Taschenlampen und die Funkgeräte.«

Gegen neun Uhr morgens waren sie am Ende ihrer Kräfte.

Gefunden hatten sie nichts.

Auch Hektor hatte kein einziges Mal angeschlagen.

Nun saßen sie im Einsatzwagen auf dem Weg zurück in die Zentrale, wo das nächste, frische Team auf seinen Einsatz wartete. Erschöpft ließ Leonhard den Kopf gegen die Fensterscheibe sinken. Es war für ihn entsetzlich, eventuell zwei Leute im Berg lassen zu müssen, und in den müden Gesichtern seiner Kameraden sah er, dass es ihnen genauso ging.

Kapitel 15

Leonhard saß mit Xaver in der Einsatzzentrale und wartete auf eine Nachricht der Kameraden. Sie tranken heißen, bitteren Tee mit Unmengen Zucker. Schweigend sahen sie aus dem Fenster, nur um festzustellen, dass das Wetter noch schlimmer geworden war. Sturmböen peitschten den Regen an die Scheibe. Auf einmal sahen sie, wie der weiß-blaue Einsatzwagen angefahren kam, und rannten nach draußen, so schnell sie konnten. In den Gesichtern ihrer Kameraden entdeckte Leonhard Kummer. Sie schüttelten den Kopf und blickten auf den Boden.

Leonhard schauderte bei dem Gedanken, dass sie die beiden Kletterer nicht finden würden. Es wäre das vierte Mal in seiner Zeit bei der Bergrettung, dass Tote zu beklagen wären, und in ihm machte sich langsam das Schuldgefühl breit, das er, warum auch immer, angesichts dieser Niederlage empfand. Die Polizei war informiert. Das Team beschloss, noch etwas zu warten und dann noch mal hochzugehen, diesmal auf die Zugspitze, die durch den schmalen Jubiläumsgrat mit der Alpspitze verbunden war.

Leonhard begleitete die beiden Polizisten, während sie

die Angestellten und Gäste des Hotels befragten, in dem die Kletterer gewohnt hatten.

»Nein, die waren immer für sich, die hatten keine Lust, mit anderen zu reden«, sagte ein älterer Herr. »Die saßen alleine. Wo sie hinwollten und was sie gemacht hatten, haben sie auch nie gesagt.«

»Wie genau waren sie denn angezogen?«, fragte einer der Polizisten.

»Die hatten beide so Sweatshirts an und so Hosen, wo überall Taschen dran sind. Was die in den Rucksäcken hatten, weiß ich nicht«, sagte eine Urlauberin.

»Die Frau sah so aus, als hätte sie gar keinen Spaß hier in Garmisch. Die wirkte immer leicht genervt, so als ob sie mitmüsste, ohne es zu wollen«, fügte ihr Begleiter hinzu.

»Ist Ihnen sonst noch etwas aufgefallen?«

»Nein.«

»Haben sich die beiden Proviant mitgenommen?«

»Keine Ahnung.«

Und dann hörte es plötzlich auf zu schneien. Die Bergretter dachten nicht lange nach, sondern machten sich erneut auf den Weg. Alle wollten die beiden unbedingt finden, und bitte unversehrt. Aber die Chancen standen schlecht.

Leonhard und die Polizisten mussten unverrichteter Dinge wieder gehen.

• • •

Xaver, der nicht für die Abendschicht eingeteilt war, begab

sich zurück nach Haus und nahm erst mal ein heißes Bad. Er lag in der Wanne und dachte an die beiden Vermissten.

Verdammt noch mal! Wenn er es schon hörte: unerfahrene Leute, und dann angezogen wie zu einem Picknick. Man müsste einen Führerschein fürs Bergsteigen anbieten. Er schlug mit der flachen Hand ins Wasser, dass es nur so spritzte.

Er duschte sich ab und benutzte dann die Bodylotion, die Frederika ihm zum Geburtstag geschenkt hatte. Er verwendete sie nur ganz selten, weil er es eigentlich affig fand, als Mann eine Körpercreme zu benutzen. Andererseits cremte er sich ja auch das Gesicht ein, wenn er es nicht vergaß.

Glücklicherweise war Jürgen heute ausnahmsweise mal nicht krank, sondern war zur Arbeit erschienen. Bei einem kurzen Blick in den Schankraum hatte Xaver eben gesehen, dass dort wieder genauso viel los war wie die letzten Tage. Und wieder spielten die »Bayernbuben«, als ginge es um ihr Leben. Xaver hörte bis in seine Wohnung, wie sie jetzt »Rosamunde« sangen. Konnten die sich nicht mal was Neues für ihr Repertoire ausdenken? Immer diese uralten Songs. Aber den Leuten schien es zu gefallen. Sie sangen mit und tanzten begeistert, wie Xaver aus dem Geräusch zahlreicher trappelnder Füße schloss.

Es klingelte an der Wohnungstür, und Xaver zog sich schnell seinen Bademantel über. Vielleicht war das Leonhard mit guten Nachrichten vom Berg.

Aber es war nicht Leonhard.

Es war Victoria Falk.

Heute trug sie ganz leger Jeans und einen weich aussehenden Pullover unter ihrer Jacke.

»Herr Altenhofer?« Sie legte den Kopf schief.

»Ja, der bin ich.«

»Ich bin Victoria Falk.«

»Das weiß ich. Wir haben doch letztens unten in der Gaststube an einem Tisch gesessen.«

»Tatsächlich? Und da sind Sie mir nicht aufgefallen? Merkwürdig …« Sie sah ihn an, und er bemerkte, dass sie tiefblaue Augen hatte. So tiefblau.

»Darf ich einen Moment hereinkommen?«

»Nein«, sagte Xaver und merkte, wie unhöflich das klang. »Ich meine, ich würde mir gern erst etwas anziehen.«

»Aber Sie sind doch angezogen«, sagte sie lächelnd.

»Ich meine, was Richtiges.«

»Na gut, dann warte ich so lange hier draußen.«

»Nein, nein, kommen Sie schon rein, Sie können in der Küche warten.«

Sie trat ein, zog ihre Lederjacke aus und nahm ihren Schal ab.

»Geradeaus, dann rechts.« Er nahm ihr die Sachen ab und hängte sie in die Garderobe.

»Ist gut.« Sie ging Richtung Küche.

Fieberhaft überlegte Xaver, wie wohl die Küche aussah. Hatte er aufgeräumt, oder sah es aus wie in der Küche eines Junggesellen, der zu blöd war, sich ein Ei zu braten?

Er rannte fast in sein Schlafzimmer und zog sich hastig Jeans und T-Shirt an, darüber eine Strickjacke. Schnell noch

Socken, dann ins Bad und die Haare wenigstens kurz durchbürsten.

Danach ging er in die Küche und war erleichtert, zu sehen, dass er es tatsächlich geschafft hatte, das Geschirr in die Spülmaschine zu räumen.

»Schön haben Sie es hier«, sagte Victoria, die an seinem Küchentisch Platz genommen hatte.

»Danke. Ist Ihnen kalt? Soll ich die Heizung höher drehen? Warum sind Sie hier? Wollen Sie was trinken?«, fragte Xaver und hätte sich am liebsten auf die Zunge gebissen.

Nun lachte Victoria laut auf. »Sie sind ja lustig. Also, der Reihe nach. Nein, mir ist nicht kalt, die Heizung kann so bleiben. Warum ich hier bin, erzähl ich Ihnen gleich, und ja, ich würde gern was trinken. Was haben Sie denn im Angebot?«

Xaver überlegte kurz. Uff, seine Bereitschaft war seit zwei Stunden vorbei. Also konnte er nun auch was trinken. Er ging an sein hölzernes Weinregal und sah nach, was es zu bieten hatte.

»Was halten Sie von einem guten Roten aus Italien?«, fragte er. »Oder wenn Sie lieber Weißwein mögen, von einem kühlen Chardonnay? Den habe ich im Kühlschrank.«

»Ich nehme das, was Sie auch nehmen. Ich möchte keine Umstände machen«, sagte Victoria und sah sich weiter in der Küche um. »Die Dielen sind ganz alt, oder?«

»Ja, sie sind nie erneuert worden. Dieser Teil vom Haus ist von 1650«, sagte Xaver nicht ohne Stolz.

»Wow, so alt ist Garmisch also«, sagte Victoria beinahe ehrfürchtig.

»Garmisch-Partenkirchen ist noch viel älter. Eintragungen haben gezeigt, dass es den Ort seit mindestens 802 gibt.«

»Sehen Sie, und genau darüber möchte ich mit Ihnen sprechen«, sagte Victoria.

»Über das Alter von Garmisch?«, fragte Xaver verwirrt, während er den Rotwein vorsichtig entkorkte.

»Indirekt. Ach, ich red gar nicht lang um den heißen Brei herum. Ich mach's kurz. Ich brauche in dieser Schlangengrube einen Verbündeten.«

»Ich verstehe nicht ganz.« Xaver holte zwei Rotweingläser aus dem Küchenbuffet und goss dann langsam den Wein ein.

»Die Sache ist die, dass ich Garmisch-Partenkirchen wirklich nichts Böses will«, sagte Victoria. »Aber das scheint ein Großteil der Einwohner hier zu denken. Sogar die Bürgermeisterin hat mich auf der Straße angesprochen und gefragt, was ich eigentlich hier mache. Dabei ist die Sache doch ganz einfach. Ich und mein Bruder, wir wollen dafür sorgen, dass Garmisch-Partenkirchen so schön bleibt, wie es ist. Dass das Alte erhalten bleibt. Nehmen wir doch mal die Pension von der Anna Klinghuber. In diesem Haus sind wahre Schätze. Alte bemalte Truhen und Schränke. Die Kacheln in der Küche, die Öfen und Kamine im ganzen Haus. Die Wandmalereien. Die hutzelige Treppe. Anna hat mir erzählt, wie alt das Haus ist. Und dass sie selbst fast hundert ist. Was wird wohl aus dem Haus und der ganzen Einrichtung? Drei ihrer Kinder leben wohl noch. Eine Tochter wohnt in Australien, ein Sohn in Brüssel, und der andere Sohn ist schon im Altersheim. Was geschieht also, wenn Anna stirbt? Wer bekommt alles? Ich sag es Ihnen. Die Kinder werden die Einrichtung verkaufen oder an ihre eignen Kinder und Enkelkinder geben, wenn die das überhaupt wollen. Dann wird das Haus verkauft, und kein Mensch weiß, wer es kaufen wird und was damit passiert.«

»Moment, aber es gibt ja noch den Denkmalschutz«, warf Xaver ein.

»Ja sicher. Aber selbst wenn der Denkmalschutz sagt, der Balken da muss bleiben, und das bemalte Fensterchen da auch, wird doch der ganze Charme dieses Hauses einfach fort sein. Weg! Weil es nie mehr so werden wird, wie es mal war. Und das versuche ich den Leuten klarzumachen. Verstehen Sie, was ich meine?«

»Ja, sicher.« Er hob sein Glas. »Zum Wohl.«

Sie tat es ihm nach. »Zum Wohl. Auf die guten alten Zeiten!«

Sie tranken, und Xaver merkte, wie die Anspannung des Tages von ihm abfiel. Der Wein schmeckte ganz vorzüglich, nach goldenen Sommertagen und reifen Beeren, und er nahm noch einen Schluck. Ihm fiel ein, dass er den ganzen Tag noch nichts gegessen hatte. Er sollte mit dem Alkohol vorsichtig umgehen.

»Was ist eigentlich mit diesem Haus hier?«, wollte Victoria wissen. »Gehört das Ihnen alleine?«

»Mir und meiner Schwester.«

»Haben Sie Kinder?«

»Nein, bislang nicht. Meine Schwester auch nicht.«

»Da haben wir es doch! Was passiert, wenn Sie und Ihre

Schwester nicht mehr da sind?«, fragte Victoria mit Nachdruck. »Was wird dann aus diesem Haus?«

Sofort dachte Xaver an eine Zwangsversteigerung, doch er verdrängte den Gedanken schnell wieder.

»Ich werde wohl irgendwann an irgendjemanden verkaufen«, sagte er. »Natürlich an jemanden, der das alles zu schätzen weiß. Da ist ja auch noch die Brauerei nebenan.«

»Und das Gebäude nach hintenraus?« Victoria legte die Unterarme auf den Tisch und lehnte sich etwas nach vorn.

»Das war mal ein Hotel. Steht aber jetzt schon seit dem Tod meiner Eltern leer.«

Sie sah ihn an. »Ich hab mich natürlich ein bisschen schlaugemacht«, sagte sie. »Und ich weiß, dass Sie niemanden haben, der das mal alles übernehmen wird. Allzu jung sind Sie auch nicht mehr. Aber es gibt Möglichkeiten: Sie könnten zum Beispiel verkaufen und sich das lebenslange Wohnrecht sichern. Haben Sie darüber schon mal nachgedacht?«

Das hatte Xaver nicht. Eigentlich ein ganz reizvoller Gedanke.

»Das sollte ich mir zumindest überlegen«, gab er zu, und sie nickte.

»Ich sag es doch. Nehmen wir nun mal an, Sie verkaufen an mich und meinen Bruder und wir übernehmen alles, was wir übernehmen sollen. Wir renovieren und restaurieren, und Sie können auf ewig in Ihrer Wohnung bleiben. Das wird dann alles vertraglich geregelt. Alles hier wird für die nachfolgenden Generationen von Garmisch erhalten. Das ist doch ein wunderbarer Gedanke, oder nicht?« Sie legte ihre

Hand auf die von Xaver und sah ihn mit großen Augen an. »Bitte, denken Sie nicht auch schlecht von mir. Das wäre schrecklich.«

Xaver trank wieder und merkte, dass er überhaupt keine Übung mehr darin hatte, ein Gespräch mit einer Frau zu führen. Gut, mit seiner Schwester und mit Nina schon, aber so nicht. Nicht mit solch einer Frau.

»Ich denke doch gar nicht schlecht über Sie«, sagte er.

»Danke. Wissen Sie, was ich jetzt wahnsinnig schön fände?«

»Nein, was denn?«

»Ein Kaminfeuer. Haben Sie einen Kamin?«

»Ja, schon, aber der war ewig nicht mehr an.« Warum eigentlich nicht? Wahrscheinlich war er zu faul gewesen. Oder es hatte sich für ihn alleine nicht gelohnt. Oder – das war am plausibelsten – er war so selten hier oben in seiner Wohnung gewesen, dass er gar nicht darüber nachgedacht hatte.

»Ein Kamin …« Victoria sah glücklich aus. »Wo ist er?«

»Na, im Wohnzimmer.« Er stand auf. »Kommen Sie.«

Zum Glück hatte Xaver immer Holz neben dem Kamin liegen.

Er nahm sein Glas und die Flasche und ging vor.

Victoria folgte ihm.

Kapitel 16

Leonhard hasste diese Situationen, und wie er sie hasste. Aber auch das gehörte zu seinem Beruf. Seine Laune befand sich sowieso auf dem Nullpunkt, denn nach drei Tagen gab es immer noch kein Lebenszeichen von den beiden Kletterern. Ein neuer Suchtrupp war in die Berge gegangen. Leonhard musste sich zusammennehmen, um nicht alle fünf Minuten auf sein Handy zu schauen.

Vor ihm saßen die Eltern der kleinen Janina Brunner, die gerade ihren dritten Geburtstag gefeiert hatte. Sie war schon einige Wochen hier in der Klinik, es hatte sich jedoch keine Besserung bemerkbar gemacht. Die Kleine litt unter einer Unterform der juvenilen idiopathischen Arthritis, die man systemische JIA nannte.

Als Janina noch nicht mal zwei Jahre alt gewesen war, waren ihre kleinen Finger erstmals an den Gelenken angeschwollen, und sie hatte immer wieder stark gefiebert. Der Hausarzt hatte sie schnell an die Spezialklinik in Garmisch-Partenkirchen verwiesen, wo Leonhard dann die traurige Diagnose stellen musste: schweres kindliches Rheuma, das im schlimmsten Fall auch auf die Leber und die Milz ausgreifen und den Herzmuskel schädigen konnte.

»Wir werden Janina weiter medikamentös behandeln und sie zusätzlich auf das Münsterpferdchen setzen.«

»Was ist das?«, wollte die Mutter, eine zarte Frau Ende zwanzig, wissen.

»Es geht hier um Mobilität unter Entlastung«, erklärte Leonhard. »Durch das Sitzen auf Hilfsmitteln findet eine Teilentlastung der Beingelenke statt. Das bedeutet, dass wir eine Streckung in den Gelenken erlangen können und den Kindern gleichzeitig aktive Fortbewegung ermöglichen. Für die Kleinsten haben wir das Münsterpferdchen. Das ist aus Holz und kein Schaukelpferd, sondern quasi zum Vorwärtsreiten gedacht. Es hat Rollen, und wenn die Kinder sich vom Boden abstoßen, werden Hüft-, Knie- und Sprunggelenke automatisch gestreckt. Wir haben damit gute Erfahrungen gemacht. Es macht den Kindern auch Spaß, auf den Pferdchen unterwegs zu sein.«

»Wird Janina denn wieder ganz gesund werden?«, fragte Herr Brunner, ein netter Mann Anfang dreißig, hoffnungsvoll.

»Das kann ich Ihnen nicht versprechen. Wir hoffen, dass die Kombination aus Physiotherapie, die Janina auch weiterhin bekommt, und medikamentöser Behandlung anschlagen wird. Ich erkläre Ihnen das gern noch mal.«

»Ja, bitte«, sagte Frau Brunner fahrig. »Ich habe fast alles wieder vergessen.«

»Kein Problem. Also, von vorne. Die Behandlung der Arthritis beginnt mit der Verabreichung von nichtsteroidalen

Antirheumatika. Diese Medikamente wirken schmerzlindernd, entzündungshemmend und auch fiebersenkend. Bei einer schweren Verlaufsform wird der Einsatz von Basismedikamenten erforderlich. Die greifen regulierend ins Immunsystem ein. Schwer erkrankten Kindern kann man mit Biologika helfen. Diese Medikamente sind gegen körpereigene Botenstoffe gerichtet, die bei der Entstehung von Rheuma eine wichtige Rolle spielen. Eine Kortisontherapie sehe ich bei Janina derzeit noch nicht und hoffe auch, dass es nicht nötig sein wird.«

»Also ist sie gar nicht sehr schwer erkrankt.« Hoffnung schwang in der Stimme der Mutter mit.

»Sie ist schwer erkrankt«, sagte Leonhard. »Sie braucht definitiv eine weiterführende Behandlung. Wir müssen anfangen und weiterschauen.«

»Wie lange soll sie noch hierbleiben?«

»Lassen Sie uns zwei Wochen abwarten«, sagte Leonhard. »Dann sehen wir weiter. Der Verlauf ist von Kind zu Kind, von Mensch zu Mensch unterschiedlich. Deswegen will und darf ich Ihnen keine falschen Hoffnungen machen. So leid es mir auch tut.«

In die Augen der Mutter stiegen Tränen. »Sie hat immer solche Schmerzen. Das ist so schrecklich.«

»Ich weiß. Wir tun hier unser Bestmögliches, Frau Brunner, glauben Sie mir«, sagte Leonhard sanft.

»Das wissen wir«, nickte Herr Brunner und legte einen Arm um seine Frau. »Können wir jetzt zu Janina?«

»Selbstverständlich. Sie sind hier bei uns jederzeit herzlich willkommen. Es tut kranken Kindern immer gut, ihre Eltern zu sehen.«

»Danke, Herr Doktor.« Sie standen auf und verließen Arm in Arm das Büro.

Leonhard blieb noch einen Moment sitzen.

Viele Menschen unterschätzten Rheuma oder taten es ab. Nach dem Motto »Die Gelenke tun halt ein bisschen weh«, wurde es von vielen gar nicht wirklich ernst genommen. Dabei gab es viele Unterarten. Oft war ein schwerer Verlauf die Folge. Bei dreißig bis vierzig Prozent der erkrankten Kinder entwickelte sich eine rheumatische Augenentzündung, eine Iridozyklitis, die unbemerkt ablief und nur durch regelmäßige augenärztliche Untersuchungen rechtzeitig erkannt werden konnte. Solch einen Fall hatten sie ja gerade in der Klinik.

Mal gab es häufige Schübe, mal wenige. Man konnte sich nie sicher sein, was als Nächstes passierte. Manchmal, wenn man dachte, jetzt hatte man es geschafft und ein Fortschritt war zu verbuchen, kam ein Rückschlag. Gerade weil Leonhard so kleine Patienten hatte, setzte ihm das sehr zu. Obwohl er versuchte, die einzelnen Schicksale nicht an sich rankommen zu lassen – häufig gelang ihm das nicht.

Wenn ihn Kinder- oder Elternaugen groß ansahen und viel Hoffnung darin lag, fiel es ihm schwer, immer mit Distanz zu reagieren.

Er bestellte bei Stümpfchen einen Kaffee, und dann klingelte sein Handy. Xaver.

»Kann ich mal vorbeikommen?«, fragte er.

»Das ist schlecht, heute ist wahnsinnig viel zu tun«, sagte Leonhard. »Um was geht's denn? Ist was mit der Bank?«

»Nein, die Absage haben wir doch schon. Es ist was anderes.«

Leonhard schaute auf die Uhr über der Bürotür. Halb eins. Er hatte eine Dreiviertelstunde bis zu seinem nächsten Termin.

»Was hältst du davon, wenn wir einen Spaziergang machen? Ein bisschen frische Luft tut gut.«

»In Ordnung«, sagte Xaver. »Ich hol dich ab.«

Einen Moment gingen Xaver und Leonhard schweigend auf einem Feldweg nebeneinanderher. Leonhard ließ dem Freund Zeit. Er merkte, dass es in Xaver brodelte, warum auch immer.

Eine Handvoll Touristen kamen ihnen entgegen, an den Leinen führten sie Alpakas, die freundlich aussahen und sich brav ziehen ließen. Einige Kinder sprangen herum und streichelten die Tiere.

»Wer hätte gedacht, dass diese Alpakawanderungen hier in Garmisch gut angenommen werden«, sagte Xaver. »Was für eine Idee! Aber es funktioniert.« Er sah den Leuten nach.

»Aber du wolltest mich ja nicht wegen Alpakas sprechen«, sagte Leonhard. »Nun sag schon, was los ist.«

»Ich weiß gar nicht, wo ich anfangen soll«, klagte Xaver.

»Am besten mit dem Anfang. Also …«

Xaver seufzte. Dann schoss es aus ihm heraus. »Ich habe mit Victoria Falk geschlafen.«

»Du hast was?« Leonhard schrie fast.

»Herrje, ja. Nicht so laut, bitte. Sie hat bei mir geklingelt, als ich gerade aus der Wanne kam«, sagte Xaver, als ob das alles erklären würde.

»Und dann?«, fragte Leonhard.

»Wollte sie mir sagen, dass sie kein schlechter Mensch ist, und dann wollte sie was trinken. Ich hab einen Barolo aufgemacht. Weißt du, den du mir mal zu Weihnachten geschenkt hast, der war wirklich gut. Ich glaube, das war vor drei Jahren oder so. Da sieht man mal, wie wenig ich trinke, wenn ich zu Haus bin. Jedenfalls hast du damals gesagt ...«

»Xaver!«, unterbrach Leonhard ihn. »Erzähl weiter!«

»Ja ...« Xaver überlegte, während er mit dem Reißverschluss seiner Jacke herumspielte.

»Dann haben wir Wein getrunken.«

Leonhard verdrehte die Augen. »Wenn du jetzt nicht sofort weitererzählst, kündige ich dir die Freundschaft.«

Xaver starrte ihn an. »Dann hat sie mich gefragt, ob ich einen Kamin habe, und ich hab ja einen. Na ja, und dann ist eben passiert, was so passiert, wenn ein Feuer im Kamin brennt.«

»Ach so. Dann hat man automatisch Sex«, sagte Leonhard genervt.

»Oft jedenfalls bestimmt. Ist ja nicht unromantisch. Ich hatte aber den Abzug nicht geöffnet, und wir mussten husten.«

»Das ist auch wahnsinnig romantisch.« Leonhard spürte, dass ihm gleich der Geduldsfaden reißen würde. Xaver benahm sich schlimmer als ein pubertierender Fünfzehnjähriger.

»Sie hat gefragt, ob ich was dagegen hätte, wenn sie ihren Pullover auszieht, und bevor ich was sagen konnte, saß sie da in so einem Seidenbody mit Spitze und so. Weiß war der, also fast weiß, eher beige. Nee, das trifft es auch nicht, so fleischfarben.«

»Was ist denn das für ein entsetzliches Wort?«

»Ach, ich weiß auch nicht.«

»Und dann?«

»Sie hat mich gefragt, ob ich wüsste, dass ich wie ein richtiger Kerl aussehe. Ich hätte wahnsinnig erotische breite Schultern, hat sie gesagt, und dass sie meine Unterarme lieben würde, so muskulös und perfekt behaart.« Er machte eine Pause. »Und dann hat sie gefragt, ob ich sie denn auch attraktiv finden würde.« Er sah Leonhard nun mit weit aufgerissenen Augen an. »Grundgütiger, Leo. Natürlich finde ich sie attraktiv. Sie ist … unglaublich. Na ja, und so kam dann eins zum anderen.«

Xaver atmete schwer aus. »Es war wundervoll. Leidenschaftlich. So was hab ich vorher noch nie erlebt. Auch nicht mit Ursel.«

Ursel war Xavers langjährige Lebensgefährtin gewesen. Vor drei Jahren hatte sie beschlossen, dass sie in Sri Lanka wohnen wollte. Nun verkaufte sie im Süden der Insel bunte Tücher und Strandkleider und hatte ihr Innerstes gefunden. Xaver hatte sie einmal besucht und war seither der Überzeugung, Ursel würde Drogen nehmen, so abgedreht war sie ihm erschienen. Und seitdem hatte er nichts mehr mit einer Frau gehabt.

»Weißt du, dass eine Frau wie Vic sich gerade mich aussucht, das muss man sich mal vorstellen.«

»Aha, Vic.« Leonhard verschränkte die Arme.

»Ja. Vic überlegt, mir mit der Brauerei und dem Haus und dem Kredit zu helfen.«

»Helfen? Victoria Falk will dir helfen? Dass ich nicht lache.«

»Nun sei doch nicht so negativ. Gönn mir das mal! He, ich bin verliebt, Leo. Ich habe mich in diese Frau verliebt. Es fühlt sich wundervoll an, solch ein Kribbeln ist in mir. Hattest du das noch nie?«

Leonhard dachte kurz an das Kribbeln, das ihn viel zu oft überfiel. Aber das hatte nichts mit Verliebtheit zu tun.

»Ich möchte, dass du vorsichtig bist, mein Freund. Versprich mir das. Ich traue dieser … Vic nicht über den Weg.«

»Mein Herz sagt mir, dass alles gut wird«, sagte Xaver und holte sein Handy aus der Hosentasche. Leonhard sah ihm über die Schulter, als er Vic fünfzig rote Herzchen schickte.

Kapitel 17

Am nächsten Tag gegen sechzehn Uhr machte sich Leonhard mit einer weiteren Truppe erneut auf den Weg in den Berg. Diesmal wollten sie einen weiteren Abschnitt der Zugspitze absuchen. Weil alle Bergretter im Dauereinsatz waren, hatte es sich nicht vermeiden lassen, dass Leonhard und Frederika gemeinsam eingeteilt waren. Während sie die Ausrüstung angelegt hatten, hatte sie ihn kaum eines Blickes gewürdigt und nachdenklich auf ihrer Unterlippe herumgekaut. Sie stellte sich an die entfernteste Stelle, um bloß nicht mit ihm sprechen zu müssen. Als ihr Reißverschluss hakte, ließ sie sich nicht von ihm helfen, obwohl er der Letzte war, der noch im Umkleideraum war.

Zum Team gehörten auch Xaver und Heribert, der aufgeregt war, weil er heute zum ersten Mal die Einsatzleitung hatte.

»Irgendwann muss der Junge ja mal anfangen, Verantwortung zu übernehmen«, hatte Xaver gesagt, und Heribert war sehr stolz, weil er nun bei dieser großen Sache die Hauptlast auf seinen Schultern trug. Natürlich konnte er sich noch rückversichern, aber die anderen würden doch beobachten, wie er mit kritischen Situationen umging.

Leonhard hielt viel von dem jungen Kameraden. Heribert war mit Herzblut und Eifer bei der Sache, er war lernwillig und konnte gut mit Kritik umgehen. Außerdem liebte er seine Heimat, die Berge und die Natur. Beste Voraussetzungen also!

Wieder war der Hund Hektor dabei, den Leonhard erneut an Kleidungsstücken der beiden Vermissten schnüffeln ließ. Aufgeregt lief der Hund hin und her.

»Der ist nervös«, sagte Heribert. »So war er bei den anderen Einsätzen nicht.«

Das stimmte. Sie beobachteten den Hund weiter und folgten der Richtung, in die er zog. Mal schien er eine Fährte aufgespürt zu haben, dann wieder zu verlieren.

In ungefähr tausend Meter Höhe schlug er an. Frederika ließ ihn von der Leine. Der Hund verschwand im dichten Gestrüpp, und alle blieben wie elektrisiert stehen. Nach wenigen Minuten kam er zurückgerannt und bellte.

»Was ist, Hektor?«, fragte Heribert. »Was hast du gefunden? Zeig es uns!«

Sie liefen dem Hund hinterher und kletterten über Steine. Geröll fiel herab, und sie entfernten sich weiter vom Weg. Leonhard sah, wie Heribert sich immer wieder besorgt nach dem Rest der Truppe umsah.

Hektor lief zu einem Loch im Felsen. Vor dem Loch und um das Loch herum lagen Steine, die er wohl mit den Pfoten zur Seite getreten hatte. Er tapste hinein, bellte, kam raus und verschwand gleich wieder.

»Das Loch kenn ich, glaub ich«, sagte Xaver. »Da haben wir doch früher alle dringehockt und heimlich geraucht, weißt du nicht mehr, Leo?«

»Das war hier nicht. Das ist eine andere Stelle. Die hier kenn ich nicht«, meinte Leonhard.

»Doch, das war hier.« Xaver beharrte auf seiner Erinnerung und ging näher an das Loch im Fels. »Hektor, komm her!«

Der Hund bellte wieder, diesmal klang es so, als sei er schon in weiter Entfernung.

»Der ist im Berg«, sagte Leonhard. »Ich sag doch, das ist nicht nur ein Loch. Dahinter geht's offenbar weiter.«

»Vielleicht hast du doch recht«, sagte Xaver. Mit seiner starken Taschenlampe in der Hand kniete er sich nieder und leuchtete hinein. Hektors Bellen wurde immer leiser.

Leonhard kroch halb in das Loch hinein. Das Ende konnte er nicht sehen, also musste es ganz schön tief sein und in den Berg hineingehen. »Hallo?« Keine Antwort. Ob hier Menschen Platz hatten? Er hatte keine Ahnung.

Er kroch rückwärts wieder raus und berichtete den Kameraden von seinem Eindruck. »Ich sichere mich und halte mit euch übers Seil Kontakt. Funkgerät ist an.«

»Sei bitte vorsichtig.« Es war das Erste, was Frederika heute zu ihm sagte.

Er sah sie an. Wieder fielen ihm ihre grünen Augen auf, die sich vor Sorge zu verdunkeln schienen. »Na klar.« Dann machte er sich auf den Weg in das Innere.

Ein paar Meter noch musste er kriechen, dann konnte

er sich bereits aufrichten und gebückt weitergehen. Um ihn herum herrschte Stille. Auch Hektor gab keinen Laut mehr.

Immer, wenn Leonhard auf den Bergen war, überkam ihn Ehrfurcht. In der Dunkelheit dachte er daran, dass die Zugspitze vor rund zweihundert Millionen Jahren aus kalkhaltigen Meeresablagerungen entstanden war. Was hatte dieser Berg wohl schon alles gesehen? Wie viele Menschen und deren Vorgänger, wie viele Tiere? Er musste an den Ötzi denken, der ein Weltwunder war, obwohl er »nur« etwas über fünftausend Jahre alt war, als man ihn gefunden hatte. Leonhard malte sich gerne aus, wie die Menschen damals gelebt hatten. Ob hier, genau an dieser Stelle, schon mal jemand gestanden hatte oder gegangen war? Ob Steinzeitmenschen gelacht hatten? Wie hatten sie sich verständigt? Das faszinierte ihn immer wieder aufs Neue.

»Hallo?« Er leuchtete in die Dunkelheit. Das starke Licht zeigte ihm kahle Felsen, an denen Wasser herabtropfte. Der Weg schlängelte sich weiter, einige Male musste Leonhard über Steine klettern, sich ducken, kriechen. Zwischendurch rief er immer wieder nach den Vermissten. »Hallo! Sina! Daniel! Können Sie mich hören?« Ab und an hörte er aus der Entfernung Hektor bellen. Wo war der Hund nur? Wie weit ging dieser Weg? Es wirkte fast, als hätte jemand hier einen Tunnel geschlagen, aber das war ja wohl kaum möglich. Oder doch?

Nun wurde Hektors Bellen wieder lauter, und eine Minute später stand er hechelnd vor Leonhard, der gebückt vorwärtsging, immer darauf bedacht, dass er noch angeseilt war.

»Na, was hast du gefunden, Junge?«

Hektor sprang aufgeregt herum. Schnell folgte ihm Leonhard. Dann, plötzlich, hörte er es: »Hier! Hallo! Hier sind wir! Helfen Sie uns?« Eine kraftlose Frauenstimme war das.

Leonhard spürte, wie das Adrenalin durch seine Adern rauschte. Die Frau lebte noch! Und ihr Begleiter hoffentlich auch.

Er leuchtete die Umgebung ab – und wäre fast abgestürzt, denn der Weg war zu Ende, und ein riesiger Höhlenraum öffnete sich direkt vor ihm. Fast senkrecht fiel es ab, und das mehrere Meter tief.

»Hier!« Nun sah er die Frau, die unten auf dem Steinboden saß und in eine Rettungsdecke gewickelt war, die im Licht seiner Taschenlampe golden glänzte. Vor ihr auf dem Boden lag ein regungsloser Mann, der ebenfalls zugedeckt war. Wenigstens Decken hatten sie also dabeigehabt. Leonhard ahnte dennoch Schlimmes.

»Ich sehe Sie!«, rief er. »Ich bin von der Bergrettung! Wie geht es Ihnen, Sina?«

»Ich habe starke Schmerzen, und ich komme um vor Durst und Hunger«, kam es zurück. »Und mein Freund ist ohnmächtig … glaube ich.« Angst lag in ihrer Stimme.

»Sind Sie verletzt?«

»Ja, ich bin auf meine Beine gefallen. Ich glaube, etwas ist gebrochen. Mein Freund hat eine starke Kopfverletzung und ziemlich viel Blut verloren. Ich kann mich nicht bewegen, keinen Millimeter, der Schmerz ist zu stark. Ich kann nicht mehr. Ich dachte, dass uns niemand finden würde.« Die junge Frau war ganz offensichtlich am Ende ihrer Kräfte angelangt. Leonhard hörte, wie sie unkontrolliert zu schluchzen begann.

»In Ordnung. Atmen Sie ganz ruhig. Wir sind jetzt da.« Über Funk gab Leonhard den anderen Bescheid, damit sie sich schon mal auf die Bergung vorbereiten konnten.

»Ich bleibe hier bei Ihnen und warte auf meine Kameraden, dann holen wir Sie hoch«, sagte er. »Wie ist das nur passiert?«

»Wir haben den Eingang gesehen und wollten einfach mal schauen, was dahinter ist. Dann sind wir hier runtergestürzt«, erzählte sie, immer noch weinend. »Daniel war bis vorhin noch bei Bewusstsein. Er hat ganz wirr gesprochen. Wissen Sie, wir wollten eigentlich zurückgehen, aber dann haben wir die ganzen Sachen hier unten gesehen, deswegen sind wir so unvorsichtig gewesen.«

»Welche Sachen?«

»Ich … ah, wann kommen denn Ihre Kameraden, ich kann nicht mehr«, schluchzte sie nun wieder.

»Das kann nicht mehr lange dauern. Bewegen Sie sich so wenig wie möglich. Können Sie den Puls Ihres Freundes fühlen, oder geht das nicht?«

»Ich versuch es.« Sie beugte sich über ihn. »Nein, das geht nicht. Ich komme nicht an seinen Arm ran, die Schmerzen.«

»In Ordnung, alles gut.« Leonhard hörte schon die Schritte der Truppe hinter sich.

Kurz darauf waren die anderen da. Weil Frederika die Leichteste war, ließen sie sie vorsichtig zu den beiden Verletzten hinunter. Leonhard hörte, wie Frederika der Frau gut zuredete, bevor sie ihr eine Spritze gegen die höllischen

Schmerzen gab. Anschließend prüfte sie den Puls des Mannes und gab Entwarnung: »Sein Puls ist schwach, aber regelmäßig!«, rief sie nach oben. Xaver jubelte, und Heribert, der neben Leonhard stand, wischte sich erleichtert den Schweiß von der Stirn. Dann hievten Leonhard, Xaver und Heribert erst die Frau und anschließend den bewusstlosen Mann vorsichtig in Tragegurten nach oben. Leonhard sicherte sich und kletterte ebenfalls in die Grube hinab, um Frederika mit der Ausrüstung des Pärchens zu helfen. Sie rollten gerade die Decken zusammen, da sagte Frederika plötzlich: »Guck mal hier, Leo, was ist das?«

Er kam näher. In einer Ecke lagen Ferngläser, Rucksäcke und ein Kompass und eine Taschenuhr. Jemand musste seine Taschen ausgeleert haben. Auch Messer mit Hirschhorngriffen sahen sie.

»Sieht alles alt aus. Merkwürdig. Wir nehmen das mal mit«, beschloss Leonhard.

»Gut. Irgendwer muss hier gewesen sein. Vor etlichen Jahren, so wie es aussieht.« Frederika bückte sich und hob ein ledergebundenes Büchlein hoch.

»Hier, man kann sogar noch lesen, was da jemand geschrieben hat.« Mühsam entzifferte sie die Buchstaben und Zahlen. »Das war 1940. Du liebe Güte!«

Sie starrten auf die Gegenstände. Leonhard leuchtete weiter den Boden ab.

»Da ist noch eine Feldflasche, nein, zwei. Und hier Blechdosen, wahrscheinlich war da Proviant drin«, sagte Frederika. »Wer war das nur?«

»Erinnerst du dich an die Geschichte, die euer Opa immer

erzählt hat? Von den zwei Brüdern, Zwillinge, die im Berg geblieben sind, von denen man nie wieder etwas gehört oder gesehen hat? Das war besonders tragisch, weil beide am Tag ihres Verschwindens Geburtstag hatten. Weißt du nicht mehr?«

»Doch«, sagte Frederika. »Langsam dämmert es mir wieder. War das so um 1940?«

»Das werden wir herausfinden. Am besten, wir lassen doch alles hier liegen und verständigen die Polizei, wenn wir wieder aus dem Berg draußen sind.«

»In Ordnung.«

Leonhard rief nach oben. »Wir sind fertig, zieht uns hoch!« Während sie warteten, sagte er leise: »Es ist schön, dass wir wieder miteinander reden, Rika. Sehr schön.«

Sie sah ihn an. »Findest du?«

»Ja, finde ich. Immerhin sind wir Freunde. Langjährige und gute. Das sollten wir nie vergessen. Ich möchte so gern, dass du mir wieder gut bist. Dieser Kuss … ich weiß nicht, was in mich gefahren ist. Bitte lass uns kein Drama draus machen.«

»Vor ein paar Tagen war es noch ein Versehen. Jetzt ist es fast ein Drama. Was kommt denn als Nächstes?«

»Ach, Rika.«

»Hör auf«, zischte sie. »Ich bin kein Versehen und kein Drama oder sonst was. Merk dir das.«

»Was ist denn nur los mit dir?«

»Gar nichts. Und nun lass mich in Ruhe. Ich wollte heute gar nicht mitkommen, aber ich musste, weil Norbis Frau ihr

Kind bekommt. Sonst hättest du mich gar nicht gesehen. Das wäre auch besser gewesen.«

»Seil kommt. Bitte klinkt euch ein«, kam es von Heribert, dessen Stimme vor Stolz fast kippte.

Sie ließen sich hochziehen, und dann transportierten sie in gebückter Haltung mit weiteren Kollegen den ohnmächtigen Daniel und Sina ab. Sina hatte die Zähne zusammengebissen und versuchte, nicht zu schreien, aber man sah ihr an, dass sie unerträgliche Schmerzen hatte.

Leonhard beobachtete Frederika, die vor ihm ging.

Es wäre ein Jammer, wenn ihre Freundschaft so auseinandergehen würde! Aber momentan war ihr nicht beizukommen. Was er auch sagte, es war verkehrt.

Kapitel 18

Leonhard klingelte bei seinen ehemaligen Schwiegereltern, und Annegret öffnete ihm. Dorotheas Mutter war genauso zart und zierlich wie Dorothea selbst. Nur ihre einst blonden Haare waren nun grau. Sie lächelte Leonhard herzlich an.

»Leo. Ach. Dich gibt's auch noch. Nett, dass du mal vorbeischaust.«

»Ja, Annegret, kann ich kurz reinkommen?«

»Sicher.« Sie ging zur Seite, und er trat in den Flur.

»Gut siehst du aus, die Scheidung scheint dir zu bekommen«, meinte Annegret traurig. »Schade, ich hätte es ja gern gesehen, wenn ihr zwei euch wieder zusammengerauft hättet. Ich mochte dich immer als Schwiegersohn.«

»Ach Annegret«, sagte er. »Du kannst mich doch auch so mögen. Als Ex-Schwiegersohn.«

»Wenn du meinst. Komm, trink einen Wein mit uns. Sag mal, warst du dabei, als diese beiden Kletterer gerettet wurden?«

Leonhard nickte.

»Wir haben davon gehört, eine unglaubliche Aktion!

Beide noch am Leben, nach drei Tagen im Berg! Da haben wir noch einen Grund, um anzustoßen.«

»Gern.«

Er folgte ihr ins Wohnzimmer, wo ihr Mann Wolfgang saß und Zeitung las.

»Welch Glanz in unserer Hütte. Schön, dich zu sehen, Leo. Setz dich.«

»Was macht das Herz?«, fragte Leonhard.

»Ach, die olle Pumpe. Mal kriegt sie einen Anfall und dreht ein bisschen durch, und mal ist sie ganz brav. Gerade ist sie ganz aufgeregt, weil sie sich so freut, dass du da bist. Annegret, hol uns mal einen Viertel von dem guten Roten.«

»Kommt sofort.« Annegret sauste gut gelaunt davon.

Dann saßen sie zusammen auf der alten grünen Couchgarnitur, die Leonhard von zahlreichen Sonntagsbesuchen so vertraut war.

»Die Sache ist die«, sagte Leonhard, nachdem sie angestoßen hatten. »Ihr wisst ja, dass Doro zurzeit in Hamburg ist.«

»Ja, sicher. Ist was passiert?« Annegret war sofort in einer Habtachtstellung.

»Nein, im Gegenteil.« Leonhard stellte sein Glas hin. »Doro wird nach Haus kommen. Zurück nach Garmisch.«

Annegret stellte ihr Glas ab. »Ach je, ach je. Das Kind kommt nach Haus!« Sie konnte es gar nicht glauben.

Und sie würde Dorothea wohl noch als »das Kind« bezeichnen, wenn diese uralt wäre.

Sofort griff Wolfgang sich an die Brust. »Sie kommt zurück! Ach je, die Pumpe spielt verrückt.«

»Reg dich bitte nicht auf, Wolfgang.« Leonhard sah besorgt, dass der alte Mann ganz rot im Gesicht war. Wolfgang war schon immer leicht erregbar gewesen, nun aber wusste Leonhard, warum Dorothea ihn hergeschickt hatte: damit er notfalls Erste Hilfe leisten konnte.

»Denk an deinen Kreislauf, Wölfi«, sagte Annegret nun. »Beruhige dich bitte, beruhige dich doch! Wann genau kommt sie denn? Und wo will sie wohnen? Und wo arbeitet sie dann?«

»Sie zieht in die Wohnung über euch. Wo sie arbeiten wird, weiß ich nicht.«

»Über uns? Kruzitürken, so was! Moosbruckners sind ja ausgezogen, und gerade wird renoviert. Ach, da hat sie das einfach hinter unserem Rücken ausgeheckt. Mein Dorle.« Wolfgang schmunzelte.

»Komm, wir trinken noch ein Glas«, sagte Annegret und goss schwungvoll nach.

Leonhard nickte. »Deinen Achtzigsten wollen wir alle zusammen feiern«, sagte er zu seinem ehemaligen Schwiegervater. »Also mit den Kindern und auch mit meiner Mutter und Hanno.«

Und wahrscheinlich mit Benedikt, na bravo.

»Wie wundervoll!«, rief Annegret. »Ich überlege ja schon die ganze Zeit, was ich backen soll. Bestimmt kommt auch die Frau Bürgermeister und gratuliert bei einem runden Geburtstag. Soll ich Schwarzwälder Kirsch machen und eine Marzipan-Mohn-Torte für dich, Leo? Und was hältst du abends von einem Rehrücken? Oder von Hirschkeule? Oder ein Buffet? Ach, wird das schön. Ich muss auch Süßigkeiten für die Kinder besorgen.«

»Die Kinder sind erwachsen, Annegret.«

»Trotzdem. Meine Enkelkinder bekommen Süßigkeiten. Sie bekommen ja auch jedes Jahr einen Adventskalender. Sonst ist das nicht richtig.«

»Das wird sich alles finden.«

»Wie heißt noch mal die Schokolade, die Marleen so gerne isst? Die mit den ganzen Nüssen. Hach, und mein kleiner Alex-Schatz bekommt Vanillepudding mit Himbeersirup! Wird das schön!«

Leonhard konnte nur noch den Kopf schütteln. Seine Ex-Schwiegermutter war vielleicht eine Marke.

»Dann erzähl mal, Holger.« Leonhard hatte den Oberarzt des Krankenhauses am Telefon.

»Sina Maier geht es den Umständen entsprechend einigermaßen gut. Sie war stark dehydriert, und wir haben sie erst mal an den Tropf gehängt. Gut, dass die beiden Wärmedecken dabeihatten. Ihre beiden Beine sind gebrochen, das linke doppelt. Keine Ahnung, wie sie über Tage diese Schmerzen ausgehalten hat. Aber der menschliche Körper verkraftet ja viel, wenn er muss.« Holger Wendt seufzte. »Für Daniel Balduin sieht es nicht so rosig aus. Auch dehydriert und natürlich auch ausgehungert, aber am schlimmsten sind die Kopfverletzungen. Er hat böse was abgekriegt, schwerstes Schädel-Hirn-Trauma. Er ist jetzt im künstlichen Koma. Wir müssen ihn stabil kriegen.«

»Verstehe. Danke für die Auskunft.« Das war ja furchtbar. Hätten sie die beiden doch schon früher gefunden! Sofort machte Leonhard sich Vorwürfe.

»Die hätten es jedenfalls nicht mehr allzu lange da unten ausgehalten«, sagte Holger Wendt. »Ein Glück, dass ihr den Hund dabeihattet und den Eingang zu dieser Höhle gefunden habt.«

»Ja, darüber sind wir auch alle sehr froh«, sagte Leonhard. »Du hältst mich weiter auf dem Laufenden, ja?«

»Unbedingt. Du, aber noch was anderes. Ich hab gehört, ihr habt in der Höhle noch mehr gefunden. Sachen, die von vermissten Bergsteigern stammen könnten. Weiß man da schon was?«

»Richtig. Nein, ich weiß noch nichts. Die Sachen werden derzeit von der Polizei untersucht«, erzählte Leonhard. »Aber das ist alles ziemlich spannend. Ich bin selbst sehr interessiert daran, mehr herauszufinden.«

»Na dann, wir werden sehen. Mach es gut!«

»Du auch!«

• • •

Einige Tage später saßen Nico und Victoria mit einem jungen Mann, der sich ihnen als Maximilian vorgestellt hatte, in einem kleinen Café fernab von Garmisch und sahen ihn an. »Letztendlich ist es ganz einfach«, sagte Nico zu Maximilian. »Du musst den Leuten einfach nur erzählen, was passieren *könnte*. Verstehst du, *könnte*. Das ist ganz wichtig. Es könnte brennen, es könnte ein Unfall passieren, ach, was könnte noch alles geschehen. Hier ist eine Liste mit Namen und Adressen.«

»Die kennen mich doch hier alle«, sagte Maximilian.

»Eben. Deswegen wirst du das nicht in Garmisch durchziehen, sondern in weiter entfernten Städten. Wir denken ja mit. Hier.« Er reichte ihm die Liste.

»Was da so alles passieren kann«, sagte Nico dann noch mal. »Da steckt man gar nicht drin.«

Victoria nickte. Maximilian nickte auch. Er schien es verstanden zu haben.

• • •

Zur gleichen Zeit rief Leonhards Sohn Alexander an. Leonhard saß gerade in seinem Büro. Er hatte die Familie Holzhäuser verabschiedet, die mit der kleinen Jana zu einem Gespräch hier gewesen war. Jana war zwölf und litt unter starker Arthritis, die hier gut behandelt und eingestellt werden konnte. Die Familie hatte sich überschwänglich bedankt, und Leonhard war sehr, sehr froh gewesen, einen Erfolg verbuchen zu können. Insofern war er guter Laune.

»Papa, das ist ja *die* Neuigkeit!«, rief er. »Wie toll, dass Mama nach Garmisch zurückkommt. Da kann ich euch beide ja gleichzeitig besuchen, na ja, fast.«

Leonhard schmunzelte. Alexander war schon immer praktisch veranlagt gewesen. Er machte es sich außerdem gerne leicht, was er sich allerdings auch leisten konnte. Alex absolvierte sein Medizinstudium in Hamburg mit einer Leichtigkeit, dass man es kaum glauben konnte. Leonhard war stolz, dass Alex nach ihm kam: groß, breitschultrig, dunkelhaarig, und seine braunen Augen strahlten eigentlich immer. »Alexander ist ein Sonnenkind«, sagte Dorothea heute noch, und das stimmte auch. Was er anpackte, gelang ihm meistens. Marleen, ihre Tochter, war das Gegenteil. Introvertiert und bescheiden, lieb, hilfsbereit und fast unscheinbar, lebte sie in einer Wohngemeinschaft in Frankfurt und studierte Publizistik und Medienwissenschaft. Äußerlich kam sie mit ihren hellblonden Locken und der zierlichen Figur ganz nach ihrer Mutter. »Meine kleine Elfe«, hatte Leonhard sie als Kind genannt. Als sie ein Baby gewesen war, hatten er und Doro ständig Angst gehabt, sie zu verletzen, weil sie so zerbrechlich wirkte. Aber das war Marleen gar nicht. Wenn es drauf ankam, war sie zur Stelle. Sie hatte schon geholfen, ein Kälbchen auf die Welt zu holen, als der Tierarzt im Schnee feststeckte, sie konnte Reifen wechseln und liebte halsbrecherische Skitouren, was Doro stets zur Verzweiflung gebracht hatte.

Nun freute sich Alexander also über die Heimkehr seiner Mutter.

»Opas Achtzigsten wollen wir alle zusammen feiern«, teilte Leonhard ihm mit. »Auch mit Oma Wally und Hanno. Alle Mann. Was sagst du?«

»Solange Mama nicht kocht, ist mir alles recht«, sagte Alexander. Leonhard meinte fast, sein verschmitztes Grinsen hören zu können.

»Das übernimmt Omama. Sie überlegt schon ganz begeistert, was es alles geben soll.«

»Dann komme ich gern.«

»Was macht das Studium?«

»Alles gut, Papa. Ich bin gerade in der Rechtsmedizin. Das ist total spannend. Was sich einem da für Welten auftun!«

Er klang begeistert. »Ich dachte erst, ich würde so einen aufgeschnittenen Körper ganz furchtbar finden, aber es ist gar nicht schlimm. Sondern so interessant. Allein wie eine Raucherlunge aussieht!«

Leonhard hörte gespannt zu. Es freute ihn, dass Alexander so sehr in seinem Studium aufging.

Sie telefonierten lange über dies und das, und irgendwann legte Leonhard gut gelaunt auf.

Abends saß er mit Xaver zusammen. Der Freund war nicht wiederzuerkennen. Er strahlte und pfiff vor sich hin. Leonhard machte sich Sorgen. Er hatte den Eindruck, dass Xaver vor lauter Verliebtheit unter Realitätsverlust leiden könnte, und das war bei einer Frau wie Victoria Falk ganz sicher nicht gut.

»Du musst aufpassen, Xaver. Ich glaube nicht, dass diese Frau ehrlich ist.«

Xaver sah ihn an.

»Wie du das schon sagst. Diese Frau. Nur weil sie hier Immobilien kaufen will, muss sie doch nicht automatisch lügen«, sagte er und verschränkte die Arme vor der Brust. »Sie hat mir übrigens ein Angebot für das Haus und die Brauerei unterbreitet, das ist nicht von schlechten Eltern.«

»Bitte lass das prüfen«, sagte Leonhard, und Xaver nickte.

»Wenn du meinst. Sag mal, kann es sein, dass du mir das nicht gönnst?« Kampflustig schaute er ihn an.

»So ein Quatsch. Ich gönne dir alles Glück der Welt, und das von Herzen«, sagte Leonhard ruhig und mit fester Stimme. »Ich möchte nur nicht, dass du betrogen wirst. Willst du es nicht noch mal bei einer anderen Bank versuchen? Oder vielleicht doch noch mal bei deiner Hausbank vorsprechen?«

»Ich habe mit dem Schröder von der Bank hier schon telefoniert«, erzählte Xaver. »Das Risiko ist ihm zu hoch.«

»Verdammte Axt«, sagte Leo. »Dann lass dich halt anstellen bei denen. Oder verkauf eben die Brauerei, und mach nur noch das *Altenhofer*. Das genügt doch vollkommen. Du reibst dich eh schon auf.«

»Ich lass das jetzt alles mal vom Anwalt prüfen, dann seh ich weiter«, sagte Xaver und goss ihnen noch Wein ein.

»Also wenn du das nicht machst, dann bist du einen Kopf kürzer«, sagte Leonhard. »Versprich es mir.«

Xaver verdrehte die Augen. »Meine Güte, ja, ich versprech es.«

Dann fing er wieder an zu pfeifen.

»Haben Sie schon das Neueste gehört, Chef?« Stümpfchen stand in Leonhards Büro und wirkte ganz aufgeregt.

»Nein, was denn?« Leonhard sah von seinen Krankenakten hoch.

»Ich war vor der Arbeit bei Hedda in der Bäckerei, und da waren auch Bärbel und Elli. Es geht um die alten Sachen, die von den Bergrettern in der Höhle auf der Zugspitze gefunden worden sind«, sagte Stümpfchen. »Das haben Sie ja wohl mitbekommen!«

»Ich war sogar dabei. Dass Sie das nicht wissen, Stümpfchen. Sie wissen doch sonst immer alles.« Leonhard grinste.

»Ich habe auch noch anderes zu tun, als Ihre Heldentaten zu verfolgen«, merkte sie hoheitsvoll an. »Jedenfalls sind die

Gegenstände jetzt untersucht worden. Es sind tatsächlich die Dinge der beiden Zwillinge, die 1940 verschwunden sind.«

»Ach, das ist ja interessant.« Leonhard war stolz, dass seine Vermutung sich bewahrheitet hatte. »Und will man jetzt in der Höhle weitersuchen?«

»Das wird noch entschieden. Es ist schon merkwürdig, dass Sie nur die Gegenstände gefunden haben. Da waren keine Skelette, oder?« Nun flüsterte Stümpfchen. »Vielleicht sind sie ermordet worden.«

»Wie kommen Sie denn darauf?«, fragte Leonhard im normalen Ton.

»Pssst«, machte Stümpfchen.

»Warum denn?«

»Wenn die Mörder das hören!«

»Sie lesen eindeutig zu viele Krimis, meine Liebe. Wenn jemand 1940 einen Mord verübt hat, ist er mittlerweile wahrscheinlich schon selbst tot.« Leonhard schüttelte den Kopf.

»Aber merkwürdig ist es«, sagte Stümpfchen in ihrer eigenen Logik.

Am Nachmittag, gerade als Leonhard das letzte Rezept des Tages ausstellte, klingelte sein Handy.

Es war Lisbeth, eine der Töchter von Wilfried.

»Der Vater hat das Hotel verkauft!«, schrie sie fast ins Telefon.

Leonhard hielt den Hörer vom Ohr weg. »Was kann ich denn da tun?«, fragte er.

»Der Vater sagt, das sei allein seine Sache, und er will jetzt erst mal eine Kreuzfahrt machen und das Geld verjubeln.

Und einen Teil des Gewinns hat er wohl investiert. Bitte helft uns!«

»Lis, wie soll ich euch denn helfen?« Manche Bewohner von Garmisch dachten, die Ärzte wären für alles zuständig. Es war nicht das erste Mal, dass jemand anrief, der nicht mit einer Rheumaerkrankung zu tun hatte, und Leonhard um Hilfe bat. Egal, ob es darum ging, im Streit mit der Ehefrau zu vermitteln, oder ob das Obst, das auf der Wiese vom Reinhard lag, dem Oskar zurückgegeben werden musste.

»Da kann ich euch nicht helfen, Lis. Das ist allein seine Sache, wie du schon richtig gesagt hast.«

»Aber das geht doch nicht. Diese Frau bringt nur Unheil über die Stadt! Da muss man doch was machen.«

»Ich wüsste nicht, was.«

»Ach, Leo. Du bist doch Arzt!«

Er verdrehte die Augen. »Am besten, ihr fragt einen Anwalt.«

»Und wer soll den bezahlen? Ein Anwalt kostet Geld!«, keifte Lisbeth und legte dann einfach auf.

Leonhard schaute auf den Hörer und schüttelte den Kopf.

Gedankenverloren saß er eine Weile da und starrte auf seinen Schreibtisch. Er überlegte, ob er sich was Leckeres zu essen kochen sollte. Ein gutes Stück Fleisch mit Kartoffeln und Soße, darauf hatte er Appetit.

Noch mehr Appetit hatte er allerdings plötzlich auf etwas ganz anderes. Das altbekannte Kribbeln durchfuhr ihn, die Sehnsucht kochte hoch. Nur noch ein Mal. Er stand auf, trat ans Fenster und schaute in die Berge. Von hier aus hatte man einen wunderbaren Blick.

Nein.

Nein.

Nein.

Wie fast immer siegte das Ja. Leonhard nahm seine Jacke und verließ die Klinik.

Als er in seinem Auto saß, das er selten benutzte und das eigentlich immer auf dem Klinikparkplatz stand, überlegte er, welche Stadt er heute wählen sollte. Er musste höllisch aufpassen, nicht erwischt zu werden. Dann startete er den Wagen und fuhr raus aus Garmisch. In Peißenberg war er lange nicht gewesen.

Leonhard fuhr und fuhr, und das Kribbeln wurde immer stärker.

Schon oft hatte Leonhard versucht, mit diesem Kribbeln vernünftig und wie ein Arzt umzugehen. Er hatte in Erwägung gezogen, einen Therapeuten aufzusuchen, und hatte ein paar Mal in Online-Selbsthilfe-Foren gechattet. Da hieß es, man müsse sich Hilfe suchen, wenn man es alleine nicht schaffte, aufzuhören. Aber das traute sich Leonhard nicht. Die Gefahr, dass etwas nach außen sickerte, war einfach zu groß.

Kapitel 19

Maximilian atmete tief durch, dann noch mal, dann noch mal.

Er straffte seine Schultern, überlegte sich seinen Text und klingelte bei Hellerichs, die kurz vor München in einem wunderhübschen alten, herzig bemalten Haus aus dem 17. Jahrhundert wohnten. Viele Holzbalken, eine reich verzierte Eingangstüre; auf den Balken darüber stand ein kaum zu entziffernder Satz. Maximilian las nur *Gottes Hilfe* und *Arbeit* und *Schaffen* und *Glück*. Dann die Jahreszahl.

Ein alter Mann öffnete und sah ihn mit klugen grauen Augen an. »Ja, bitte?«

Du liebe Zeit, er hatte nicht gedacht, dass das so schwer sein würde.

»Ich bin der Herr Müller«, sagte er und setzte ein möglichst freundliches Lächeln auf. »Es geht um ein Schreiben, das Sie letztens erhalten haben. Von ›Falk & Falk Immobilienan- und verkauf‹.«

»Ja, da war was.« Herr Hellerich nickte. »Aber wir haben kein Interesse. Wir wohnen schon immer hier. Wir wollen nicht verkaufen.« Nun trat eine alte Frau neben ihn und blieb ebenfalls im Eingangsbereich stehen.

»Was will denn der Herr?«

»Er will mit uns über das Haus sprechen.«

»Genau«, sagte Maximilian eifrig. »Also wenn Sie einen Moment Zeit hätten, erkläre ich Ihnen das gern.«

»Wir lassen keine Fremden rein. Man liest ja so viel, und bei *Aktenzeichen XY ungelöst* heißt es auch immer, man soll das nicht machen. Es laufen zu viele Halunken herum.«

»Ich bin aber kein Halunke«, versicherte Maximilian. »Mein Besuch dient nur Ihrem Besten.«

»Wir wollen nicht verkaufen«, wiederholte Herr Hellerich.

Maximilian schloss kurz die Augen, dann trat er einen Schritt nach vorn. »Überlegen Sie sich das gut«, sagte er leise. »Es kann so viel passieren. Stellen Sie sich mal vor, Sie liegen nachts im Bett und es fängt an zu brennen … ja, stellen Sie sich das mal vor. In einem Seniorenheim ist immer jemand da, der aufpasst, aber hier … das viele Holz … wie das brennt …«

Hellerichs starrten ihn an.

»Wir haben Rauchmelder«, sagte Frau Hellerich vorsichtig.

»Trotzdem kann es brennen«, erklärte er. »Wenn Sie verstehen, was ich meine.«

»Also, hören Sie mal, junger Mann, wollen Sie uns etwa drohen?«

»Wie käme ich denn dazu? Nein, natürlich nicht. Ich will Sie nur vor übereilten Entscheidungen warnen.«

»Leute wie Sie gehören in ein Arbeitslager«, rief Herr Hellerich nun. »Pfui Teufel. Verschwinden Sie! Ich will Sie hier nie wieder sehen. Gehen Sie, oder ich rufe die Polizei!«

Er knallte die Tür zu.

Maximilian stand da wie ein bedröppelter Hund.

So ein Mist. Na ja, auf seiner Liste standen noch neun Adressen für heute.

• • •

Leonhard lenkte seinen Wagen ins Industriegebiet von Peißenberg. Dann suchte er die richtige Straße im Gewerbegebiet. Er stellte erleichtert fest, dass die Scheiben des Etablissements mit blickdichter Folie abgeklebt waren, und es gab auch einen Parkplatz hinter dem Haus.

Noch im Wagen setzte er das Haarteil und eine Sonnenbrille auf, die er immer im Kofferraum hatte. So würde ihn garantiert niemand erkennen. Als er noch keine Perücke hatte, hatte er stets einen Platz gewählt, von dem aus er einen guten Blick in den Raum hatte. Falls er ein bekanntes Gesicht entdeckt hätte, wäre er sofort aufgestanden und hätte behauptet, er hätte sich verfahren und wollte hier nur nach dem Weg fragen, oder sonst etwas, was ihm gerade eingefallen wäre. Es war jedes Mal mit Nervenkitzel verbunden.

Aber bislang war er nie auf Bekannte getroffen.

Er stieg aus, betätigte die Fernbedienung zum Verschließen seines Autos und betrat den Laden. Dunkelheit umgab ihn, er roch Zigarettenrauch und ein wenig Schweiß. Es blinkte und blitzte überall, und im ganzen Raum ertönten Geräusche.

Leonhard ging zum Tresen und bestellte eine Apfelschorle.

Dann verlangte er eine Spielerkarte und setzte sich an einen der Automaten.

Er fing an zu spielen. Das Kribbeln verschwand langsam.

Zur gleichen Zeit saß Maximilian bei Hubert Kranich, der zweiundneunzig Jahre alt war, wie er erzählt hatte. Herr Kranich war liebenswürdig und servierte sogar Kekse.

»Aber verkaufen will ich nicht«, sagte er. »Ich vermach das Haus der Stadt. Es steht ja unter Denkmalschutz, da sollen die sich drum kümmern, wenn ich unter der Erde lieg.«

»Aber wollen Sie denn nicht noch ein wenig umsorgt werden?«, fragte der Besucher.

»Nein.« Hubert Kranich schüttelte den Kopf. »Hätt ich doch schon längst machen können. Geld hab ich genug. Aber nicht auf der Bank. Das hab ich alles hier im Haus. Im Schlafzimmer. Da ist es sicher.«

Nun wurde Maximilian hellhörig. »Aha.«

»Sagen Sie den Leuten, diesen Falks, dass kein Interesse meinerseits besteht.«

Für Herrn Kranich war die Angelegenheit damit abgeschlossen.

»Und jetzt will ich meine Serie schauen.« Er erhob sich langsam.

»Wenn Ihnen bloß nichts passiert«, sagte Maximilian

freundlich. »Es wäre doch schade, wenn hier eingebrochen würde oder so.«

»Oder so?«

»Es kann so viel passieren.«

Herr Kranich stand auf dem Schlauch. »Ich hab hier einen Notfallknopf.« Er zeigte auf sein Armband. »Da drück ich drauf, dann kommen die Sanitäter mit einem Arzt.«

Der andere spürte, dass hier nichts mehr zu machen war.

»Könnte ich Ihre Toilette mal benutzen?«

»Sicher.« Herr Kranich schaute auf seine Uhr. »Meine Serie fängt gleich an.«

»Es geht schnell.«

»Hier den Flur entlang, dann rechts. Ich mach schon mal den Fernseher an.«

Am Ende des Flurs sah Maximilian die Schlafzimmertür offen stehen. Während im Wohnzimmer der Fernseher lautstark anfing zu plärren, ging er hinein.

• • •

Heute schien Leonhard eine Glückssträhne zu haben. Dreihundert Euro hatte er schon gewonnen. Herrlich.

Er beendete das Spiel an diesem Gerät und ging zu einem anderen, um hier weiter sein Glück zu versuchen. Er träumte vom ganz großen Jackpot.

Warum er davon träumte, wusste er auch nicht.

Leonhard hatte Erfolg. Er hatte zwei tolle Kinder. Er hatte Doro zumindest bald wieder in seiner Nähe. Er hatte die Bergwacht. Er war gesund. Sein Beruf bereitete ihm Freude.

Er hatte eine Eigentumswohnung, deren Raten er locker bezahlen konnte.

Wenn er wollte, könnte er morgen nach Australien fliegen, einfach so.

Er brauchte keinen Jackpot.

Aber er wollte ihn, und er wusste, irgendwann würde er ihn bekommen. Bis dahin musste er eben geduldig sein und weiter spielen.

»Leo«, sagte da jemand hinter ihm, und er fuhr zu Tode erschrocken zusammen und drehte sich um. Er merkte, wie das ganze Blut aus seinem Gesicht schwand.

• • •

Maximilian verließ das Haus von Herrn Kranich, der sich in aller Ruhe seiner Serie widmete.

Sein Herz klopfte, er war fix und fertig. Schnell ging er zu dem Auto, das Nico Falk ihm gemietet hatte, schloss auf und setzte sich, atmete ein und aus. Dann holte er die sorgsam verschnürte Plastiktüte aus seiner Jackentasche. Sie hatte gerade so reingepasst. Er legte sie auf den Beifahrersitz und fuhr aus der Stadt raus. Heute würde er niemandem mehr einen Besuch abstatten. Heute würde er nur noch Geld zählen.

• • •

Frederika sah Leonhard ungläubig an. »Was machst du hier? Warum trägst du eine Perücke?«, fragte sie fassungslos.

»Und was machst du hier? Schnüffelst du mir etwa nach?«

Die Worte brachen aus ihm hervor, ohne dass er einen klaren Gedanken fassen konnte.

»Äh, nein, Leo, das tu ich nicht. Ich war bei einer alten Klassenkameradin, die hier wohnt. Wir organisieren ein Klassentreffen. Wir haben im Café gegenüber etwas getrunken. Ich hab deinen Wagen erkannt und gesehen, wie du hier vor zwanzig Minuten reingegangen bist.«

Leonhard zog sich die Perücke vom Kopf, weil er sich plötzlich lächerlich damit fühlte. »Also ich warte hier auf einen Freund.«

»Mit einer Perücke auf dem Kopf und in einer Spielhalle. Aha.« Nun war Frederikas Stimme sarkastisch. »Du kannst dich von mir aus selbst belügen, aber mich belügst du nicht. Ich kenn dich viel zu gut. Also raus mit der Sprache.«

Sie legte ihm eine Hand auf die Schulter. »Kann ich dir irgendwie helfen, Leo?«

In dieser Sekunde sackte Leonhard zusammen. Er spürte noch, wie sie die Arme um ihn schloss. Und dann fing Leonhard an zu weinen.

• • •

Zweihundertzwanzigtausend Euro.

Er konnte es nicht fassen. Das war ja der Hammer! Er könnte eine neue Wohnung mieten oder dem Vermieter sagen, dass er für ein Jahr die Miete im Voraus zahlen würde. Vielleicht würde der alte Kerl sich darauf einlassen und ihm die Wohnung und die Möbel zurückgeben.

Und dann würde er es richtig krachen lassen.

Natürlich würde er niemandem von dem unerwarteten Geldsegen erzählen, er war ja nicht ganz blöd.

Was wohl seine Freunde sagen würden, wenn er plötzlich abends in der Kneipe eine Runde schmiss? Benedikt verstaute das Geld in seiner Aktentasche, in der sich auch die Unterlagen für die potenziellen Immobilienverkäufer befanden, und fuhr nach Garmisch zurück, um mit Nico und Victoria zu reden. Sein erster Tag war nicht wirklich von Erfolg gekrönt, was die Arbeit für die beiden betraf. Aber das störte ihn nicht im Geringsten.

Wie gut, dass der Alte ihn nicht erkannt hatte, und die anderen auch nicht. Er achtete darauf, nur bei Leuten zu klingeln, die er nicht von früher kannte oder die längst vergessen hatten, wie er als kleiner Junge ausgesehen hatte. Das mit seinem Zweitnamen Maximilian war seine Idee gewesen, als er Nico und Victoria kennengelernt und die ihm das Angebot unterbreitet hatten. Wie klug er doch war!

• • •

»Ich kann nichts dagegen tun«, sagte Leonhard. Sie spazierten durch das kleine Örtchen, und er merkte, wie gut es tat, sich alles von der Seele reden zu können.

Frederika hatte sich bei ihm untergehakt und hörte ihm einfach zu, nur hin und wieder stellte sie Fragen.

»Wie lange geht das schon?«

»Es fing an, nachdem Doro ausgezogen ist, nachdem ich diesen Mist mit meiner Kollegin gebaut hatte«, erzählte er.

»Ich war so leer und ausgebrannt, ich fühlte mich so unnütz und so gedemütigt. Ich brauchte ein Erfolgserlebnis.«

»Das verstehe ich gut«, sagte Frederika. »Aber warum ausgerechnet Spielautomaten? Da ist der Suchtfaktor doch viel zu hoch. Ich weiß das, weil ich mal einen Freund hatte, der gespielt hat. Das wurde immer schlimmer. Komm, wir setzen uns in das Café da. Ich hab gerade riesige Lust auf ein Stück Torte.«

»Gute Idee.«

Sie bestellten Kaffee und Kuchen, und Leonhard entspannte sich ein bisschen.

»Du musst dir helfen lassen«, sagte Frederika und legte ihre Hand auf seine. »Das geht nämlich von alleine nicht weg. Es wird immer schlimmer. Viele Leute verschulden sich. Irgendwann pflegt man keine sozialen Kontakte mehr und vernachlässigt auch sonst alles. Bitte lass das nicht schleifen.«

»Will ich ja gar nicht«, sagte Leonhard ernst. »Und ich bin sehr froh, dass wir jetzt reden. Danke.« Er sah sie an. Die Sonne ließ ihre grünen Augen hell leuchten. »Ich bin froh, dass wir überhaupt wieder reden. Warum bist du mir aus dem Weg gegangen, Rika?«

Sie zögerte kurz.

»Ich liebe dich«, sagte sie dann schlicht. »Schon immer.«

»Du liebst mich«, wiederholte er, und plötzlich wurde ihm klar, dass er sich diese Begründung auch hätte denken können.

Sicher. Deshalb war sie so angefasst gewesen, als er von einem Versehen gesprochen hatte.

Er sah sie wieder an. »Das wusste ich nicht.«

»Ich weiß. Ich hab es auch immer verheimlicht. Niemand wusste es und niemand weiß es. Ich hatte gehofft, dass du ähnlich fühlst, und noch mehr Hoffnung hatte ich nach dem Kuss in der Klamm.« Ein Schatten schien sich über ihr schmales Gesicht zu legen. »Aber es ist eben nicht so. Deswegen war ich so grantig zu dir.«

»Ich verstehe. Ach Frederika, tut mir leid … ich weiß selbst nicht genau, warum ich dich geküsst habe. In diesem Moment hat es sich so richtig angefühlt.«

»Ja. Für mich auch. Aber es soll eben nicht sein. Ich hab gehört, Doro kommt zurück und zieht in die Wohnung über ihren Eltern.«

»Ja. Sie kommt nächsten Monat. Und wir werden den achtzigsten Geburtstag ihres Vaters zusammen feiern. So ist es jedenfalls geplant.«

»Wo wird sie denn arbeiten?«

»Das weiß ich alles noch nicht. Jedenfalls freuen sich die Kinder, wenn wir wieder beide an einem Ort sind.«

»Und du?«

»Ja, ist doch schön für die Kinder.«

»Das meine ich nicht. Wie findest du es, dass Doro zurückkommt?«

»Ich weiß es nicht. Ehrlich, ich weiß es einfach nicht.« Er zuckte mit den Schultern. »Ich meine, die Scheidung ist durch. Wir hatten keinen Rosenkrieg. Wir haben es geschafft, alles in Würde abzuwickeln. Du weißt ja, dass ich eine Affäre mit einer Kollegin hatte. Selbst damit ist Doro brillant umgegangen. Sie hat nur einfach getan, was sie für richtig gehalten hat. Sie ist gegangen. Weil sie nicht damit leben konnte, betrogen worden zu sein. Natürlich hab ich ihr versichert, dass das nie wieder vorkommen würde, aber wenn Doro einmal Nein sagt, dann bleibt sie auch dabei. Damit musste ich zurechtkommen und leben. Ich hoffe, dass wir weiterhin gute Eltern sein werden und vielleicht eines Tages sogar Freunde sein können.«

»Liebst du sie noch?«, fragte Frederika leise.

»Ich weiß es nicht«, sagte Leonhard ehrlich. »Ich habe alle Gedanken an sie verdrängt, so gut es ging.«

»Ach Leo.« Frederika seufzte. »Das Leben ist manchmal ganz schön kompliziert.«

Er nickte resigniert. »Das ist es wohl.«

Ihre Hand lag immer noch auf seiner, und er fühlte sich geborgen und hoffte, dass sie sie nicht wegnehmen würde. Und sie nahm sie nicht fort.

Sie war einfach für ihn da.

Es war ein schönes Gefühl.

Kapitel 20

Philipp Köhler steuerte den Helikopter so, als hätte er nie etwas anderes gemacht. Seine Bewegungen waren kontrolliert und sicher, gelassen flog er mal höher, mal tiefer, und so nah an die Bergwand, wie es noch vertretbar war.

Sebastian Haidelsburger saß neben ihm und verfolgte alles. Keine Frage, der Junge beherrschte sein Handwerk. Philipp hatte ihm erzählt, dass er mit seinen dreiunddreißig Jahren schon über zweitausend Flugstunden hinter sich hatte. Sebastian fühlte sich mehr als sicher neben dem jungen Mann, aber ein wenig fühlte er sich auch aufs Abstellgleis geschoben. So war es nun mal, die jungen Leute kamen näher, je älter man wurde, und irgendwann hätte er ja sowieso das Steuer an einen Jüngeren abgeben müssen. Trotzdem ziepte es in Sebastians Innerem. Zugeben zu müssen, dass man bald zum alten Eisen gehören würde, war nicht gerade gut fürs Selbstwertgefühl.

Morgen würde er sich einer weiteren Untersuchung unterziehen, und dann stände hoffentlich die endgültige Diagnose fest. Sein erster Termin bei Leonhards Kollegen in München hatte zumindest den Verdacht schon bestätigt.

Doktor Wahmhoff hatte Sebastian verschiedene Fragen gestellt, die meisten davon hatte er bejahen müssen. Er litt unter dem typischen Zittern, dem Tremor, klagte über Steifheit der Muskeln, seine Bewegungen waren teils langsamer als früher, und er erlebte hin und wieder Gleichgewichtsstörungen.

»Es kann noch schlimmer werden«, hatte Doktor Wahmhoff gesagt. »Zusätzliche Symptome können das sogenannte Freezing sein, also das Einfrieren mitten in der Bewegung, und Schwierigkeiten beim Sprechen und Schlucken. Außerdem können die vegetativen Funktionen beeinträchtigt werden wie zum Beispiel der Blutdruck und die Verdauung.« Dass auch Depressionen und geistige Beeinträchtigungen bis hin zur Demenz die Folge sein konnten, hatte er bereits bei Doktor Google herausgefunden. Nachdem er das gelesen hatte, war er zwei Tage wie betäubt gewesen, bis er sich endlich traute, Hedda davon zu erzählen. Sie hatte ihn in den Arm genommen und ihm versprochen, dass sie für ihn da sein würde.

»Was ist mit Schlafstörungen?«

»Ja, schon, seit einigen Monaten.«

»Das ist ein wichtiges Anzeichen zur Früherkennung. Was macht der Geruchssinn?«

»Da hab ich keine Probleme.«

Doktor Wahmhoff hatte sich Notizen gemacht.

Sehstörungen, Schmerzen in Muskeln und Gelenken, vermindertes Mitschwingen der Arme beim Gehen, Störungen der Feinmotorik sowie Müdigkeit, Abgeschlagenheit, Unsicherheit und Zittrigkeit konnten weitere Symptome sein.

Alles in allem machte Sebastian sich nicht allzu große Hoffnungen.

Aber was sollte er tun? Es war nun mal so, wie es war. Die Kameraden und Kameradinnen von der Bergwacht verhielten sich großartig. Jeder Einzelne hatte ihm auf die Schulter geklopft, ihn kurz umarmt und ihm nur das Beste gewünscht. Und natürlich durfte er jetzt beim Einsatz mitfliegen, zwar nicht am Steuer, aber immerhin war er dabei. Xaver und Leonhard befanden sich ebenfalls in der Maschine.

• • •

Vor einer Stunde war ein Notruf eingegangen. Zwei junge Frauen waren zu einer Klettertour an der Zugspitze aufgebrochen.

»Alter der beiden: vierundzwanzig und sechsundzwanzig. Schwestern, Ina und Katrin Binner, wohnhaft in Stuttgart, mittlere Bergerfahrung, hat Kurt erzählt«, ließ Xaver die anderen wissen. Über Funk hatten die beiden Frauen Hilfe angefordert.

»Eine der beiden ist offenbar nicht richtig gesichert gewesen und ungefähr sieben Meter abgestürzt, wurde dann aber von einem Busch über einem Felsvorsprung gehalten. Nun kommt sie nicht vor und zurück, weil sie, wie die Schwester durchgegeben hat, unter einer lange anhaltenden Panikattacke bewegungsunfähig ist.«

»Mit Sicherheit der Schock«, sagte Leonhard, und alle nickten.

»Ich glaub, ich seh sie«, sagte Sebastian und deutete auf die Felswand. Xaver nahm das Fernglas, Leonhard ebenfalls.

»Flieg noch näher ran«, forderte Sebastian Philipp auf. Nun konnten sie die beiden Schwestern gut sehen. Eine stand gesichert im Felsen und winkte hektisch, die andere einige Meter weiter unten mit dem Gesicht zur Felswand. Sie bewegte sich nicht.

»Ein typisches Verhalten, so wie wir es schon oft erlebt haben«, sagte Leonhard. »Sie hat Angst, vollends abzustürzen, und bewegt sich keinen Zentimeter.«

»Das könnte schwierig werden«, bestätigte Xaver nickend.

Philipp Köhler flog konzentriert näher an die Felsen heran.

»Also, Philipp«, sagte Leonhard von hinten. »Das ist unser erster gemeinsamer Einsatz. Ich weiß, du bist so was schon oft geflogen, aber trotzdem ist es für uns vier hier Premiere. Wir müssen mit der Winde zu der jungen Frau hin. Den Überflug haben wir gemacht, wir wissen, was zu tun ist. Ein Hindernis haben wir nicht, aber eine traumatisierte, unter Schock stehende Frau, von der wir noch nicht wissen, ob und wie schwer sie verletzt ist. Wir machen jetzt einen Schwebeflug über die Einsatzstelle, dann geh ich auf die Kufe. Alles andere wie immer. Ich überprüfe die Position des Hubschraubers und dirigiere dann dich, Philipp, per Funk, damit du den Hubschrauber auch ohne eigene Sicht exakt über der Einsatzstelle positionieren kannst. So weit alles klar, Philipp?«

»Alles klar.« Philipp nickte konzentriert.

Xaver ergriff das Wort. »Gut. Dann werde ich mit Leonhard an der Winde zur Patientin abgesetzt. Während wir uns abseilen, hältst du die Maschine so ruhig wie möglich. Ich bediene die Abseilwinde, deswegen müssen wir in Kontakt bleiben, um eventuelle Positionskorrekturen schnell vornehmen zu können.«

Wieder nickte Philipp.

»Dann überprüfen wir jetzt bitte unsere Funkgeräte und checken unsere Sicherungen. Wir nehmen einen Bergesack mit, weil wir ja nicht wissen, wie groß die Verletzungen sind. Okay?«

»Okay«, sagten alle.

Xaver öffnete die Tür, und von einer Sekunde auf die andere waren die Geräusche des Helis noch lauter.

»Wir sind von der Bergwacht!«, rief er durch ein Megafon zu der bewegungslosen Schwester rüber.

»Mehr nach links«, wies währenddessen Leonhard Philipp an, der sich nun vollends auf die beiden verlassen musste, da er so nah am Berg war, dass er keine Abstände mehr abschätzen konnte.

»Höher!«, rief Leonhard, und Philipp zog den Heli ein kleines Stück nach oben.

Xaver und Leonhard waren zum Ablassen vorbereitet, und vorsichtig wurde das Manöver angegangen. Leonhard spürte Xavers Schulter an seiner. Sie hingen nun in der Luft, nur wenige Meter von der zerklüfteten Felswand entfernt.

»Sehr gut, Philipp«, sagte Leonhard nun über Funk. »So halten. So bleiben.«

Kurze Zeit später waren sie auf gleicher Höhe wie die junge Frau.

»Ina Binner, wir sind von der Luftrettung. Können Sie mir sagen, ob Sie verletzt sind?«, rief Leonhard.

Keine Antwort. Ina Binner stand so dicht an die Felswand gepresst, wie es nur ging. Sie schien noch nicht einmal zu atmen.

»Bitte geben Sie uns ein Zeichen!«, rief Xaver eindringlich, aber noch immer kam keine Antwort.

»Philipp, noch ein bisschen näher ran«, forderte Leonhard den Piloten auf. Dann waren sie nur noch knapp zwei Meter von der Frau entfernt. Ihre Finger waren in die Felsen verkrallt.

Er schaute nach oben. »Halten Sie noch durch?«, rief er zur anderen Schwester hinauf.

»Ja, mir geht es gut!«

»In Ordnung. Bleiben Sie, wo Sie sind.«

»Ina«, sagte Xaver. »Es ist wichtig, dass Sie mit uns sprechen. Wir wollen Sie abbergen, aber Sie müssen mitmachen und helfen. Schaffen Sie das?«

»Nein, ich geh hier nicht weg«, kam es nun von der jungen Frau. Panik lag in ihrer Stimme.

»Das verstehe ich, aber Sie müssen! Wir holen Sie von der Wand. Dafür müssen Sie sich nur ein wenig umdrehen und dann …«

»Nein!«, schrie Ina. »Dann stürze ich ganz ab!«

»Genau das wollen wir verhindern«, sagte Leonhard. »Sie müssen uns vertrauen.«

In diesem Moment brach knapp neben Inas Füßen ein großer Felsbrocken ab und donnerte in die Tiefe.

Ina begann zu schreien.

• • •

»Also so wird das nichts, Maximilian«, sagte Victoria genervt. »Du sollst die Leute dazu bringen, uns ihre Häuser und Grundstücke zu verkaufen. Davon, dass sie dir leidtun, war nicht die Rede.«

»Versuch es halt weiter«, fügte Nico entnervt hinzu. »Provision gibt's erst, wenn der erste Kaufvertrag unterschrieben ist.«

Benedikt nickte. Er würde das schon hinbekommen. Außerdem war da der riesige Batzen Geld, den er gut versteckt hatte. Wie blöd musste man sein, um so viel Bares im Haus zu verstecken!

• • •

»Ich hab Sie!«, rief Leonhard, der seine Arme fest um den Oberkörper von Ina Binner geschlungen hatte. »Ganz ruhig jetzt.«

Ina hörte ihn gar nicht. Sie schrie und schrie um ihr Leben.

»Ina, du schaffst das!«, hörte Leonhard die Schwester von oben rufen.

»Ich kann nicht, ich kann nicht, ich will nicht sterben, bitte, ich will nicht …« Die junge Frau war völlig außer sich und zitterte am ganzen Körper. Schnell befestigten Xaver und Leonhard die Gurte um ihre Taille.

»Tut es Ihnen irgendwo weh?«, fragte Leonhard, der

nichts falsch machen wollte. »Wenn Sie sich etwas gebrochen haben, kann der Gurt schmerzhaft sein.«

»Ich will nur nach Hause«, schluchzte Ina. »Ich will heim!«

»Können Sie ja bald, wir müssen das hier nur zu Ende bringen«, sagte Xaver tröstend.

»Also, noch mal. Tut Ihnen etwas weh?«

»Mein rechter Fuß. Ich spür ihn nicht mehr. Ich spür mein ganzes rechtes Bein nicht mehr«, klagte Ina.

»Gut, darauf passen wir auf. Philipp, Basti, wir sind fertig«, sagte Leonhard in das Funkgerät. »Langsam hoch. Ina, lösen Sie jetzt bitte die Hände ganz vom Felsen.«

Aber Ina hatte sich schon wieder festgekrallt. »Ich kann nicht. Bitte, ich kann nicht.«

»Lassen Sie einfach los. Wir haben Sie. Wir halten Sie.«

Behutsam nahm Leonhard die eiskalten Hände der jungen Frau in seine und zog sie von der Gebirgswand fort. Nun schwebten sie alle drei frei in der Luft.

»Oh Gott!«, schrie Ina. »Mein Bein, mein Bein.«

»Gleich sind wir oben. Der Schock lässt nach, und Sie spüren nun wieder Schmerzen«, erklärte ihr Leonhard. »Ich kümmere mich sofort um Sie, sobald wir im Helikopter sind.«

»Das halte ich nicht mehr aus!«, rief Ina panisch und klammerte sich an Xaver fest. »Es tut so weh, es tut so weh!« Dann sackte sie in sich zusammen.

»Verdammt!«, brüllte in diesem Moment Philipp durch das Funkgerät. »Sebastian hat so was wie einen Anfall oder so. Er zittert ganz stark und liegt halb über dem Steuerknüppel. Was soll ich machen? Ich krieg ihn nicht hoch. Er verkrampft total!«

»Verdammt!«, sagte Leonhard und sah Xaver an. In Xavers Augen stand Entsetzen. Wieso hatten sie nur erlaubt, dass Sebastian mit hochging?

»Versuch, ihn mit aller Kraft von der Steuerung zu schieben!«, rief Xaver, als die Bergwand gefährlich nahe kam. Nur noch wenige Handbreit trennten sie von den scharfkantigen Steinen. Er blickte hoch und sah, wie der Heli sich bedrohlich zur Seite neigte.

»Ich kann nicht, es geht nicht!« Philipp schrie noch lauter.

Leonhard hörte die Verzweiflung in seiner Stimme. Mit einer Hand stabilisierte er den Kopf der bewusstlosen Frau, mit der anderen würde er gleich gegen den Felsen stoßen.

Kapitel 21

Traudel Moosinger sah Benedikt an.

»Was wollen Sie denn mit meinem alten Kasten?«, fragte sie. »Der ist dreihundert Jahre und noch was alt, damit ist doch gar nix mehr anzufangen.«

»Haben Sie denn unseren Flyer nicht bekommen?«

Traudel verstand nicht. »Was ist das?«

»Eine Broschüre. Ein Prospekt. Darin steht, was wir vorhaben mit den ganzen Häusern.«

»Jo, bekommen hab ich da bestimmt was, aber was interessiert's mich?«

Traudel Moosinger war fünfundachtzig und wollte eigentlich nur in Ruhe die Kochsendungen im Fernsehen schauen und ihr Likörchen dabei trinken. Die Bäuerin hatte ihr Lebtag fünfzig Kühe versorgt, Millionen von Federn von Hühnern gerupft und den Schweinekoben ausgemistet. Sie wollte keinen Flyer. Mit wachen Augen blickte sie den Mann an.

»Sie sind ja jetzt in einem Alter, in dem man ans Aufhören denken sollte«, begann er die alte Leier und merkte gleichzeitig, wie sehr ihn der Blick von Traudel irritierte. Er war interessiert, aber auch bohrend.

»Deswegen«, fuhr er stockend fort, »deswegen haben wir uns überlegt, dass wir Senioren wie Ihnen etwas Gutes tun, wenn wir Ihnen helfen, einen Platz in einer Residenz zu bekommen.«

»In einer Residenz?«, fragte sie und lachte. »Der König Ludwig hatte eine Residenz und der Herzog Max in Bayern mit seinem Possenhofen, aber ich geh sicher in keine Residenz.«

»Wer ist denn da, Mama?«, hörte Benedikt da eine Männerstimme aus dem Haus.

»So ein Windhund, der mich in eine Residenz verpflanzen will«, keckerte Traudel fröhlich. »Aber net mit mir. I bleib hier!«

Ein Mann von etwa fünfzig Jahren trat neben die alte Frau. »Guten Tag.«

Benedikt nickte. »Hallo. Es geht um den Ruhestand Ihrer Frau Mutter.«

»Was genau heißt das denn?«

Benedikt hob den Flyer hoch. »Hier, ich habe den noch mal mitgebracht, weil …«

»Den Prospekt hab ich doch schon gesehen. Hört sich interessant an. Kommen Sie mal rein. Mama, machst du uns einen guten Kaffee?«

»Ich will aber net fort«, zeterte die Mutter.

»Erst machst du mal einen Kaffee«, sagte der Sohn.

»Der Mann soll fortgehen, Alois.«

Alois machte eine scheuchende Handbewegung. »Nun

mach schon einen Kaffee, Mama. Anhören kann man sich doch alles erst mal.«

Dann ließ er Benedikt eintreten.

Der atmete tief durch. Endlich ein kleines Erfolgserlebnis.

• • •

Leonhard sah Xaver an und versuchte, ruhig zu bleiben. Wenn der Heli gegen die Felsen krachen würde, wäre es das für sie alle gewesen. Das Seil, an dem sie hingen, ruckte plötzlich, sodass Leonhard mit dem Rücken gegen den Stein stieß.

Leonhard bemerkte überrascht, dass er gar keine Angst hatte. Seine Gedanken sprangen von der Klinik – wer würde sie übernehmen? – zu den Kindern, zu Doro und seinen Eltern. Hoffentlich würde alles schnell gehen. Ihm war kalt. Wie fremdgesteuert hielt er die junge Ina fest. Xaver wirkte ebenso ruhig wie er. Beide sagten sie nichts, und Ina – was für ein Glück für die Frau – war immer noch ohnmächtig. Manchmal war der Körper doch gnädig.

Unvermittelt musste Leonhard an seinen Vater Sören denken. Den hatte das Schicksal auch in den Bergen ereilt. Leonhard schaute hoch in den Himmel. Aber irgendetwas in ihm sagte ihm, dass es das noch nicht gewesen sein konnte … es war, als ob der Vater eine schützende Hand über ihn halten würde.

In diesem Moment spürte Leonhard, wie die Bewegungen des Seils wieder gleichmäßig wurden und der Heli in die Höhe stieg. Leonhards Herz machte einen Sprung vor Erleichterung, und Xaver schloss kurz die Augen.

»Das war knapp«, hörte Leonhard Philipp Köhler von oben durch das Headset sagen. »Aber ich hab ihn losgekriegt. Wenn ihr mich fragt, er braucht sofort einen Arzt.«

»Zieh uns jetzt hoch!«, rief Leonhard.

Als sie langsam an Höhe gewannen, konnte Leonhard Blickkontakt mit Inas Schwester aufnehmen. »Halten Sie noch einen Moment durch?«, rief er ihr zu.

»Was war denn da gerade los?«, rief die Frau zurück. Auch sie klang nun panisch und lehnte sich über den Felsvorsprung. »Der Helikopter war doch viel zu nah am Felsen! Wissen Sie überhaupt, was Sie tun? Und was ist mit Ina? Ina, hörst du mich?«

»Sie hat sich was gebrochen und ist ohne Bewusstsein«, rief Leonhard. »Aber es geht auch um unseren Kameraden im Heli, der ist auch ohnmächtig. Sobald ich bei beiden Erstversorgung geleistet habe, holen wir Sie da runter!«

»Ist gut«, rief sie. »Es geht wohl nicht anders. Bitte sorgen Sie gut für Ina.«

»Danke, das machen wir«, rief Leonhard.

Erleichterung durchströmte Leonhard, als er die Kufe des Helis greifen konnte. Gemeinsam mit Xaver zog er die bewusstlose Frau ins Innere. Dann kümmerte er sich sofort um Sebastian. Er kontrollierte seinen Puls und seine Atmung, um sicherzugehen, dass keine Lebensgefahr bestand. Sebastian atmete schwer.

Endlich war Leonhard fertig. Glück gehabt.

»Verdammt, plötzlich ist mir ganz anders geworden«,

sagte Sebastian schuldbewusst, während er langsam die Augen öffnete. »Ich weiß nicht, was das war. Wir sind noch in der Luft? Habt ihr die Frau schon gesichert?«

»Ja, alle sind außer Gefahr. Du hast eben gekrampft«, sagte Philipp ruhig. »Ich bin froh, dass es dir besser geht. Hast du das öfters?«

Sebastian antwortete nicht und sah Leonhard bittend an. Es musste ja nicht die ganz große Runde machen.

»Wir werden uns später richtig um dich kümmern«, sagte Leonhard. »Nun muss ich erst mal nach Ina Binner sehen.«

Die war immer noch nicht bei Bewusstsein, was Leonhard erleichterte. So konnte er ihr Bein abtasten und ein Schmerzmittel spritzen. Ein Knochen stand heraus, das Schienbein schien in Mitleidenschaft gezogen worden zu sein. Das würde keine einfache Heilung werden. Leonhard vermutete, dass Ina mehrere Operationen über sich ergehen lassen müsste. Aber sonst schien sie unversehrt.

»Okay, Philipp, du kannst jetzt wieder Richtung Felswand steuern. Ich geh dann runter und hol die Schwester«, sagte er.

»In Ordnung.«

Nachdem er erneut seine Sicherungen überprüft hatte, öffnete Leonhard die Tür des Helis und stellte sich auf die Kufe.

Die junge Frau wartete geduldig, und die Bergung klappte reibungslos.

»Danke«, sagte Katrin Binner, als sie im Heli war. »Oh Gott, bin ich froh.« Und plötzlich kamen die Tränen.

»Auf einmal war Ina weg«, schluchzte sie. »Dabei hatten

wir doch alles besprochen und unsere Seile und die Karabiner überprüft.«

»Manchmal löst sich etwas, ohne dass man es merkt«, sagte Leonhard und legte ihr behutsam eine Hand auf die Schulter. »Das passiert nicht oft, aber es passiert.«

»Trotzdem. Ich hatte Ina überredet, diesen Urlaub mit mir zu machen. Sie hatte immer ein bisschen Angst vor den Bergen und der Höhe. Dann hab ich mir die gemeinsame Zeit hier zum Geburtstag gewünscht. Nie wieder wird sie auf einen Berg steigen, das weiß ich.«

»Dann versuchen Sie nicht mehr, sie zu überreden«, sagte Xaver. »Die Berge muss man lieben. Wenn man Angst vor ihnen hat, ist das kein guter Ratgeber. Machen Sie doch andere Urlaube mit Ihrer Schwester. Klettern Sie mit einer Freundin weiter oder einer Gruppe, da gibt es viele Möglichkeiten. Aber zwingen Sie niemanden, mit Ihnen in den Berg zu kommen, wenn er oder sie es nicht will.«

»Nein, mach ich nicht mehr«, schluchzte Katrin. »Ehrlich nicht. Wenn ihr was passiert wäre … oh Gott, ich darf gar nicht daran denken. Sie hatte so ein unglaubliches Glück.« Spontan umarmte sie Xaver. »Ich danke euch so sehr. Danke, danke, danke.«

• • •

»Chef«, sagte Stümpfchen. »Schön, Sie zu sehen. Nett, dass Sie es einrichten konnten, auch einmal hier vorbeizuschauen.«

»Wir hatten doch einen Einsatz, Stümpfchen.«

»Ja, sicher, es sind immer die Einsätze«, sagte die Sekretärin milde. »Dass ich hier alle vertrösten muss, weil der Herr Chef nicht im Haus ist, ist ja nicht so schlimm. Dafür bin ich ja da.«

»Genau«, grinste Leonhard. »War was Wichtiges?«

»Ihre Ex-Frau hat angerufen. Mehrfach. Sie seien auf dem Handy nicht zu erreichen.«

»Das liegt ja auch hier.«

»Genau das habe ich dann auch feststellen müssen. Jedenfalls bittet sie um dringenden Rückruf.«

Leonhard war alarmiert. »Ist was passiert?«

»So hörte es sich nicht an, aber Sie können ja vorsorglich erst mal Ihre Mailbox abhören. Kaffee?«

»Immer, Stümpfchen, das wissen Sie doch.«

»Gut. Übrigens hat man die Zwillinge gefunden.«

»Welche Zwillinge?«

»Also Chef, wirklich, die Bergsteiger von 1940. Die waren übrigens sechzehn und wollten sich beide eine Woche später mit ihren Freundinnen verloben. Ach, es ist so tragisch. Sie kamen nie zurück. Nie, nie, nie. Aber wenigstens hat man ihre Sachen und nun auch ihre sterblichen Überreste gefunden. Es ist so traurig. So traurig!«

»Ja, Stümpfchen.«

»In der Stadtverwaltung sind auch alle ganz ergriffen. Jetzt muss noch ein Zahnarzt kommen und anhand der Knochenfunde bestätigen, dass es auch wirklich die beiden sind. Carolus und Gottfried Uhlenstein. Sie sind es, sie sind es.«

»Ja, das muss der Zahnarzt dann wohl machen.« Leonhard schaute auf die Uhr.

»Aber jetzt kommt das Romantischste.« Stümpfchen setzte sich ungefragt hin. »Eine der beiden Bräute von damals lebt noch. Und wissen Sie, wer es ist?«

»Nein.«

»Na, unsere Anna Klinghuber, die bald ihren Hundertsten feiert!«

Leonhard schaute auf. »Ach, wirklich?«

»Ja. Hat die Gundi von der Stadtverwaltung mir erzählt. Heute Abend schon wollen sie zu ihr gehen, also die Bürgermeisterin und noch ein paar Leute, und ihr den Verlobungsring und einen Brief überreichen, der bei den Sachen von den beiden Brüdern gefunden wurde.«

»Ach je, nicht dass die Anna einen Herzschlag kriegt vor Aufregung und Schreck«, wagte Leonhard einzuwerfen.

»Nein, da will man ganz behutsam vorgehen. Aber vielleicht sollten wir trotzdem besser dabei sein. Sie als Arzt, und ich, wenn sonst was ist.«

»Sie? Sie sind doch medizinisch gar nicht ausgebildet, Stümpfchen.«

»Na und? Ich kann aber wenigstens tröstend und mit Rat und Tat zur Seite stehen.«

Leonhard schmunzelte. »Ich weiß, was Sie wollen. Ihre Neugierde befriedigen. Das wollen Sie.«

»Gut möglich, dass das auch eine Rolle spielt. Aber natürlich keine große«, sagte Stümpfchen. »Sie sind gar nicht romantisch, Chef.«

»Einer hier muss ja normal bleiben. Krieg ich denn jetzt meinen Kaffee?«

Sie stand auf und strich ihren Rock glatt. »Kommt sofort.«

Leonhard nahm sein Handy, hörte die Mailbox ab und rief dann Dorothea zurück, die ihn um ein Treffen bat.

• • •

Heute konnte Leonhard die Klinik mal früher als sonst verlassen, worüber er froh war. Das Erlebnis mit den Binner-Schwestern und Sebastian hatte ihm doch arg zugesetzt. Nach Haus konnte er trotzdem noch nicht, er musste zur Anna Klinghuber.

Da kam ihm Frederika entgegen.

»Wie geht es dir, Leo?«, fragte sie lieb.

»Ganz gut, danke.«

»Hast du noch mal …?« Besorgt sah sie ihn an. Ihre schönen grünen Augen taxierten ihn.

Er schüttelte den Kopf. »Nein, hab ich nicht.«

»Wirklich nicht?«

»Wenn ich es dir doch sage.«

»Gut. Hast du nach einem Therapeuten geschaut?«

»Noch nicht.« Schuldbewusst sah er sie an.

»Leo«, sagte Frederika. »Du hast es mir versprochen.«

»Ich mach es ja auch. Ich bin nur nicht dazu gekommen. Der Einsatz heute war nicht gerade einfach.«

»Ich habe es von Xaver gehört. Aber lass das andere nicht schleifen, okay?«

»Ich hab es dir doch versprochen.« Leonhard hatte ein schlechtes Gewissen. Frederika hatte ja recht.

»Wo gehst du denn hin? Wollen wir ein Bier trinken bei uns?«, fragte sie.

»Ich kann leider nicht. Ich muss zur Anna Klinghuber, wegen der beiden Brüder, deren Überreste gefunden wurden.«

»Ach herrje, ja, das ist eine Geschichte.« Frederika schüttelte den Kopf. »Hoffentlich kriegt sie keinen Herzschlag, wenn sie das hört.«

»Genau das dachte ich auch. Deswegen gehe ich hin. Komm doch eben mit.«

»Na gut.« Gemeinsam gingen sie den Weg zu Annas Haus.

»Ich hab heute mit Doro telefoniert«, sagte Leonhard und sah sie an. »Sie kommt morgen nach Garmisch, um schon mal wegen der Renovierung und so zu schauen. Sie zieht ja in das Haus ihrer Eltern, in den ersten Stock.«

»Ich weiß«, sagte Frederika und nickte. »So was spricht sich ja schnell rum. Freust du dich auf sie?«

»Ich sagte ja schon, ich weiß es nicht genau«, meinte er. »Aber eigentlich, wenn ich so ganz tief in mich reinhöre, dann ja. Doch. Sehr sogar. Natürlich bin ich auch neugierig, denn sie hat heute gefragt, ob wir uns ein paar Stunden Zeit füreinander nehmen können. Für uns beide allein, hat sie gesagt. Dass sie mir was Wichtiges mitteilen und mit mir über die Zukunft sprechen möchte.«

»Das hat sie gesagt?« Frederika blieb stehen.

»Ja«, sagte Leonhard.

»Und du findest das gut? Du hoffst, dass alles wieder ins Lot kommt, stimmt's, oder hab ich recht?«, fragte sie dann beinahe lauernd.

»So weit denk ich gar nicht. Immerhin sind wir rechtskräftig geschiedene Leute«, erklärte er.

»Es gibt Paare, die haben mehrfach geheiratet. Denk mal an Elizabeth Taylor und Richard Burton.« Sie lächelte ihn an und zeigte ihre schönen, geraden Zähne. »Sie liebten und sie schlugen sich, immer und immer wieder.«

»Geschlagen haben wir uns nie«, merkte Leonhard an.

»Noch nicht«, sagte Frederika weise, und dann lachte sie. »Nun schau nicht so erschrocken. Man wird ja wohl noch einen Spaß machen dürfen.«

»Mit den beiden will ich uns nun nicht vergleichen. Jedenfalls treffen wir uns morgen Abend bei euch in der Wirtschaft.«

»Na, da bin ich aber mal gespannt«, sagte Frederika, und ihre Stimme klang in Leonhards Ohren ein ganz klein wenig zynisch.

»So, da sind wir«, sagte er beinahe erleichtert.

Annas Haus war hell erleuchtet, und Leonhard fragte sich plötzlich, ob diese schreckliche Victoria mit ihrem Bruder auch anwesend sein würde. Jedenfalls standen da ein Auto mit dem Logo eines Radiosenders sowie eins mit dem Logo der heimischen Tageszeitung. Ob das alles der Anna guttun würde, bezweifelte Leonhard.

Die Haustür stand offen, und sie vernahmen schon Stimmengewirr, bevor sie im Flur standen.

»Ach je, ach je«, hörte Leonhard Annas Stimme, die aufgeregt klang.

Schnell betraten sie die gute Stube, in der Anna auf einem Biedermeiersofa saß und unentwegt den Kopf schüttelte. Die

Tränen strömten ihr übers Gesicht, und immer wieder hob sie die linke Hand.

»Dass ich das noch erleben darf«, schluchzte sie, und Leonhard machte sich sofort Sorgen um sie. »Beim Herrgott, der Carolus hat mir den Ring hier extra machen lassen, beim Herrgott, und zweiundachtzig Jahre später krieg ich ihn. Und den Brief, den Brief, den Brief.« Nun schlug sie die Hände vors Gesicht.

»Anna, reg dich bitte nicht so auf.« Schon war Leonhard neben ihr und legte den Arm um sie. »Hier sind viel zu viele Leute«, sagte er barsch in die Runde. »Wer hat Sie alle überhaupt bestellt?«

»Na, jemand von der Pressestelle«, sagte ein Journalist, der gerade sein Aufnahmegerät auspackte. »Das ist doch eine ganz romantische Geschichte, nach so vielen Jahren den Verlobungsring endlich zu bekommen.«

»Ach, der Carolus!«, rief Anna nun wieder und drehte den Ring an ihrem Finger. »›Auf ewig!‹ hat er eingravieren lassen, ja, das hat er. Schaut nur, der Ring passt mir, nach all den Jahren. Trotz der Gicht in meinen Fingern. Und dann der Brief. So was … so was …« Sie konnte nicht weitersprechen.

»Was ist denn mit dem Brief?«, fragte Lothar Hartmann von der Zeitung. »Können wir ein Foto davon machen und ihn abdrucken? Was für eine crazy Story.«

»Jetzt ist hier mal Schluss.« Leonhard stand auf. »Genug. Frau Klinghuber braucht Ruhe. Oder ist es auch eine crazy Story, wenn sie uns aus den Latschen kippt?«

»Also hören Sie mal, Doktor Gerstorff«, mischte sich Lydia Krüger vom Marketing der Stadtverwaltung ein. »Das ist doch eine wunderbare, zu Herzen gehende Geschichte, das lesen die Urlauber bestimmt gern, so was. Das passiert ja schließlich nicht alle Tage in Garmisch.« Beifallheischend sah sie sich um. Die beiden Journalisten, der Fotograf und noch ein paar andere Leute nickten.

»Ich bin Arzt und sage, dass es genug ist.« Leonhard deutete zur Tür. »Wenn Sie jetzt bitte gehen würden.«

Zwei Minuten später waren nur noch Anna Klinghuber, Leonhard, Frederika und Stümpfchen da, die mittlerweile auch angekommen war. Stümpfchen saß nun neben Anna und streichelte ihr die alten Hände.

»Liest mir mal einer von euch den Brief vor?«, bat Anna und schaute auf den Ring. Wieder liefen die Tränen.

»Na sicher, Anna. Der Doktor liest ihn vor. Beruhige du dich erst mal. Ein schöner Ring ist das. Was sind denn das für Steine?«

»Granate. Der Carolus wusste, dass ich Granat liebe. Er hat mir schon Ohrringe mit kleinen Granatsteinen geschenkt. Dafür hat er frühmorgens die Milch ausgefahren und sich das Geld zusammengespart. Die trag ich auch grad. Sein Bruder und er wollten mich und meine beste Freundin Lena heiraten. Ein Termin stand auch schon fest für uns vier. Dann kam alles anders.«

In Frederikas Augen standen Tränen. »Willst du den Brief vielleicht lieber allein lesen, Anna?«

»Naaaaaa, ich kann nicht mehr so gut lesen. Nur zum Kochen und Saubermachen reicht's noch. Herr Doktor, lies ihn mir vor, bitte.«

Mit zitternden Händen reichte sie ihm einen alten Umschlag, der wie durch ein Wunder unversehrt geblieben war.

»Für meine innigst geliebte Anna« stand da in schöner Sütterlinschrift. Glücklicherweise konnte Leonhard diese Schrift lesen, da seine Großeltern nur so geschrieben hatten.

Er erbrach das liebevoll mit Wachs angebrachte Siegel und holte den Papierbogen heraus.

»Bist du bereit, Anna?«

Die drehte an ihrem Ring und nickte.

»Mein allerliebstes Annale,
heuer wird unser Jahr, da bin ich ganz sicher. Ich hab in den letzten Monaten nochmal mehr gemerkt, wieviel Du mir bist und wie gern und lieb ich Dich hab. Ja, wir sind noch jung, aber weshalb sollten wir warten, wenn wir doch so sicher sind miteinander? Ich jedenfalls bin es und hoffe so sehr, Du auch. Deswegen schenk ich Dir heut diesen Ring, der Dir sagen und zeigen soll, wie wertvoll Du für mich bist, und ich werde Dich ewig lieben, das versprech ich Dir vor unserem Schöpfer, dem Herrn. Ich kann es kaum erwarten, Deine Augen zu sehen morgen, wenn ich Dir Deinen und der Gottfried der Magdalena ihren Ring gibt. Wir nehmen alles schon mit hoch auf den Berg, weil wir uns ja an einer Rast treffen. Was freu ich mich drauf, mit Dir und dem Gottfried und der Lena unsere Hochzeiten zu planen. Das wird eine Gaudi und wundervoll, so wie unser ganzes Leben werden wird, das weiß ich. Denn dieser Krieg, der ist bestimmt auch bald vorbei, und dann haben wir die goldne Zukunft vor uns, Annale.

Ich lieb Dich wirklich sehr und für immer und ewig,
Dein Carlo«

Anna Klinghuber war mit jedem Wort kleiner geworden. Nun saß sie da wie eine Puppe, reglos und starr. Noch nicht mal mehr Tränen flossen.

Niemand sagte ein Wort. Dann, auf einmal, fing Anna an zu sprechen.

»Diese Liebe zum Carlo, die spür ich heut noch in mir«, sagte sie leise. »Auch wenn ich später meinen Mann Poldi, Gott hab ihn selig, geheiratet hab, weil man das damals eben so gemacht hat, hab ich den Carlo nie vergessen. Oben auf dem Berg wollten wir uns an diesem Tag treffen zu einer Vesper. Die beiden sagten, sie hätten eine Überraschung für die Lena und mich. Du liebe Zeit, ich weiß noch, was das für ein Tag war. Sommer. Es roch nach Wiese und Blumen, da war ein leichter Wind wie oft hier droben, und ich weiß noch, dass ich Krachlederne angezogen hatte zum Wandern. Ein rot-weiß kariertes Kopftuch. Viel Wasser hatten Lena und ich eingepackt, und Schinken und Käs. Ein anständiges Stück Brot und frische Butter. Für die Männer zwei Flaschen Bier vom Altenhofer. Wir war'n so jung. Was haben wir für Pläne gehabt! Einen Milchhof wollte der Carlo haben, bei seinem Onkel mitmachen, ich sollte mit Obst und Gemüse und Brot auf die Wochenmärkte. Sechs Kinder wollten wir haben. Drei Mädchen und drei Buben. Tja, die sechs Kinder hab ich auch bekommen. Nur nicht mit meinem Carlo.« Sie schaute die anderen an. »Der Poldi war mir ein guter Mann. Da kann ich nix sagen. Aber geliebt hab ich ihn nicht. Ich hatt ihn gern.

Geliebt hab ich nur den Carlo. Jetzt grad, in diesem Moment, hab ich noch seinen Geruch in der Nase. Wenn er mich umarmt hat oder wir auf der Wiese gelegen haben, mein Kopf in seiner Armbeuge, gell. Das riech ich gerade, das werd ich nie vergessen. Da in dem Packerl ist noch was von den beiden, packt das mal aus.«

Stümpfchen holte vorsichtig die Sachen aus der Tasche.

»Herrje, dem Gottfried sein Hut. Der Janker vom Carlo.« Anna presste ihr Gesicht in den Stoff. »Mir ist's, als würd's noch nach ihm riechen.« Dann fing sie wieder an zu weinen und wollte nicht mehr aufhören. Die Granate an ihrem Ringfinger funkelten.

Kapitel 22

Eine Stunde später konnten sie Anna in Stümpfchens Obhut zurücklassen. Die hatte angeboten, heute bei der alten Frau zu übernachten, damit sie jederzeit zur Stelle war.

»Was für eine Geschichte«, seufzte Frederika. Sie gingen durch die sternenklare Nacht, der Vollmond leuchtete und ließ die Berge in einem bizarren, wunderschönen, wie gemalten Licht erscheinen. »Irgendwie rührend, dass die Anna ihren Carlo letztendlich ein Leben lang geliebt hat, auch wenn sie dann mit einem anderen verheiratet war.«

»Und Poldi war ein feiner Mann. Er hat sie immer gut behandelt, das kann man nicht von allen Männern behaupten. Ich konnte mich zwar noch erinnern, dass die beiden Brüder damals im Berg verschwunden sind, aber den Rest der Geschichte hatte ich vergessen, ist eben schon so lange her, dass meine Eltern davon erzählt haben. Und man hat ja sein eigenes Leben, nicht wahr?«

»Eins, in dem du vielleicht wieder mit Doro zusammenkommst?«, fragte Frederika leise.

Leonhard war selbst überrascht, dass er nickte. »Ja, vielleicht. Wer weiß das schon. Es ging damals alles so schnell.

Sie war bis ins Mark verletzt, ich hatte falschen Stolz und wollte mich nicht wirklich und von Herzen entschuldigen. Nun, du kennst die ganze Episode ja.«

»Oh ja, ich erinnere mich an viele Abende in unserer Gaststube, die Xaver und ich mit dir verbracht haben«, sagte sie. »Du warst ziemlich fertig. Lange.«

»Ihr habt mir damals sehr geholfen.«

Er erinnerte sich auch, und wie. Abendelang hatte er die beiden samt der kleinen Nina aufgesucht. Sie hatten nach Möglichkeiten gesucht, um Dorothea umzustimmen, hatten darüber gesprochen, wie man alles wieder kitten könnte, hatten überlegt, wie seine Familie die Trennung ohne größeren Schaden überstehen würden. Die beiden Kinder befanden sich lange in einer Zwickmühle. Sollten sie zu Mutter oder Vater halten? Sie hatten ja beide gleich lieb.

Glücklicherweise waren Leonhard und Dorothea so vernünftig gewesen, sich halbwegs gütlich zu einigen. Den Unterhalt für die beiden Kinder zahlten sie beide hälftig, der Hausrat war geteilt worden, der Versorgungsausgleich war geregelt. Sie hatten außer ihrer Ehe alles hinbekommen.

»Wir haben dir gern geholfen«, sagte Frederika, und hakte sich bei ihm unter. »Das weißt du doch. Wofür hat man Freunde, oder? Für uns bist du doch auch da.«

Leonhard tat es gut, mit ihr zu sprechen.

»Natürlich. Mich treibt Xavers Sorge um die Brauerei um, und Sebastians Zustand. Eigentlich hätte er demnächst einen weiteren ambulanten Termin gehabt, aber nach dem Vorfall im Heli hat man ihm nun dazu geraten, stationär in eine Klinik in Stadtnähe zu gehen, und das macht er auch. Nächste

Woche wird dort durch eine Absage ein Zimmer frei. Das erleichtert mich schon. Ich mache mir solche Vorwürfe, dass ich Basti heute überhaupt mit hochgenommen habe. Das war fahrlässig. Wir alle kennen den neuen Kollegen noch nicht gut und wussten nicht, wie er in Extremsituationen reagiert. Zum Glück hat Philipp absolut richtig gehandelt. Kühl und beherrscht.«

»Ja, Xaver hat es erzählt. Scheint ein Guter zu sein, der Philipp Köhler.«

Einen Moment lang schwiegen sie und schauten auf die kristallglitzernden Berge.

Frederika zog ihre Jacke fester. »Wird schon kühler«, sagte sie leise.

»Mhm«, antwortete er. »Ach, Rika, manchmal wünschte ich, es wäre alles wieder wie früher.« Er seufzte. »Ich hab keine Kraft mehr für viele Neuerungen, es hat genügend gegeben.«

»Mhm. Ich weiß, was du meinst.«

»Du.« Er sah sie an. »Können wir bitte Freunde bleiben? Ich denke, mehr kann ich dir nicht geben. Aber ich liebe dich anders, verstehst du?«

»Ja, das verstehe ich«, sagte Frederika und wandte den Kopf ab, sodass er ihr Gesicht nicht mehr sehen konnte.

• • •

»Also, das klingt doch alles ganz wunderbar.« Alois Moosinger sah seine Mutter auffordernd an. »Jetzt sag doch mal, Mutsch, das ist doch ganz hervorragend. Sag doch mal jetzt.«

Traudel Moosinger sagte gar nichts. Sie war völlig überfordert von diesem jungen Mann und ihrem Sohn; beide hatten bis eben ununterbrochen auf sie eingeredet, und ihr schwirrte der Kopf.

»Ja, meinst du wirklich, ich soll in so eine … Residenz umziehen, Alois?«

»Natürlich, Mutsch. Das ist das Beste. Ich muss mir dann keine Sorgen mehr machen, dass du hinfällst und dir was brichst und keiner kriegt es mit.«

»Hm«, machte Traudel.

»Ihr Sohn hat so recht«, pflichtete Benedikt Alois bei. »Einen guten Sohn haben Sie da. Er denkt nicht an sich, sondern nur an seine liebe Mutter.«

»Hm«, machte Traudel wieder. »Ich würd da gern noch eine Nacht drüber schlafen.«

»Warum denn? Wir können doch jetzt alles abschließen«, drängte Alois.

»Genau, einen Vorvertrag schließen«, sagte Benedikt und nickte. »Ich hab alles dabei. Das ist überhaupt kein Problem.« Er holte einen Haufen DIN-A4-Blätter aus seiner Tasche und breitete sie auf dem Tisch aus. »Dann wollen wir mal. Hier, das ist für Sie, und das hier auch.«

»Ich brauch da gar nix lesen, ich kenn mich mit so Verträgen gar nicht aus.« Traudel winkte ab.

Benedikt lächelte Traudel fröhlich an. Alois hatte er im Sack. Der war froh, wenn Geld für den Verkauf des alten Hauses floss und er seine Mutter aufs Altenteil abschieben konnte.

Er wusste natürlich nicht, was das alles für ihn bedeutete. Und für seine Mutter.

• • •

»Doro! Gut schaust du aus.«

Leonhard nahm seine Ex-Frau in den Arm und drückte sie fest an sich. »Du hast abgenommen. Wie dünn willst du noch werden?«

»Ach, du weißt doch, ich hab mir nie viel aus Essen gemacht, deswegen kann ich auch nicht gut kochen«, sagte Dorothea lächelnd und strich ihr blondes Haar zurück. »Du siehst aber auch gut aus.«

»Danke. Nina, bringst du uns zwei extrakalte Weißwein?«

»Na klar«, sagte Nina. »Hallo, Doro! Wie schön, dich wiederzusehen.«

»Ebenso. Hier hat sich aber nicht viel verändert, wie mir scheint.«

»Nö, alles beim Alten so weit. Na ja, ein paar Neuigkeiten gibt's schon, aber die wird dir Leo sicher gleich erzählen.«

»Was gibt's denn?«, fragte Dorothea ihn.

»Ach, Xaver hat Schwierigkeiten mit der Bank, also wegen der Brauerei. Er kriegt keinen neuen Kredit, er hat sich völlig überschuldet.« In kurzen Sätzen erzählte er Dorothea, was alles vorgefallen war.

»Du meine Güte! Das alte Haus und die Brauerei, da muss doch was zu retten sein. Ist es denn für ihn so abwegig, sich nach einem Verkauf anstellen zu lassen?«

»Du kennst ihn doch, er ist ein alter sturer Bock«, sagte

Leonhard und seufzte. »Außerdem hat er sich mit einer merkwürdigen Frau eingelassen.«

Auch die Sache mit Victoria war rasch erzählt.

»Ach je. Manchmal hab ich das Gefühl, dass Xaver nie erwachsen geworden ist«, sagte Dorothea. »Die paar Beziehungen, die er hatte, waren relativ schnell wieder vorbei. Für ihn gab es ja meistens nur das Gasthaus und das Bier.«

»Das ist schon mal ganz schön viel«, sagte Leonhard und lächelte. »Aber ich weiß, was du meinst.«

»Wie ist es dir in meiner Abwesenheit ergangen?«, wollte Dorothea nun wissen.

»Oh, gut.« Auf gar keinen Fall wollte Leonhard mit der Tür ins Haus fallen und seine Ex-Frau auf der Stelle fragen, ob sie es noch mal miteinander versuchen wollten. Aber vorfühlen wollte er heute, nur ein klein wenig.

»Meine kleinen Patienten fühlen sich wohl in der Klinik. Es sind insgesamt gute Fortschritte zu verzeichnen, und ich habe ein starkes Team an meiner Seite. Wir haben zwei Kolleginnen aus Kopenhagen und Hannover hinzubekommen, neues Inventar kaufen können und eine Psychologin eingestellt. Die ist Gold wert.«

»Und Stümpfchen«, sagte Dorothea und er nickte.

»Na sicher, ohne die geht es ja nicht. Sie ist wirklich eine Seele von Mensch, und ich bin sehr froh, dass ich sie habe.«

»Das glaube ich. Schön, dass es dir gut geht. Was macht die Bergwacht?«

»Mit Sebastian gibt's ein Problem.«

Er berichtete, wie sie der Katastrophe nur knapp entgangen waren. »Oh, wie gut, dass das glimpflich ausgegangen ist«, meinte Dorothea erschüttert. »Stell dir mal vor, der junge Mann hätte Basti nicht wegziehen können.«

Leonhard nickte. »Das wäre entsetzlich gewesen. Basti wird nun in eine Klinik gehen.«

»Das ist sicher richtig und das Beste.«

»Weißt du denn nun schon, wie wir den Achtzigsten deines Vaters feiern wollen?«

»Ja, das wollte ich mit dir und den Kindern besprechen. Die kommen nämlich am Wochenende her. Wir wollen Paps einen wirklich schönen Tag bereiten!«

»Die beiden kommen her? Das ist ja klasse«, freute sich Leonhard. »Was für eine tolle Überraschung. Dann sind wir ja alle zusammen. Ich koch uns was. Was hältst du von meiner Lachslasagne? Mit Gurkensalat und viel Dill, so wie du es magst.«

»Das klingt wunderbar, Leo. Danke!«

Spontan nahm er ihre Hände in seine. Zum Teufel mit den Vorsätzen! »Lass mich dir noch was sagen, Doro. Es ist vielleicht nicht der richtige Zeitpunkt, und auch nicht der richtige Ort, aber ich will das vor unserem Wochenende loswerden.«

»Was ist denn? Bist du krank?« Sie schien besorgt.

»Nein, zum Glück nicht. Es ist was anderes … Doro, ich weiß, ich hab viel Mist gebaut damals. Aber es ist wirklich viel Zeit vergangen, und im Nachhinein denke ich, dass wir vieles anders hätten machen sollen. Wir hätten in jedem Fall mehr miteinander reden müssen. An uns arbeiten. Wir hätten unsere Ehe nicht so leichtfertig beenden dürfen. Ich sag dir jetzt ganz ehrlich, wie es ist. Seitdem ich weiß, dass du zurückkommen wirst, hab ich wieder Hoffnung und Mut in mir. Beides gilt für uns. Doro, ich glaube, ich liebe dich. Immer noch, oder wieder, oder was auch immer. Wollen wir es noch mal miteinander versuchen?«

Endlich war es draußen. Leonhard hatte das hier gar nicht geplant, aber war froh, es gesagt zu haben.

»Aber Leo …«, sagte Doro leise. »Das … das wusste ich nicht. Wirklich nicht. Und das ist … also das ist … ich habe damit nicht gerechnet.«

»Ist es denn so schlimm?« Er sah sie fast flehend an.

»Nein, es ist nicht schlimm. Oder doch. Nein. Also ›schlimm‹ ist das falsche Wort, Leo. Aber ich …«

Da kam Nina mit den beiden Weißweingläsern.

»Danke, Nina«, sagte Dorothea. Sie wartete kurz, bis Nina weitergegangen war. »Also, um ehrlich zu sein, ich bin ein wenig überrumpelt. Ich dachte, zwischen uns wäre alles klar.«

»Na, ist es doch auch«, sagte Leonhard eifrig. »Wir müssen es nur wollen.« Was war nur mit ihm los? Er erkannte sich ja selbst kaum wieder. Aber er fühlte sich gut dabei. Er wusste, dass er das Richtige tat. Sie waren zu vorschnell gewesen. Alles könnte wieder gekittet werden.

Sein Herz klopfte bis zum Hals, als er Doro ansah. Sie war durch ihre Zeit in Afrika immer noch leicht gebräunt, ihre wunderschönen blauen Augen glänzten, und sie wirkte drahtig wie eh und je. Voller Elan und Leben.

Er wollte sie zurück.

»Ich liebe dich, Doro«, sagte er, hob ihre Hände an seinen Mund und küsste sie.

»Leo …«

»Guten Abend«, ertönte da eine dunkle Stimme, und Leonhard fuhr erschrocken herum. Hinter seinem Stuhl stand ein hochgewachsener blonder Mann mit hellen Augen und einer sehr sportlichen Statur. Leonhard hatte noch nie vorher einen derart kräftigen, muskulösen Mann gesehen.

»Äh, guten Abend«, sagte Leonhard und sah den Mann an. »Wie können wir Ihnen helfen?«

»Helfen? Das eher nicht. Ich bin hier mit Doro verabredet.« Die Stimme des Hünen klang melodisch und sympathisch.

»Leo, darf ich dir Doktor Kilian Krohn vorstellen?«, fragte Dorothea schnell und stand auf. »Kilian, das ist Doktor Leonhard Gerstorff, mein Ex-Mann.«

Leonhard stand nun ebenfalls auf und starrte die beiden abwechselnd an.

»Ja, schön«, war alles, was er herausbrachte. »Äh, hallo, ja, guten Tag, also, guten Abend«, schob er hinterher. Er fühlte sich wie ein Vollidiot. Kilian Krohn. Wer war denn das bitte? Wieso wollte Doro sich mit ihnen beiden hier treffen?

Doktor Krohn reichte ihm die Hand. »Wollen wir nicht Du sagen?«

Du sagen? Das wurde ja immer besser. Wieso sollte er den blonden Hünen duzen?

»Äh.« Sonst sagte er nichts.

»Setzen wir uns doch wieder«, schlug Dorothea vor. »Nina, bringst du noch ein Glas Wein? Oder mach am besten eine Flasche auf.«

»Na sicher«, antwortete Nina.

Kilian Krohn setzte sich auf einen freien Stuhl. »Da bin ich also«, sagte er freundlich.

»Ja, schön.« Leonhard verstand noch immer nicht, was hier gespielt wurde.

»Was machen Sie denn hier?«, fragte er schließlich einfach.

Kilian lächelte. »Nun, ich sollte dazustoßen. So hatte ich es mit Doro ausgemacht.«

»Die Sache ist nämlich die«, sagte Dorothea behutsam. »Kilian und ich wollen am achtzigsten Geburtstag meines Vaters hier in Garmisch heiraten.«

Leonhard sagte gar nichts. Er schaute die beiden nur an. Dann merkte er, wie ihm schlecht wurde. Er sprang auf und rannte aus der Wirtschaft.

Kapitel 23

›Oh Gott‹, dachte Leonhard, während er in der kühlen Nacht stand und tief Luft holte. Auf keinen Fall wollte er sich hier übergeben. Das fehlte noch, dass Doro mit diesem Doktor rauskäme und ihn so sähe.

Wie peinlich das alles war!

Er atmete weiter. Warum hatte er das zu Doro gesagt? Warum war dieser Mann nicht aufgetaucht, bevor er all das von sich gegeben hatte? Gute Güte, wie ein Sechzehnjähriger hatte er sich benommen.

Ich liebe dich. Wie hatte er das sagen können? Nein, nein, nein, das war so entsetzlich.

Langsam fühlte er sich besser. Was sollte er jetzt tun? Einfach nach Hause gehen? Nein, das wäre feige. Er würde jetzt wieder da reingehen und den beiden gratulieren. Wenn Doro diesem Kilian schon gesagt hatte, was Leonhard ihr gestanden hatte, dann konnte er das jetzt auch nicht mehr ändern.

Er musste sich nun verhalten wie ein ganzer Mann und über den Dingen stehen, auch wenn er am liebsten zu Hause die Decke über die Ohren gezogen hätte.

»Da bin ich wieder«, sagte er einige Minuten später zu Dorothea und Kilian. »Mir war gerade ganz übel, ich glaub, ich hab mittags was Falsches gegessen.«

»Macht doch nichts, Leo. Mit dem Magen hattest du ja immer oft Probleme. Ich hab Kilian schon erklärt, dass das immer ganz plötzlich kommt.« Sie sah ihn an, und er wusste, dass sie Kilian Krohn nichts erzählt hatte. Denn er, Leonhard, hatte noch nie was mit dem Magen gehabt außer einem leichten Grummeln, wenn er zu viel schwarzen Kaffee getrunken hatte.

»Danke, das ist nett. Also das sind ja wunderbare Neuigkeiten. Meinen allerherzlichsten Glückwunsch«, sagte Leonhard schwungvoll und hoffte, dass man ihm nicht anmerkte, dass er diesem Kilian am liebsten an die Gurgel gegangen wäre.

»Nichts macht mich glücklicher, als dich glücklich zu sehen, Doro«, fuhr er fort. »Und natürlich duzen wir uns, Kilian, das ist wohl klar.«

Kilian lächelte entwaffnend. »Wundervoll! Dann kann ich ja auch gleich mit der Tür ins Haus fallen. Doro wird eure gemeinsame Tochter fragen, aber ich habe keine Kinder und da dachte ich, es wäre doch schön, wenn du mein Trauzeuge sein könntest.«

Eine Faust knallte in Leonhards Magen. Auch das noch.

»Wunderbar«, sagte er. »Welche Ehre. Das freut mich unglaublich. Natürlich gern, Kilian. Sehr gern sogar.«

»Ich bin sicher, die Kinder werden sich auch freuen«, sagte Dorothea mit einem Lächeln. Ihr war die Erleichterung anzusehen. »Wir heiraten nur standesamtlich und feiern dann bei Xaver in der Wirtschaft, ich hab das mit ihm geklärt.«

Aha. Xaver hatte es schon vor ihm gewusst. Na prima. Leonhard war stinksauer, dass der Freund nichts gesagt hatte. Wo war er überhaupt? Bei der Bergwacht hatte er heute keine Bereitschaft, Leonhard hatte vorhin noch die Dienstpläne bekommen.

Da kam Nina mit der Flasche Weißwein an ihren Tisch.

»Wo ist denn der Xaver?«, fragte Leonhard.

»Aushäusig«, sagte Nina. »Er hat ein Date, wie er mir sagte.«

Leonhard runzelte die Stirn. Wahrscheinlich mit dieser Victoria. Konnte die nicht endlich aus Garmisch abdampfen?

»Jetzt stoßen wir erst mal an«, sagte Dorothea.

»Ja, auf die Liebe und das Glück«, schwadronierte Kilian fröhlich und füllte die Gläser. Sie stießen an.

»Ist das alles nicht wunderschön?«, fragte Kilian.

Leonhard sagte nichts und wurde unterm Tisch von Dorotheas Fuß angestupst.

»Ja, so wunderwunderschön«, sagte Leonhard und kam sich vor wie in einem skurrilen Theaterstück.

»Wir müssen unserem Leo unbedingt erzählen, wie wir uns kennengelernt haben«, sagte Kilian.

Unserem. Aha. Sicher, sicher. Leonhard wollte nichts anderes hören.

Am liebsten hätte er sich die Ohren zugehalten, den Tisch umgeworfen und vorher alle Gläser runtergefegt.

»Wir waren ja beide in Kenia tätig und haben dort so viel Unglück gesehen, dass wir froh waren, wenigstens ab und an mal flüchten zu können, um Normalität zu finden. Also haben wir uns kurzerhand und gegen die Ratschläge der Einheimischen einen Camper gemietet und sind in einer Woche, in der wir freihatten, losgefahren. Damals noch als reine Kollegen.« Kilian blickte Dorothea verliebt an, und Leonhard hatte den Eindruck, dass ihr die Situation etwas unangenehm war.

Sie ergriff jetzt das Wort. »Ich musste aufs Klo und dachte, wenn ich kurz ins Gebüsch gehe, passiert schon nichts. Leider war da …«

»Eine Speikobra«, vervollständigte Kilian den Satz.

»Hört sich nicht gut an«, sagte Leonhard.

»Ist es auch nicht. Die Biester werden normalerweise maximal zwei Meter lang, was schon lang genug ist, aber die hier war viel länger.«

»Wahrscheinlich giftig«, mutmaßte Leonhard.

»Und ob.« Kilian hob einen Zeigefinger. »Die Viecher beißen nicht nur, sie spucken auch, und zwar über mehrere Meter und ganz gezielt in die Augen von demjenigen, von dem sie sich bedroht fühlen. Wird das Gift nicht ausgewaschen, kann das blind machen. Eine Speikobra hat übrigens genügend Gift, um mehrere Menschen zu töten.«

Doro erzählte weiter. »Jedenfalls hockte ich da und hatte die Hose unten, da hörte ich es rascheln und kippte vor Schreck hintenüber. Da hatte sich das blöde Vieh schon herangeschlängelt und aufgerichtet. Ich dachte sofort, dass das eine Giftschlange ist, wir hatten uns ja informiert.«

»Sie hat leise nach mir gerufen, und zum Glück hab ich sie gehört. Sie hätte ruhig schreien können, Schlangen sind ja wie taub, sie haben zwar ein Innenohr, aber damit spüren sie nur Bodenschwingungen«, berichtete Kilian. »Also bin ich Trottel ohne irgendwas in die Büsche, um nach Doro zu suchen, und was passiert?«

»Die Kobra hat gespuckt?«, warf Leonhard ein.

»Nein. Sie ist abgehauen.«

»Ist doch gut.«

»Ja, klar. Dafür standen da plötzlich zwei Löwen.«

Nun wurde es Leonhard doch mulmig. »Einfach so?«

»Na ja, wir waren ja in der Serengeti unterwegs, und da gibt's nun mal Löwen. Wir hatten also beide alles falsch gemacht, was man falsch machen konnte. Ich höre die Leute noch sagen: Bleibt im Auto, geht nicht einfach in der Wildnis spazieren, das könntet ihr mit eurem Leben bezahlen.«

»Oh Gott«, sagte Leonhard.

»Wir leben ja noch«, sagte Kilian. »Die Löwen standen erst mal nur da, so drei, vier Meter von uns entfernt, dann legten sie sich hin. Es war ein Pärchen. Offenbar waren sie satt, was unsere Rettung war.«

»Ich bin vor Angst fast gestorben«, gestand Dorothea.

»Zum Glück nicht«, sagte Kilian und streichelte über ihren Handrücken. »Jedenfalls sind wir dann langsam zurück zu unserem Camper gegangen und haben die Tür hinter uns zugezogen.«

»Und ich musste immer noch aufs Klo.« Dorothea lachte.

»An diesem Abend haben wir in einer Lodge übernachtet, weil es uns im Camper zu unheimlich war«, sagte Kilian. »Nun, und da ist es dann …«

»Details interessieren Leo bestimmt nicht«, meinte Dorothea und zwinkerte Kilian zu. Der nickte. Leonhard war dankbar.

»Das hätte übel ausgehen können«, meinte er. »Ich bin froh, dass die Löwen nicht hungrig waren.«

»So sind wir also zusammengekommen«, sagte Dorothea.

»Ja. Und jetzt wird geheiratet«, vervollständigte Kilian die Feststellung.

»Hört, hört!«, sagte Dorothea.

Gegen dreiundzwanzig Uhr machte sich Leonhard auf den Heimweg. Er hatte von allem genug für heute. Vom Wein, von Kilians Geschwafel, von Doros Fußtritten unter dem Tisch, von der Tatsache, dass Doro heiratete und er sich auch noch vor ihrem Zukünftigen zum Affen gemacht hatte.

Dann dieser runde Geburtstag und die Heirat gleichzeitig. Warum konnte er sich nicht einfach in Luft auflösen?

Während er in der Dunkelheit zu seiner Wohnung lief, ging es wieder los. Das altbekannte Gefühl stellte sich ein, das Kribbeln kam zurück und fing an, ihn zu quälen. Er bog in seine Straße ein, sah sein Auto dort stehen.

Und er wusste, was er tun würde.

• • •

»Chef, haben Sie einen Moment Zeit?«, fragte Stümpfchen. »Hier ist ein böser Brief gekommen.«

Das sagte sie immer, wenn etwas Unangenehmes eingetrudelt war.

Leonhard hatte eigentlich keine Zeit, weil er mit den Eltern des zwölfjährigen Julian sprechen wollte. Für den Jungen sah es gar nicht gut aus, er hatte chronische Schmerzen, und kein Medikament schlug bislang an. Leonhard würde sich mit anderen Experten beraten müssen.

»Was gibt es denn? Und bitte schnell«, sagte er.

»Sie erinnern sich doch noch an Sybilla von Behringhausen? Diese aufgebrachte Mutter vom kleinen Donatus?«

»Wie könnte ich die vergessen. Was ist mit ihr?«

»Sie hat die Klinik und in Person Sie verklagt.«

»Was?«

»Ja. Hier.« Sie wedelte mit einem Anwaltsschreiben. Leonhard griff danach und überflog es.

»Das gibt's doch nicht. Ich soll schuld daran sein, dass Donatus eine Lungenentzündung bekommen hat? Weil ich ihm erlaubt habe, im Sommer draußen herumzulaufen? Und sie zweifelt an meinen Fähigkeiten als Arzt und hat mich noch wegen Beleidigung angezeigt. Na wunderbar. Ich sag Ihnen, Stümpfchen, diese Leute haben einfach zu viel Zeit.«

»Ich glaube eher, sie ist in ihrem Ego gekränkt, weil sie es gewohnt ist, dass alle nach ihrer Pfeife tanzen. Ich mach einen Termin bei Enno Martinius aus, ja?«

»Bitte. Und Herr Doldenberg muss auch informiert werden. Am besten kommt der mit zum Termin.«

»Gut.« Stümpfchen machte sich Notizen, dass der Anwalt und der zweite Geschäftsführer in Kenntnis gesetzt werden mussten.

»Ach, ach, immer ist was anderes«, sagte sie und seufzte.

»Wie sagte schon Goethe, Stümpfchen: ›Wenn's dir in

Kopf und Herzen schwirrt, was willst du Bess'res haben, wer nicht mehr liebt und nicht mehr irrt, der lasse sich begraben.‹«

»Pff«, machte Stümpfchen. »Das war aber auch so ein Besserwisser, der Goethe. Der musste auch zu allem seinen Senf dazugeben.«

Mit diesen Worten schritt sie aus Leonhards Büro.

Leonhard blieb sitzen und dachte nach. Diese Schnepfe. Wäre er vor ihr zu Kreuze gekrochen, hätte er wahrscheinlich nicht so ein Schreiben bekommen. Aber so war Leonhard nicht. So war er nie gewesen, und so würde er nie sein.

Gestern Nacht, das war ein Fehler gewesen. Aber er hatte nichts dagegen tun können. Er war hundert Kilometer gefahren, um sicherzustellen, dass er nicht erkannt wurde. In einer heruntergekommenen, völlig verrauchten Spielhölle hatte er mit anderen verzweifelten, süchtigen Gestalten an den Geräten gestanden und nach etwas gesucht, das er sowieso nie finden würde. Während der ganzen Zeit hatte er ein schlechtes Gewissen gehabt, und er hatte an Frederika gedacht und ihr enttäuschtes Gesicht vor sich gesehen.

Er musste sich unbedingt nach einem Therapeuten umsehen, unbedingt. Er schwor es sich innerlich.

Er rieb sich die müden Augen. Die viel zu kurze Nacht steckte ihm in den Knochen. Nun aber musste er sich zusammennehmen und mit Julians Eltern sprechen.

Er holte die Patientenakte und las noch einmal sämtliche Befunde. Der arme kleine Kerl. So jung und schon solche Schmerzen. Hier in der Klinik wurde auch Schmerztherapie angeboten, doch manchmal fruchtete eben gar nichts.

Er würde den Eltern sagen, dass er sich mit Kollegen zusammensetzen würde. Dem Kleinen musste einfach geholfen werden.

Kapitel 24

»Pass auf dich auf, mein Freund, und lass dich von oben bis unten durchchecken, von mir aus auch zehnmal«, sagte Leonhard zu Sebastian, der mit gepackten Koffern vor der Bäckerei stand.

»Es kann nur besser werden«, sagte Xaver, der müde aussah.

Leonhard hatte ihn länger nicht gesehen und hoffte, dass sie gleich noch ein paar Minuten miteinander hätten.

»So«, sagte Sebastians Frau Hedda. »Auf geht's.«

»Wie lange wirst du in der Klinik bleiben?«, fragte Xaver.

»Das konnte man mir noch nicht sagen.«

»Er bleibt so lange, wie er bleiben muss. Mit den Bäckereien ist alles klar. Mein Bruder kommt morgen und bleibt, bis Basti zurück ist. Er ist schon im Ruhestand und hat Zeit. Bäckermeister ist er auch, der Jockel. Basti braucht sich um gar nichts zu sorgen, wir kriegen hier alles hin.«

»Da bin ich sicher«, sagte Leonhard.

Xaver hievte die Koffer in den Wagen, und dann klopfte er Sebastian auf die Schulter. »Gute Fahrt, mein Alter. Komm mir gut zurück, und nur das Beste für dich!«

»Danke, ihr zwei«, sagte Sebastian. »Ich schicke zwischendurch mal eine WhatsApp.« Er stieg ins Auto, und Hedda nickte den beiden zu.

»Gute Fahrt, Hedda. Kommst du gleich zurück?«

»Nein, ich bleibe über Nacht in Schwarzenbruck und fahre morgen Vormittag wieder.«

»Vernünftig.«

Hedda startete den Motor und lenkte den Wagen davon.

»Hoffentlich kriegen sie ihn wieder hin«, sagte Xaver und winkte.

»Das hoff ich auch. Verflixt. Parkinson ist so heimtückisch. Übrigens, was ich dir noch sagen will. Ich finde es nicht besonders nett, dass du mir nichts davon erzählt hast, dass Doro in der Wirtschaft ihre Hochzeit feiern will, geschweige denn, dass sie überhaupt wieder heiraten will.«

»Hm. Ja. Weil ich dachte, dass du das nicht gut finden würdest. Sie hat mich angerufen.«

»Wenn du es mir gesagt hättest, dann wäre mir viel Peinliches erspart geblieben. Aber lassen wir das. Kann man ja jetzt nicht mehr ändern. Wie geht's dir? Du bist gar nicht mehr in der Gaststube zu sehen.«

»Nee, ich hab mir mal ein paar Abende freigenommen«, sagte Xaver. »Und hab in Ruhe mit Victoria gesprochen. Mit ihrem Bruder auch, dem Nico. Die haben ganz passable Vorstellungen, wie man die Wirtschaft und die Brauerei retten und die Gästezimmer wieder zum Leben erwecken könnte. Sie würden sich auch finanziell beteiligen. Heut Nachmittag hab ich einen Termin bei meinem Anwalt, der will sich die Unterlagen mal anschauen.«

»Das ist sehr vernünftig. Gehst du zum Rainer?«

»Na klar.«

»Und sag, bist du nach wie vor davon überzeugt, dass diese Victoria Falk eine ehrliche Person ist?«

»Unbedingt.« Xaver sah ihn an. »Absolut.«

»Und es kann nicht sein, dass du einfach nur furchtbar verknallt bist und irgendwelche Warnglocken nicht hörst?«

»Nein, sicher nicht. Ganz doof bin ich nun auch nicht.«

Leonhard war nicht wohl bei dieser Sache. Aber Xaver war erwachsen. Und wenn er die Schriftstücke von Rainer Böbling, einem Fachanwalt für Immobilienrecht, prüfen ließ, war er ja auf der sicheren Seite. Rainer war mit ihnen zur Schule gegangen und hatte seine Kanzlei in Füssen.

Wenigstens das ließ Xaver machen. Das beruhigte Leonhard.

Er traute dieser Frau Falk immer noch nicht über den Weg. Und ihr Bruder war vermutlich nicht besser.

Abends stattete er seinen Eltern einen Besuch ab.

»Ach Leo«, sagte seine Mutter. »Ich freue mich ja so für Doro, dass sie wieder glücklich ist. Frederika sagt, dieser Doktor Kilian sei ein sehr fescher Kerl und sehr höflich. Sie sagt, so einen Mann müsste man suchen wie die Nadel im Heuhaufen. Wie war denn euer Treffen zu dritt?«

Hatte sich das auch schon wieder herumgesprochen.

»Ganz nett«, sagte er ausweichend und setzte sich an den Küchentisch.

»Nina hat gesagt, du seiest plötzlich aus der Gaststube gerannt«, bohrte die Mutter weiter.

»So, hat Nina das gesagt.« Leonhard wurde sauer. »Was hat Nina denn noch gesagt? Oder Rika? Vielleicht hat Benedikt ja auch was dazu zu sagen.« Diese Tratscherei ging ihm auf den Keks.

»Benedikt haben wir schon länger nicht gesehen. Er hatte vor ein paar Tagen mal angerufen. Er kann jetzt doch in der Wohnung bleiben.«

»Ach, warum denn? Ich dachte, da ist das letzte Wort gesprochen, und irgendwas von Vermieterpfandrecht habe ich auch noch im Kopf.«

»Ja, sein Vater hat ihn noch ein bisschen unterstützt, weißt du. Sonst kommt der Bub nie auf einen grünen Zweig.«

»Ich sag dir mal was, Mama. Benedikt kommt überhaupt niemals auf einen grünen Zweig. Er ist ein chronischer Faulpelz und erzählt euch wundervolle Märchen, um Geld zu kriegen. Meiner Meinung nach solltet ihr ihm den Geldhahn zudrehen. So ist es doch wunderbar bequem für ihn. Er weiß, dass er immer was von euch kriegt. Er wird sich nie ändern.«

»Ach, Junge, sei doch nicht so eifersüchtig«, sagte Wally traurig. »Immerhin ist er doch dein Bruder.«

»Von mir aus«, sagte Leonhard. »Aber ich muss nicht alles gut finden, was er tut. Und was Benedikt da macht, ist, euch auszunutzen, wie es schäbiger gar nicht geht.«

»Aber Junge …«

Plötzlich wurde Leonhard von Wut überfallen.

»Hör bitte auf mit deinem ›aber Junge‹. Ich kann es nicht mehr hören, und du weißt doch ganz genau, dass ich recht habe, Mama. Wenn du wenigstens sagen würdest, ja, Leo, du hast recht, aber du drehst und wendest alles so, dass er als

Opfer dasteht. Ich weiß noch, wie du zu mir gesagt hast, dass ich mir kein Bummelstudium leisten darf. Und das hab ich auch nicht gemacht. Nur die letzten beiden Semester habe ich keine Jobs angenommen, um einen guten Abschluss zu kriegen. Und was macht Benedikt? Er ist Künstler, ein unverstandener natürlich. Er braucht seinen Freiraum. Er braucht Unterstützung. Er braucht Ruhe. Fürsorge, Verständnis.« Leonhard schlug mit der Hand auf die Holzplatte.

»Hat mich mal jemand gefragt, ob ich was brauche? Ruhe? Fürsorge? Verständnis? Nein, das hat mich niemand jemals gefragt!«

»Aber Junge.« Wally war ganz weiß im Gesicht. »Beruhige dich doch bitte. So kenne ich dich ja gar nicht.«

»Dann lernst du mich eben mal kennen«, sagte er laut. Einerseits tat ihm seine Mutter leid, weil sie so blind vor Liebe war, andererseits musste das jetzt mal raus! »Ich bin es leid. Alles bin ich leid. Ja, wie schön, dass Doro wieder glücklich ist. Da freuen wir uns alle für sie. Vielleicht kannst du mal zwei und zwei zusammenzählen, dann kommst du auch drauf, warum ich aus der Wirtschaft gerannt bin! Aber bestimmt wissen Nina und Rika auch darauf die Antwort.«

»Leonhard!«, rief Wally. »Jetzt beruhige dich doch mal.«

»Ich beruhige mich nicht.« Er redete sich nun in Rage. »Ich frage mich, wann du mich zum letzten Mal gefragt hast, wie es mir geht. Ja, mir. Mir! Deinem Sohn Leonhard! Denn mich gibt es auch noch, Mama. Und ich frage mich, wann du mir zum letzten Mal mein Lieblingsessen gekocht hast. Falls du überhaupt noch weißt, was es ist. Aber Hauptsache, Benedikt bekommt seinen Zwiebelkuchen, weil er den ja so gerne isst und bestimmt als Kind schon so gerne gegessen hat.«

Wally ließ sich auf einen Stuhl sinken. »Leonhard …«

»Ach!« Er sprang auf. »Das bringt doch alles nichts. Ich gehe jetzt heim. Zum Wochenende kommen Marleen und Alexander, vielleicht weißt du ja, was die gerne essen.«

Er nahm seine Jacke und stob aus dem Raum, um kurz darauf seinen Stiefvater fast umzurennen.

»Na, Leo, ich …«

Er antwortete gar nicht, sondern knallte die Tür hinter sich zu.

»Leber!«, rief Wally aus der Küche hinter ihm her. »Leber mit Zwiebeln, Apfelringen und Kartoffelbrei ist dein Lieblingsessen!« Aber das wollte Leonhard nicht mehr hören.

Kapitel 25

»Ein Viertel Roten bitte, Nina«, bestellte Leonhard.

»Kommt sofort.« Die kleine Nina wusste, welchen Wein Leonhard mochte. Eine Minute später brachte sie schon das Glas. Leonhard setzte an und trank einen großen Schluck.

Nein, er hatte seiner Mutter gegenüber jetzt kein schlechtes Gewissen; das mit Benedikt gärte schon lange in ihm und hatte endlich mal rausgemusst.

Hatte der Bruder die Eltern doch wieder um den kleinen Finger gewickelt, das durfte ja wohl nicht wahr sein!

»Na, Leo?« Er schaute auf. Vor ihm stand Frederika in einem hellgrünen Leinenkleid, offenen Haaren, die sich leicht lockten, und ihrem lieben Lächeln. Ungefragt setzte sie sich hin.

»Hallo.« Er winkte Nina mit dem leeren Glas. »Bring bitte auch was für Frederika.«

Nina nickte.

Frederika sah ihn an. »Was hört man da? Doro heiratet wieder?«

»Ja, hat es schon die Runde gemacht?«

»Klar, die Spatzen pfeifen es von den Dächern. Auch dass

Doro zurückkommt. Sie will mit ihrem Herrn Krohn eventuell die Praxis vom Ernst Strohmaier übernehmen.«

»Die ist doch schon länger zu.«

»So lang nun auch nicht. Und er ist ja auch Gynäkologe.«

»Na wunderbar, das passt ja alles bestens«, sagte Leonhard sarkastisch.

»Ach, das wusstest du noch gar nicht?«

»Nein, Rika, das wusste ich noch nicht. Sonst noch was?«

»Jetzt sei doch nicht so giftig.«

»Herrje.« Beinahe riss er Nina die kleine Karaffe mit dem Rotwein aus der Hand. Die wich erschrocken zurück.

»Tut mir leid, Nina, das wollte ich nicht.«

»Schon gut, Leo. Darf's auch was zu essen sein? So ein Wein allein liegt nicht gut im Magen.«

»Bring mir doch eine kleine Käseplatte mit Schwarzbrot.«

»Na klar.« Sie schwirrte wieder davon.

»Das macht dir viel aus, nicht wahr, Leo?«

Er antwortete nicht. Starrte auf sein Glas.

Sie legte ihre Hand auf seine. »Es tut mir leid.«

Am liebsten hätte er um sich geschlagen. Er wollte kein Mitleid von Frederika, er wollte einfach nur in Ruhe gelassen werden. Er wollte, dass die Zeit zurückgespult wurde, dass er mit Doro hier saß, mit den Kindern, sie würden was essen und trinken und planen, was sie an Weihnachten kochen würde, und ob er sich jetzt endlich die neuen Ski kaufen sollte, die er schon so lange haben wollte. Doro würde sagen, nun kauf sie doch endlich, die Kinder würden Colagläser umschmeißen und dann mit anderen draußen spielen, dann würden sie nach Haus gehen, und alles wäre in bester Ordnung.

Aber nein, er hatte ja so einen verdammten Bockmist bauen müssen mit dieser Kollegin, die ihm nichts bedeutet hatte. Aber sie hatte gewusst, wie man sein Ego streichelte. Das hatte Doro lange nicht getan.

Leonhard gab nicht Doro die Schuld, natürlich nicht, nur manchmal ein bisschen. Dafür hasste er sich und schämte sich gleichzeitig. Denn natürlich hatte er den Fehler gemacht. Den Fehler seines Lebens.

Nina kam mit der Käseplatte. Er bestrich lustlos ein Brot mit Butter und belegte es mit Käse.

»Möchtest du reden?«, fragte Frederika.

»Nein«, sagte er mit vollem Mund. »Ich möchte jetzt essen.«

Sie wirkte beleidigt. »Es war nur gut gemeint.«

»Weiß ich doch, Rika.«

»Du nennst mich ständig Rika, obwohl du weißt, dass ich das nicht mag.«

»Ist das denn so schlimm?«

»Ich mag es einfach nicht.«

»Na gut, dann lass ich es eben bleiben.« Er zerteilte mit dem Messer ein Radieschen.

»Sei doch nicht so negativ.«

»Frederika, bitte. Kannst du mich nicht einfach in Ruhe lassen?«

Sie stand auf. »Bitte, kannst du haben. Schönen Dank auch. So geht man mit Freunden um. Prima.«

Sie rauschte aus dem *Altenhofer* und ließ einen wütenden

Leonhard zurück, der das Gefühl hatte, dass gerade alles, alles falsch lief.

• • •

Kaum hatte es bei seinen ehemaligen Schwiegereltern geklingelt, riss Leonhard die Tür auf, und seine Tochter stand vor ihm.

»Papa!«

»Marleen! Meine Güte, ist das schön, dich zu sehen!«, rief Leonhard und drückte seine Tochter an sich. »Und Alex, lass dich anschauen. Gut seht ihr beide aus. Sehr gut.«

»Na klar, wir haben ja auch schöne Eltern«, sagte Alex und hob seine Mutter, die ebenfalls schon da war, hoch, um sie im Kreis zu wirbeln.

»Du bist ja noch leichter geworden, Mama.«

»Und du kräftiger.«

»Ich mach viel Sport. Was gibt's zu essen?«

Doros Mutter Annegret kam angeschwirrt. »Ist das schön, euch alle hier zu haben! Lexilein, dir hab ich Vanillepudding gekocht. Und dazu Soße mit Himbeeren aus dem Garten.«

Alexander verdrehte die Augen. »Omi, ich bin doch nicht mehr fünf.«

»Das weiß ich wohl. Trotzdem hab ich den Pudding gemacht. Ach, ach, und Lenchen, für dich hab ich Streuselkuchen gebacken. Mit Äpfeln und Schmandguss, so wie du ihn immer schon mochtest. Setzt euch doch! Doro, magst du eigentlich immer noch grünen Tee so gern? Ich hab einen ganz neuen aus dem Reformhaus, der schmeckt wirklich gut. Mit ein bisschen Honig.«

»Ich hätte lieber einen Kaffee, Mammel.«

»Gut, dann Kaffee. Ist ja nicht so, dass wir nichts im Haus hätten. Ach, ach. Ah, da ist ja Wolfgang. Sag Leo guten Tag, Wolfgang! Setz dich doch, Wolfgang. Denk an dein Herz, Wolfgang.«

Wolfgang schüttelte den Kopf und sah Leonhard Hilfe suchend an. »Sie wird sich nie ändern«, sagte er leise zu ihm. Leonhard lächelte.

»Warum auch? Sie ist nun mal, wie sie ist. Annegret eben. Ich möchte es nicht anders haben.«

Das stimmte. Leonhard hatte die Gluckerei seiner Schwiegermutter immer gemocht. Annegret war mit Leib und Seele Ehefrau, Mutter und Oma. Ihre Familie ging ihr über alles, und natürlich war sie auch im Chor aktiv, half in der Kirchengemeinde und färbte mit Kindern Ostereier. Sie trug grundsätzlich eine bestickte Schürze und war immer am Wuseln.

»Es gibt Schweinefilet mit Kartoffelgratin und Erbsen und Möhren«, sagte sie nun. »Die Pilze hab ich extra gemacht, weil Lenchen und Doro ja keine essen.«

Sie dachte wirklich an alles.

»So, nun aber. Setzt euch, ich hole den Kuchen. Möchtest du zuerst Pudding, Hasenpups?«

»Oma, bitte«, sagte Alexander.

»Ich frag doch nur«, sagte Annegret. »Ich bring den Pudding einfach mit rein, dann kann sich jeder bedienen. Und Kaffee und Tee. Oder möchtet ihr Kakao, Lenchen, Lexilein?«

»Nein, Oma.«

Endlich saßen sie alle am Tisch.

»Also ich freue mich ja so«, jubelte Annegret und verteilte den Kuchen. »Hier ist Sahne. Ach, ach, ein Doppelfest. Geburtstag und Hochzeit. Du, Leo, ich finde das ja großartig, dass du Kilians Trauzeuge bist. Das ist sehr generös von dir.«

»Ach, das mache ich doch gerne«, sagte Leonhard und hoffte, dass niemand bemerkte, wie schwer ihm dieser Satz fiel.

»Und unser Lenchen ist Püppis Trauzeugin! Eine wunderbare Idee.«

»Ich habe ein so wunderschönes Kleid gesehen«, sagte Marleen schwärmerisch. »Mintfarbene Seide. Ganz edel und lang.«

»Das passt sicher wunderbar zu deinen blonden Haaren«, meinte Annegret. »Macht Hedda die Hochzeitstorte?«

»Ach, wollen wir wirklich eine Hochzeitstorte? Ich glaub ja nicht«, sagte Doro und sah Leonhard an. »Was meinst du?«

Leonhard fühlte sich im falschen Film.

»Ich denke nicht, dass ich das entscheiden sollte. Das müsstest du schon mit Kilian ausdiskutieren.«

Es klingelte.

Annegret sprang auf. »Das ist Kilian.« Sie stob mit wehender Schürze davon.

»Ach, er kommt auch?«, fragte Leonhard seine Ex-Frau, und die nickte.

»Ja klar, es ist ja auch sein großer Tag.«

Schon stand Kilian in der guten Stube. »Hallo zusammen.

Nein, bleibt doch sitzen. Hallo Leo, darf ich mich neben dich setzen?«

»Äh, ja gern, natürlich, sicher …«, sagte Leonhard und rückte ein Stück zur Seite, damit Kilian Platz hatte.

Das wurde ja immer besser. Vielleicht würde er ja gleich noch gefragt werden, ob sie zu dritt in die Wohnung oben ziehen wollten. Wundern würde Leonhard gar nichts mehr.

Jetzt bemerkte er erst, dass für Kilian schon gedeckt worden war.

Er schaute zu Dorothea rüber. Die lächelte ihm zu, und ihr Blick war bittend.

Ja, herrje, das würde er auch noch durchstehen.

»Ah, Annegret, du hast Streuselkuchen gebacken. Mhm, der sieht aber lecker aus, davon ess ich bestimmt zwei Stück«, freute sich Kilian.

»Sicher, sicher, auch drei!« Annegret war immer froh, wenn sie alles verteilen konnte. »Sitz gerade, Wölfi. Denk an deinen Rücken.«

Wolfgang richtete sich auf. »Also wir gehen dann morgen zum Xaver und besprechen das Essen. Wir müssen aber erst mal die genaue Personenzahl aufschreiben, da kommt ja einiges zusammen.«

»Den Bruno laden wir aber nicht ein«, sagte Annegret.

»Bist du narrisch? Sicher lad ich den Bruno ein und die Rosi auch«, protestierte Wolfgang. »Mit dem Bruno hab ich Skifahren gelernt und fahr heut noch mit ihm Ski. Das ist mein ältester Freund.«

»Ich dachte immer, der Felix ist dein ältester Freund«, sagte Annegret.

»Nein, der ist mein bester«, wurde sie korrigiert. »Also jetzt bist du mal ruhig, Gretel, das ist mein Geburtstag.«

»Warum soll denn der Bruno nicht kommen?«, fragte Dorothea und häufte Sahne auf ihren Kuchenteller.

»Ach, die Rosi war im Chor so unhöflich zu mir«, sagte Annegret. »Hat sich vorgedrängelt und mich dauernd kritisiert. Ich würde keinen Sopran mehr singen, das sei ja ein Wolfsgeheul.«

»Ja, und was hat das mit dem Bruno zu tun?«

»Also Doro, was ist denn das für eine Frage? Der Bruno ist der Mann von der Rosi. Das hat er damit zu tun.«

»Sippenhaft«, sagte Alexander grinsend und schaufelte den Kuchen in sich rein. Nebenbei aß er Vanillepudding aus einer Glasschale, natürlich mit dickem Himbeersirup.

»Ach Ömchen«, meinte Marleen. »Sei doch nicht so. Ist doch Opapas Achtzigster und Mamis Hochzeit.«

»Das weiß ich wohl. Wenn Bruno und Rosi kommen, will ich aber, dass sie nicht bei uns am Tisch sitzen«, forderte Annegret bockig.

»Wenn mein alter Freund nicht kommt, dann kommt Liesel aber auch nicht. Und ihre Schwester auch nicht. Darauf bestehe ich dann.« Wolfgang holte zum Gegenschlag aus.

»Von wegen. Liesel war meine Trauzeugin an unserer Hochzeit.«

»Oh ja, ich erinnere mich gut daran. Auch dass sie so viel getrunken hatte, dass sie sich allen Männern an den Hals geschmissen hat. Die Stimmung war entsprechend.«

»Sie verträgt eben nichts. Außerdem ist das Ewigkeiten her!«

»Wen ladet ihr denn ein?«, fragte Alexander seine Mutter.

»Nicht so viele. Meine alten Freundinnen werden natürlich da sein, und Kilians Freunde und Familie. Wir kommen nur auf ungefähr zwanzig Personen.«

Nur? Leonhard fand das viel. Als Doro und er geheiratet hatten, waren sie mit den Eltern und den Trauzeugen essen gegangen, weil Doro da nämlich schon hochschwanger gewesen war und zu müde für eine Feier. Aber das konnte man mit dem Zweitmann nun natürlich nachholen.

»Papa, wollen wir für Kilian einen Junggesellenabschied planen?«, fragte Alexander unbedarft.

Nun reichte es, es reichte.

»Wow, coole Idee«, meinte Marleen fröhlich. »Und ich plane eine Party für Mama. Schade, dass du keine Kinder hast, Kilian, dann wären wir eine richtige Patchworkfamilie. Das hätte was.«

Leonhard fühlte sich von seinen eigenen Kindern verraten und verkauft.

Nun schaute Kilian ihn auffordernd an. »Na, was sagst du, Leo?«

»Ja, prima. Das machen wir doch gerne. Wir denken uns was Schönes aus.«

»Wie wunderbar, dass ihr euch alle so gut versteht«, jubelte Annegret. »Was haltet ihr von einem kalt-warmen Buffet? Da ist für jeden was dabei. Manch einer mag ja keinen Fisch, ein anderer schon, und viele essen ja jetzt dieses Vegan. Also ich frage mich, wie man davon satt werden kann, aber bitte. Ich dachte an geräucherten Fisch und auch an einen Krabbencocktail, so was wird doch immer gern genommen.

Dann verschiedene Schinken, so gerollt mit kleinen Maiskölbchen und Mayonnaise, und natürlich eine Gulaschsuppe. Hähnchenschenkel und Reissalat.«

»Und einen Käseigel. Das ist dann voll retro, wie in den Fünfzigern, Oma«, sagte Marleen lachend.

»Dann müsste es aber auch eine Lady-Curzon-Suppe geben«, meinte Kilian wissend. »Das ist Schildkrötensuppe«, sagte er zu Leonhard.

»Ich weiß, was das ist.«

»Wunderbar, das machen wir. Einen Mottohochzeitsgeburtstag! Dann sollen auch alle Petticoats anziehen, wie lustig«, freute sich Annegret, und Dorothea lächelte. Sie schien froh zu sein. Alle verstanden sich gut.

Leonhard bemerkte ihr Lächeln und sah, wie gelöst und fröhlich sie wirkte – und wie verliebt.

Er hätte in den Tisch beißen können.

• • •

»Ich find's ja absolut spannend, dass du bei der Bergwacht bist«, sagte Kilian. » So richtig als Retter, ja?«

»Ja, klar. War Doro ja früher auch«, sagte Leonhard, müde vom Cognac, den Wolfgang kredenzt hatte. Annegret hatte abgeräumt und schon alles in Tupperschüsseln verpackt, damit Leonhard auch etwas mit in seine Wohnung nehmen konnte. Dann hatte Wolfgang zwei von den »ganz alten Verstaubten« aus dem Keller mitgebracht, und die guten Kristallschwenker wurden aus der Vitrine geholt. Sie hatten aufs Wetter getrunken, auf die Gesundheit, auf die Liebe, auf die

Ehe, auf das Glück und auf die Hochzeit, darauf, dass man so jung nicht mehr zusammenkäme und so weiter.

»Fantastisch«, sagte Kilian. »Also so was beeindruckt mich. Das finde ich famos.«

»Leo ist der beste Arzt, den sich die Bergretter wünschen können«, sagte Annegret stolz. »Was hat er da schon alles erlebt! Weißt du noch, Leo, als du die beiden Jäger gerettet hast? Der eine, der dem anderen im Streit ins Bein geschossen hat, und dann sind sie beide abgestürzt.«

»Was?«, fragte Kilian. »Wie schrecklich!«

»Ja, das war es wirklich«, sagte Dorothea, die auch dabei gewesen war. »Das war im Winter. Auf der Gamsjagd waren die beiden Trottel. Der Manni und der Guggi. Ich weiß es noch genau. Schneesturm war da, im November.«

»Die beiden hatten damals gesoffen«, sagte Wolfgang.

»Die beiden haben immer gesoffen, und sie saufen auch heute noch«, fügte Annegret hinzu. »Gib mir noch einen Cognac, Wolfgang.«

»Nicht so viel, Annechen, der war teuer.«

»Also Opa, wirklich. Nun gib Oma einen Cognac«, sagte Marleen. »Die anderen wollen bestimmt auch noch einen.« Auffordernd sah sie ihren Großvater an; der schenkte grummelnd nach.

»Willst du keinen?«, fragte er seine Enkeltochter.

»Nee, heut nicht, mir ist nicht danach.«

»Der Cognac ist aus dem Jahr, in dem die Rosi Gold geholt hat«, sagte Wolfgang stolz, so als hätte er etwas mit dem Gold zu tun gehabt. »Wer weiß noch, wann das war?«

»Im Februar 1976«, sagte Alex augenrollend.

»In Innsbruck war das«, erinnerte sich der Opa. »Mit dem Bruno war ich da, das war eine Gaudi war das.«

»Sie wohnt hier im Ort«, erklärte Annegret dem interessierten Kilian.

»Gold-Rosi? Meint ihr die Rosi Mittermaier?«, fragte er. »Die Skiläuferin?«

»Ja, sicher. Herrje, war das eine Aufregung damals. Ganz Bayern stand Kopf. Die Mittermaiers wohnten damals auf der Winklmoosalm, und die Rosi hat nach ihrem Erfolg über vierzigtausend Fanbriefe bekommen. Der Postbote ist beinah narrisch geworden.« Annegret nickte, ganz in der Erinnerung versunken.

»Sie und ihr Mann, der Christian Neureuther, hatten hier lange ein Sportbekleidungsgeschäft, und auch eine Wirtschaft. Wo war die noch gleich, Wolfgang?«

»Reit im Winkl. Ganz nette Leute sind das, die Neureuthers. Ganz bodenständig. Der Sohn, der Felix, ist ja auch ganz ein Guter im Sport. Hat auch schon Preise geholt. Die Rosi kauft immer Kuchen bei der Hedda.«

»Das ist ja toll! Kann ich wohl auch noch ein Stück Kuchen bekommen?«

»Sicher, sicher, iss so viel du willst, mein Guter.«

»Danke, Annegret. Was ich euch überhaupt noch sagen wollte: Ich finde euer Garmisch-Partenkirchen wirklich sehr schön. So pittoresk. Malerisch. Teilweise wie im Märchen. Die ganzen bemalten und verzierten Häuser …«

»Ja, da sind wir auch stolz drauf, auf unsere Lüftlmalereien«, sagte Wolfgang.

»Aha, so heißt das. Wirklich wunderschön. Ich hab mir

schon einige angesehen. Sehr beeindruckend ist die Promenade-Apotheke in der Alpspitzstraße.«

»Ja, die ist schön. Aber da gibt's noch andere Schönheiten. Ich mach gern mal einen Rundgang mit dir, Kilian.«

»Sehr gern.« Kilian lächelte seinen Schwiegervater in spe herzlich an.

Leonhard wusste, was gleich käme. Achtung!

»Magst du mitkommen, Leo? Dann könnten wir den Kilian gleich ein paar Leuten vorstellen. Wobei ich mir sicher bin, dass es schon viele wissen, kennst ja den Ort.«

»Also Hedda weiß es«, sagte Annegret, die schon leicht beschwipst wirkte.

»Dann wissen es wohl alle.« Dorothea lachte. »Aber ich finde die Idee trotzdem süß. Was sagst du, Leo?«

»Na klar.« Er hackte mit seiner Gabel auf den Kuchen ein. »Ich bin dabei.«

»Toll, super!«

»Ach, wisst ihr was!«, meinte Kilian. »Lasst uns gleich mal losgehen, es ist doch gut, sich mal die Beine zu vertreten.«

»Na bravo!«, rief Wölfi. »Gute Idee. Aber erst trinken wir noch was!« Er freute sich.

»Was wirst du eigentlich anziehen?«, fragte Marleen ihre Mutter.

»Da wir nicht kirchlich heiraten, werde ich einen dunkelgrünen Hosenanzug tragen.«

Annegret bekam einen Schluckauf. »Was? Nicht kirchlich? Da wird der Pfarrer aber traurig sein! Man muss doch vor Gott sein Jawort geben.«

»Ach Mama, da sind wir nicht so. Oder, Kilian?«

Der schaute sie verliebt an. »Hauptsache, du wirst meine Frau.«

Sie lachte. »Das kann ich dir versprechen.«

Marleen klopfte mit ihrem Kaffeelöffel an die Tasse. »Ich muss euch auch noch was erzählen.«

»Ja, wir hören«, sagte Doro, und alle sahen Marleen an.

»Also die Sache ist die … ich bekomme ein Kind.«

Alle starrten nun. »Ein Kind?«, wiederholte Annegret. »Herrschaftszeiten, und du bist nicht verheiratet! Ach, ach.«

»Wenn das alles ist, was du dazu zu sagen hast«, sagte Marleen leicht verschnupft.

»Das müssen wir doch erst mal sacken lassen«, meinte Dorothea. »Ein Kind. Also so was. Wie weit bist du?«

»Vierter Monat.«

»Wer ist der Vater?«

»Tut nichts zur Sache.« Marleen aß seelenruhig ihren Kuchen weiter.

»Aber es gibt einen?«, fragte Dorothea.

»Ja, was denn sonst, Doro?«, meinte Leonhard ungläubig. Hatte seine Ex, die Gynäkologin, das gerade gefragt?

Dorothea wurde rot. »Hätte ja sein können, dass das Kind von einem anonymen Spender kommt.«

Marleen zog die Augenbrauen in die Höhe. »Ach so. Du denkst, ich habe keinen Mann gefunden, der mich schwängert. Also wirklich, Mama. Ich sehe doch nicht aus wie eine Hexe.«

Alexander lachte laut auf. »Ganz schön viel los bei uns«, sagte er. »Darauf sollten wir einen heben. Wie sieht's denn aus, Opachen, kriegen wir noch einen Schluck Cognac? Oder hast du vielleicht auch einen guten Roten parat?«

»Freilich, ich hab alles parat«, sagte Wolfgang und stand auf. Er schwankte schon etwas. »Ich hol zwei gute Rote aus dem Keller. Wenn das Kind ein Kind bekommt, darf's was Gutes sein.«

»Nee, Opa, lass mich mal runtergehen, nicht dass du noch die Treppe runterstürzt«, sagte Marleen und stand auf, woraufhin sich Wolfgang wieder setzte.

»Dann werden wir ja Großeltern, Leo«, sagte Doro völlig geplättet.

»Das ist richtig«, antwortete Leonhard genauso fassungslos. Wenn jetzt noch Alexander mit einer Neuigkeit um die Ecke kam, würde es ihn auch nicht mehr wundern. Aber der grinste nur.

»So, jetzt haben wir genug intus, jetzt gibt's eine Stadtführung!« Wolfgang keckerte angeduselt vor sich hin, und alle Anwesenden erhoben sich, um ihre Jacken zu holen.

»Wie heißt es so schön: Nach dem Essen sollst du ruh'n oder tausend Schritte tun«, sagte Wolfgang fröhlich.

»Ja, Opa.« Alexander hakte sich bei ihm unter. »Komm, mach langsam.«

»Jaja«, grummelte der Großvater.

»Nun schaut!«, rief er eine halbe Stunde später. »Das ist also unsere schöne Ludwigstraße mit ihren ganzen Geschäften und den Gasthäusern. Hier sind ganz viele Häuserfassaden verziert mit der Lüftlmalerei. Ihr müsst mal drauf achten, was da gemalt wurde. Auf manchen Häusern sind nämlich religiöse Malereien, und dann haben wir auch Malereien, die drauf hinweisen, welchem Beruf der Besitzer nachgeht.«

Er blieb stehen. »Hier, das ist die Ludwigstraße 8. Das Alte Haus. Wir hatten ja große Brände 1811 und 1865, und das Haus hier hat zum Glück nix abgekriegt. Deswegen kann man schön sehen, wie wohl alles damals ausgesehen hat, man vermutet, dass es ungefähr in der Barbarossa-Zeit entstanden ist. Das wäre im zwölften Jahrhundert. Es ist nämlich der Kniefall des Kaisers in einem Seitengemälde zu sehen. Und weißt du, Kilian, woher der Begriff Lüftlmalerei kommt? Nee, das weißt du nicht. Der kommt daher, dass der Künstler Franz Seraph Zwinck gern unter freiem Himmel weit oben gearbeitet hat. So, jetzt weißt du das auch! Ach, und wenn wir hier fertig sind, dann muss ich dir ja auch noch die ganzen Kirchen zeigen, mei, wir ham so schöne Kirchen!« Er ging voran, und seine Schäfchen folgten ihm. »Und die Klamm zeigen wir dir auch, und dann machen wir auch noch einen Ausflug an die Seen. Eine Drei-Seen-Wanderung, die machen wir. Eibsee, Badersee und Pflegersee. Mei, das wird schön.«

»Aber nicht heut, Wölfi«, sagte Annegret. »Der Kilian wird ja nun lang genug da sein, er wird schon alles sehen. Ach, Leo, weißt du noch, als die zwei Buben mit dem Auto vom Vater in den Eibsee gefahren sind? Da wart ihr gerade da in den Ferien. Weißt du noch?«

Oh ja, Leonhard wusste es noch. Das war einer seiner ersten Ausflüge mit Doro gewesen. Kurz vorher waren sie zusammengekommen. Jung und verliebt verbrachten sie ein Sommerwochenende am Eibsee. Die dreizehn Kilometer waren sie beinahe jeden Tag geradelt, die Satteltaschen voll mit von den Müttern liebevoll eingepackter Brotzeit und Brause.

Der schöne, an manchen Stellen zweiunddreißig Meter tiefe Eibsee mit Blick auf die Zugspitze war voll von Fischen, und Leonhard hatte hier in späteren Jahren oft das Abendessen für die ganze Familie erangelt, während Dorothea schwamm oder las oder sich einfach nur sonnte. Oft hatten sie auf den Handtüchern nebeneinander gelegen, Hand in Hand, hatten sich Liebeserklärungen ins Ohr geflüstert und sich geküsst.

An einem sonnenverwöhnten Samstag dann geschah etwas Ungewöhnliches. Direkt neben Leonhards und Dorotheas Handtüchern sauste ein schwarzer Mercedes in voller Fahrt in den See und schwamm dann an der Oberfläche.

Leonhard sah es noch vor sich, als wäre es gestern geschehen. Die beiden jungen Männer im Auto hatten versucht, die Fensterscheiben runterzukurbeln, aber, warum auch immer – wahrscheinlich war etwas verzogen – war ihnen das nicht gelungen. Leonhard und Dorothea hatten die beiden brüllen gehört. Alle Badegäste waren mittlerweile aufgesprungen, so auch Dorothea und Leonhard.

»Um Himmels willen, so tu doch einer was!«, hörte man von rechts und links.

Leonhard hatte nicht weiter nachgedacht, hatte sich einen Stein genommen und war zu dem treibenden Fahrzeug geschwommen. Nie würde er die entsetzten Gesichter hinter dem Glas vergessen. Er hatte zugeschlagen, immer und immer wieder, bis endlich, endlich die Scheibe zerborsten war. So schnell er konnte, hatte er die restlichen Scherben weggedrückt, sodass die beiden Jungs durch das Loch kriechen konnten. Das Fahrzeug lief schon voller Wasser und sank immer tiefer.

»So, auf zum Ufer!«, hatte Leonhard gerufen.

»Ich kann nicht schwimmen! Hilfe, ich kann nicht schwimmen!«, hatte der Jüngere der beiden geschrien. Und da war Dorothea plötzlich da gewesen, hatte einen Rettungsgriff angewandt und war mit dem Jungen zum Ufer geschwommen. Leonhard war mit dem anderen, der völlig unter Schock gestanden hatte, hinterhergekommen.

Kurze Zeit später war ein Notarzt eingetroffen und hatte die beiden versorgt und den Rettern sein Lob ausgesprochen.

Das war der Moment gewesen, an dem Leonhard klar geworden war, dass er Menschen in Not helfen wollte. Und er hatte sich bei der Bergwacht gemeldet.

Die beiden Jungs hatte er nie wiedergesehen, er wusste nur, dass es Touristen gewesen waren, die das Auto des Vaters stibitzt hatten, um ohne Führerschein herumzufahren.

Dann kam noch ein Schreiben eines Rechtsanwalts, der für seinen Mandanten eine Zahlung für die kaputte Scheibe einforderte.

Solche Menschen, musste Leonhard anschließend feststellen, gab es leider immer wieder.

Gegen zehn Uhr abends, der späte Spaziergang war schon lange vorbei, verabschiedete Leonhard sich von seinen Ex-Schwiegereltern, seinen Kindern und Kilian.

Dorothea brachte ihn zur Tür.

»Danke«, sagte sie.

»Für was denn?«

»Ach, für alles. Du, ich würde gern noch mal mit dir alleine sprechen. Dir einiges erklären.«

»Jetzt?«

»Nein. Können wir morgen vielleicht zusammen irgendwo mittagessen gehen?«

»Aber ja. Um eins im *Mohrenplatz*?«

»Sehr gern.«

»Gute Nacht, Doro.«

»Gute Nacht, Leo.« Sie stellte sich auf die Zehenspitzen und gab ihm einen liebevollen Kuss auf die Wange.

Kapitel 26

Sybilla von Behringhausen war mit zwei Rechtsanwälten angereist. Die beiden Männer trugen randlose Brillen und anthrazitfarbene Anzüge und wirkten so ernst, als ob es um Leben und Tod ginge. Enno Martinius, der Rechtsanwalt der Klinik, und der zweite Geschäftsführer Viktor Doldenberg waren ebenfalls anwesend.

Frau von Behringhausen hatte sich zurechtgemacht, als wäre sie auf einer Gala eingeladen. Sie trug ein dunkelrotes Samtkostüm sowie unzählige Goldketten mit roten und grünen Steinen, und Leonhard fragte sich, wie sie es überhaupt schaffte, die Hände zu heben, weil an beiden Handgelenken schwere Goldarmbänder hingen. Zusätzlich trug sie eine riesige goldene Armbanduhr; grüne Ohrringe zogen ihre Ohrläppchen lang, die dunklen Haare waren offen und umrahmten ihr Gesicht wie eine Löwenmähne. Das dramatische Make-up vervollständigte ihren Auftritt.

Auch ihr kleiner Sohn Donatus war da. Er war vor Kurzem entlassen worden. Die Augenärztin hatte ihm, wie von Leonhard vorausgesagt, Tropfen verschrieben, die er regelmäßig nehmen musste, und er war guter Dinge gewesen, als er die Klinik verließ.

Leonhard erinnerte sich noch daran, dass er dem Kleinen zum Abschied gesagt hatte, dass er viel Bewegung bräuchte und an die frische Luft musste.

»Wenn die Mama mich lässt«, hatte Donatus gesagt.

Nun saß er hier, offenbar gesundet.

Sybilla von Behringhausen bedachte Leonhard zur Begrüßung mit einem bösen Blick.

Trotzdem lächelte Leonhard ihr zu. »Guten Morgen, Frau von Behringhausen.«

Ihr Parfüm waberte zu ihm hinüber. Es roch teuer und schwer und passte irgendwie nicht recht zu ihr.

»Hallo, Donatus«, sagte Leonhard freundlich. »Ich freu mich, dich wiederzusehen. Wie geht's dir denn?«

»Immer noch schlecht«, blaffte die Mutter wütend. »Das sieht man wohl!«

»Ich sehe einen elfjährigen Jungen, der sehr gesund aussieht«, sagte Leonhard.

»Mir geht es gut«, wisperte Donatus schüchtern. »Ich bin auch nicht blind geworden.«

»Na prima. Hab ich dir doch gesagt.« Aufmunternd zwinkerte er dem Kleinen zu, der lächelte vorsichtig zurück. Er musste ja so sehr unter der Fuchtel der Mutter stehen.

»Du sagst jetzt gar nichts mehr, Donatus. Spiel mit deinem Handy.«

»Kann ich nicht rausgehen und mit den anderen Kindern spielen?«

»Nein, das ist viel zu gefährlich. Du könntest dich anstecken. Du bleibst hier.«

»Dann können wir ja jetzt beginnen«, schlug einer der Anzugträger mit Fistelstimme vor. »Ich trage den Sachverhalt vor. Ihnen, Doktor Leonhard Gerstorff, wird vorgeworfen, den hier anwesenden elfjährigen Donatus Graf von Behringhausen trotz akuten Rheumas zum Spielen nach draußen geschickt zu haben.«

»Ja, stellen Sie sich mal vor, das habe ich«, sagte Leonhard. »Das gebe ich zu.« Am liebsten hätte er gefragt, ob er jetzt ins Gefängnis komme, er ließ es aber.

»Nach Aussage der Mutter muss sich der Junge hier entweder verkühlt haben oder aber über Tröpfcheninfektion bei einem anderen Kind angesteckt haben. Er hat eine schwere Lungenentzündung davongetragen.«

»Keines der Kinder hier hatte oder hat eine Lungenentzündung«, sagte Enno Martinius. »Davon abgesehen wird es sich schwer beweisen lassen, dass Donatus wirklich hier in der Klinik die Lungenentzündung bekommen hat.«

Nun redeten alle bis auf Leonhard und Donatus durcheinander. Leonhard hatte keine Lust auf diesen Zirkus. Er ahnte, worauf die Gräfin hinauswollte.

»Meine Herren!«, rief er. »Bitte! Ruhe. Das ist doch alles sinnlos. Sagen Sie doch einfach, was Sie wollen, Frau von Behringhausen.«

»Was ist denn das für eine Frage?«, gab die Frau pampig zurück.

»Ich möchte schlicht Zeit sparen«, sagte Leonhard freundlich. »Sie werden doch etwas fordern. Also?«

Martinius sah ihn böse an. Er war anscheinend nicht damit einverstanden, wie er hier vorpreschte, aber das war Leonhard egal. Das war ja alles lächerlich.

»Ich verlange Schmerzensgeld für Donatus«, sagte Sybilla von Behringhausen. »Ich verlange zweihunderttausend Euro.«

Kurz war es still am Tisch.

»Wie bitte?«, fragte der zweite Geschäftsführer Viktor Doldenberg.

Leonhard lachte auf. »Die Dame versucht, Geld zu machen«, sagte er. »Das war uns doch allen klar. Aber nicht mit mir. Hier konnte sich Donatus gar nicht anstecken. In der Zeit seines Aufenthaltes war es warm. Er hat wie alle anderen draußen gespielt, er hat seinen Körper nicht über Gebühr belastet. Er wurde – bis auf das Rheuma natürlich – gesund entlassen.«

Enno Martinius mischte sich ein. »Genauso ist es. Wir weisen das zurück. Damit werden Sie nicht durchkommen.«

Der andere Anwalt meldete sich nun zu Wort. »Da haben wir aber andere Informationen. Laut Aussage von Donatus ging es ihm hier in der Klinik gar nicht gut. Er hat mehrfach über Kopfschmerzen und Husten geklagt.«

»Das stimmt doch, Donatus, nun sag doch mal«, forderte Sybilla ihren Sohn auf.

Der schaute von seinem Handy hoch. »Mhm.«

»Drückst du dich bitte deutlicher aus, Donatus«, sagte die Mutter genervt.

»Mmmmmhmmmm.«

Eines der Handys von Sybilla klingelte.

»Oh, das ist wichtig, da muss ich rangehen. Ein Kunde …« Sie stand einfach auf und verließ den Besprechungsraum. Die anwesenden Herren schauten sich verwundert an.

»Kriegt die Mama das Geld?«, fragte Donatus leise.

Auf einmal tat er Leonhard unendlich leid. Wie konnte man ein elfjähriges Kind hier reinziehen!

»Weil, der Papa und die Mama lassen sich nämlich scheiden, und der Papa sagt, dass die Mama gar nichts kriegt, weil sie so einen Vertrag haben, das hat er gesagt. Deswegen versucht die Mama jetzt so Sachen, damit es uns gut geht. Sag doch mal, Herr Doktor, hilfst du uns?«

Es brach Leonhard beinahe das Herz, den kleinen Kerl da sitzen zu sehen. In Donatus' Augen sah er die Sorge.

»Ich weiß noch nicht, ob ich helfen kann, Donatus. Aber hör mal, wir beide, wir gehen jetzt ein Eis essen und lassen die Herren hier mit deiner Mutter reden. Was hältst du denn davon?«

Der Junge strahlte. »Au ja, Herr Doktor!« Er sprang fast von seinem Stuhl auf und rannte zur Tür.

»Ich verabschiede mich dann mal und überlasse die Details Ihnen, meine Herren«, meinte Leonhard und verließ den Besprechungsraum. Aus dem Augenwinkel sah er noch, wie Doldenberg den Kopf schüttelte. Er wusste, dass Leonhard solche Termine hasste. Zum Glück kamen sie nicht so oft vor.

Kapitel 27

Fischers Mohrenplatz in Garmisch war eine kernige Wirtschaft wie so viele hier in der Gegend. Das bemalte Wirtshaus hatte Klappläden, es gab einen Biergarten und drinnen herrschte bayrische Gemütlichkeit. Tische und Bänke aus Holz, in den Ecken hingen Kruzifixe, Steinsäulen in den Mitten, eine urige Atmosphäre. Die Angestellten trugen eine schöne Tracht, waren stets gut gelaunt und die Speisekarte war ausgesucht und nicht zu groß.

Sie hatten sich im Biergarten verabredet. Dorothea saß schon da und winkte ihm zu.

»Was trinken wir? Weißwein?«, fragte sie. »Wasser hab ich schon bestellt. Medium, wie du es magst.«

»Danke. Ja, gern einen Weißwein, denn ich werde heute sicher nicht mehr in die Klinik zurückgehen. Für heute reicht es mir.« Er erzählte kurz von Sybilla von Behringhausen und Donatus.

»Ach je, der arme Junge«, sagte Dorothea mitfühlend. »Was ist denn das für eine Mutter?«

»Ich weiß es nicht. Sie ist eine Stressmacherin vor dem Herrn. Ich hab es da einfach nicht mehr ausgehalten. Sollen die anderen das doch klären. Ich bin Arzt, kein Anwalt. Und die Klinik kann zum Glück beweisen, dass Donatus gesund war, als er von uns entlassen wurde.«

Ein freundlicher Kellner brachte die Karte und fragte nach ihren Getränkewünschen.

»Wir nehmen eine Flasche Grauburgunder, Robert, aber eiskalt bitte«, sagte Leonhard.

Robert nickte. »Weiß ich doch, Doktor. Als Vorspeise den karamellisierten Goaßnkäs?«

»Jawoll! Da brauch ich gar keine Karte. Und du, Doro?«

»Den Brotaufstrich mit Griebenschmalz, Leberwurst und Obatzda mit Brot.«

»Freilich.« Robert legte die Karten hin. »Wein hol ich sofort. Wasser habt ihr schon, prima. Bin glei wieder da.«

Dorothea setzte ihre Sonnenbrille auf. Es war ein herrlicher Nachmittag.

»Ach, ich bin so froh, wieder zu Hause zu sein«, sagte sie. »Afrika war definitiv eine gute und wichtige Erfahrung, aber daheim ist eben daheim.«

»Geht mir doch auch so. Ich wollte hier nie fort.«

»Du magst Kilian nicht.« Es war eine Feststellung, keine Frage. Und sie kam sehr plötzlich.

»Nicht mögen kann man nicht sagen«, antwortete Leonhard. »Ich finde ihn so … so perfekt.«

»Perfekt? Ja, stimmt, solche Züge hat er. Er will immer alles richtig machen. Gib ihm bitte eine Chance.«

Da trat Robert mit dem Wein an ihren Tisch und goss ihnen ein. »Wohl bekomm's.«

»Was denn für eine Chance?«, fragte er seine Ex-Frau. »Ich

muss ihn ja nicht heiraten und muss auch nicht mit ihm leben.«

»Du weißt, was ich meine. Du wirst ihn allein schon durch unsere Kinder öfter sehen, und natürlich, weil er dann auch hier im Ort wohnen wird.«

»Na, da grüßt man sich und geht weiter.«

»Leo, bitte.«

»Ja, ich versuch's.«

»Ihr müsst ja keine dicken Freunde werden, aber ihr könnt bestimmt miteinander auskommen. Er mag dich.«

»Ja, klar. Er will es sich ja auch nicht mit dir verscherzen«, konterte Leonhard. »Er würde mich auch mögen, wenn ich ein Serienkiller wäre und Frauenohren in Eimern sammeln würde.«

»Nun hör schon auf. Das ist albern. Bitte.«

»Jaja, schon gut. Ich werde immer lächeln, wenn ich ihn sehe.«

»Du machst ja auch mit Papa und ihm die Stadtführung.«

»Oh, da freue ich mich schon sehr drauf«, sagte Leonhard sarkastisch, und nun schob Dorothea die Sonnenbrille ins Haar. »Leo! Du musst auch an Papa denken. Er wird achtzig.«

»Ja, und du heiratest, und wir werden Großeltern, und jetzt fehlt nur noch, dass Alex verkündet, dass er fortan als Frau leben will.«

Dorothea musste lachen. »So ein Quatsch. Und selbst wenn, das würden wir auch noch hinkriegen, oder? Wir haben doch selbst die Trennung gut hingekriegt.«

»Wolltest du dich eigentlich deswegen mit mir treffen?

Um mich zu bitten, den tollen Kilian … entschuldige … Kilian zu mögen?«

»Nein. Ich möchte dir was ganz anderes sagen. Ich hab lange überlegt, ob ich es dir überhaupt sagen soll. Aber jetzt dachte ich, nachdem du mir letztens gestanden hast, dass du noch Hoffnung hast für uns, dass ich es dir endlich sagen muss. Denn es ist so, dass nicht nur du Fehler gemacht hast in unserer Ehe.«

»Aha.« Er hob sein Glas. »Auf die Wahrheit.«

»Ach Leo, hör doch mal zu. Die Sache ist die …« Nun nahm sie auch ihr Glas und trank einen großen Schluck.

»Was ist denn die Sache?«

Sie sah ihn offen an. »Ich hatte auch ein Verhältnis während unserer Ehe.«

Leonhards Kehle wurde plötzlich trocken, sein Kopf war leer, und dann spürte er ein Rauschen, das von einem Ohr zum anderen ging und nicht aufhören wollte. Ihm wurde kalt, dann heiß.

Das hatte Doro eben nicht wirklich gesagt. Das hatte sie nicht. Nein. Nein. Nein.

»Du hattest was?« Er schrie fast.

»Bitte nicht so laut. Die Leute gucken schon.«

»Wann und mit wem?«

»Also … das erste Mal war es, als die Kinder so klein waren und mir alles über den Kopf gewachsen ist. Da hatte ich mehrere Monate etwas mit diesem Mann. Das zweite Mal kurz vor unserer Trennung.«

Er zog die Augenbrauen hoch. »Kurz vor unserer Trennung hatte ich ja auch ein Verhältnis. Du hattest also gleichzeitig etwas mit einem anderen, hast mir aber vorgeworfen, mein Fehltritt sei der Trennungsgrund?«

Sie nickte und sah ihn bittend an. »Das war hundsgemein von mir. Ganz schlecht. Ganz mies.«

Leonhard goss sich zitternd Wein nach. Das war ja wohl die Höhe!

»Du hast mich für alles verantwortlich gemacht, während du genauso fremdgegangen bist? Hast alles von dir gewiesen und dich als das Unschuldslamm und die betrogene, arme Ehefrau hingestellt?«

Wieder nickte Doro. »Ja.«

»Mit wem? Oder waren es unterschiedliche? Kenn ich sie?«

»Es war nur einer. Beide Male.«

»Wer? Wer war es?«

»Das tut nichts zur Sache. Ich möchte nur, dass du dich nicht mehr schäbig fühlst, und ich hoffe so sehr, dass dir dadurch meine neue Heirat leichter fällt.«

»Und ob das was zur Sache tut, Doro! Ich weiß noch, wie lange du damals gebohrt hast, bis ich dir das mit der Kollegin gebeichtet habe. Also sei du jetzt auch ehrlich zu mir.«

»Ja, du kennst ihn.«

»Gut. Wer ist es?«

»Leo, es wird dir nicht gefallen.«

»Das allerdings glaub ich auch. Ich höre.«

»Ach Leo …«

»Meine Güte, nun sag es schon. Es wird ja wohl nicht mein bester Freund sein.«

Sie sagte gar nichts mehr und blickte auf die rot-weiß karierte Tischdecke.

Leonhard wurde schwindelig. »Nein«, war alles, was er herausbrachte. »Nein.«

»Doch, Leo. Es war Xaver«, sagte Dorothea leise.

• • •

»Da machen Sie nichts falsch, Herr Altenhofer«, sagte Herr Elmentraut. »Das ist ein faires und absolut durchdachtes Angebot. Sie verkaufen, haben aber Wohnrecht auf Lebenszeit und werden gleichzeitig wieder in Ihrer Brauerei angestellt. In Ihr Lokal kommt ein weiterer Pächter. Zusätzlich werden Herr und Frau Falk die Sanierung des Anbaus finanzieren, auch hier sind Sie eingebunden. Die sieben Zimmer sollen wieder schön hergerichtet werden, und im Lokal unten wird ein Frühstück angeboten. Das klingt doch alles durchdacht und gut. Der Preis stimmt ebenfalls.«

»Ich werde in jedem Fall darüber nachdenken«, sagte Xaver, der nach dem Grundsatz seines Vaters lebte: immer eine Nacht drüber schlafen. Nie vorschnell eine Entscheidung treffen.

»Natürlich, natürlich«, sagte der Anwalt. »Es geht ja heute nur um den Vorvertrag, den ich selbstredend auch geprüft habe. Damit Herr und Frau Falk eine Absicherung haben, dass Sie nicht an jemand anderen verkaufen, dafür ist der Vorvertrag, nur dafür.«

»Das hab ich ja gar nicht vor«, sagte Xaver.

»Dann können Sie den ja schon mal unterschreiben.«

Herr Elmentraut schob ihm einen Stapel Papier über den Tisch zu. »An den entsprechenden Stellen sind Klebezettel.«

Xaver griff in seine Tasche und wollte seine Lesebrille herausholen. »Ach, jetzt hab ich die Brille vergessen. Ich wollte grad noch mal alles überfliegen.«

»Sie haben mein Wort, dass alles korrekt ist.« Gütig nickte Herr Elmentraut.

Und Xaver unterschrieb.

• • •

»Hallo, Nina, lang nicht gesehen.« Marleen war gerade in die Wirtschaft gekommen. »Wie geht es dir denn?«

»Och, gut, du. Immer viel zu tun, immer viel los. Aber ist ja besser, als wenn man nix zu tun hätte. Und bei dir so? Was macht das Studium?«

»Läuft alles gut. Dauert aber noch, ich muss jetzt zwischendurch ein oder zwei Semester aussetzen.«

»Warum denn?«

»Weil ich ein Kind kriege«, sagte Marleen, die am liebsten jedem von ihrer Schwangerschaft erzählt hätte.

»Ja mei! Das ist ja schön. Meinen Glückwunsch. Also wenn der Michi mich endlich mal fragen würde, ob ich ihn heiraten möchte, dann will ich auch Kinder. Mindestens drei.«

»Mir reicht erst mal das eine«, lachte Marleen. »Gibst du mir eine Apfelschorle?«

»Na klar. Wohnst du eigentlich noch in dieser Kommune?«

»Du sagst das so, als sei eine WG was Verbotenes.«

»Haben die von der RAF nicht in einer Kommune gelebt? Da kam letztens was drüber im Fernsehen.«

»Das ist ja nun auch schon lange her, und in meiner WG wohnen keine Terroristen. Nur ganz nette Leute, die studieren oder arbeiten.«

»Och.« Fast wirkte Nina enttäuscht. »Aber das mit dem Kind finde ich klasse. Ich freue mich für dich.«

»Danke, Nina.«

»Wirst du denn deinen Freund heiraten?«

»Ich habe gar keinen Freund«, sagte Marleen amüsiert.

Nina wirkte schockiert. »Von wem ist dann das Kind?«

»Von einem Mitbewohner.«

»Der aber nicht dein Freund ist?«

»Genau.«

»Was sagt denn der dazu?«

»Der weiß es noch gar nicht.«

»Ach.« Nina polierte stirnrunzelnd ein Glas. »So was. Und hättest du gern einen Freund?«

»Nö.« Marleen grinste sie an. »Ich kann mein Kind auch alleine kriegen. Wir sind ja nicht mehr im neunzehnten Jahrhundert. Ach, was red ich, noch in den Fünfzigerjahren war das unmöglich für eine Frau, ein Kind allein großzuziehen. Da kam sofort die Fürsorge und hat die Vormundschaft übernommen.«

Über solche Ungerechtigkeiten regte Marleen sich immer wieder auf. Eine bodenlose Frechheit, dass man ledigen Frauen die alleinige Kindeserziehung nicht zugetraut hatte. Als wüssten Männer es besser.

»Ich finde dich cool«, befand Nina. »Obwohl, so ganz allein ein Kind zu kriegen, ist doch auch traurig.«

»Och, ich brauch keinen Mann.«

Die Tür ging auf, und drei Männer und eine Frau kamen rein.

»Ach, da kommen die Bergretter von einem Einsatz«, sagte Nina. »Wie immer?«

Heribert, Frederika und Xaver nickten. Den jungen Mann neben ihnen kannte Marleen nicht.

»Die erste Runde geht aufs Haus!«, rief Xaver.

Heribert freute sich, als er Marleen sah. »Ja, Menschenskind, Marleen, ich hab schon gehört, dass du und Alex wieder da seid. Gut schaust du aus. Ganz wie die Mama. Die heiratet ja wieder, hab ich gehört?«

Marleen nickte. »Einen wirklich netten Kerl. Auch Arzt. Kilian Krohn heißt er. Er war mit ihr in Afrika.«

»Komm, setz dich ein bisschen zu uns«, meinte Xaver.

Marleen nickte. Sie hatte Zeit, also ging sie zum Tisch und setzte sich, und begrüßte alle. Mit Xaver und Frederika war ihr Vater befreundet, seit Marleen denken konnte. Der fremde junge Mann hatte sich neben Heribert gesetzt und lächelte Marleen freundlich an.»Was war denn los in den Bergen oben?«, wollte Marleen wissen.

»Ach, der Braunbär wurde wieder gesichtet«, sagte Xaver. »Offenbar ist er einem Jäger begegnet, der eigentlich zum Ansitz auf Schwarzwild wollte. Der Oberegger Fred hat sich so erschreckt, dass er einen Steilhang hinuntergestürzt ist und an einer kleinen Plattform hängen blieb. Zum Glück ist der Bär ihm nicht hinterher. Das hätte böse enden können. Der

Oberegger hat uns übers Handy angerufen, wir konnten ihn bergen. Er hat eine üble Kopfverletzung. Philipp ist super geflogen. Wirklich, Philipp, das muss ich mal sagen, du bist ein echter Gewinn für unsre Truppe.«

»Danke, Xaver. Ich bin auch gern bei euch.« Er reichte Marleen die Hand. »Grüß dich, wir kennen uns ja noch gar nicht. Ich bin also der Philipp Köhler.«

»Marleen Gerstorff.«

»Ach, die Tochter vom Doktor.«

»Genau«, sagte Marleen lächelnd. Sie war ein wenig verwirrt. Philipp schaute sie länger an als nötig, und er hatte wunderhübsche helle Augen. Ihr wurde ganz schwindlig.

Hui. Grübchen hatte er auch noch, so süß! Marleens Herz klopfte. Bei ihr, die keinen Freund wollte, hatte gerade der Blitz eingeschlagen.

Kapitel 28

Nina brachte für die Männer und Frederika Bier und für Marleen noch eine Apfelschorle. Sie saßen gemütlich zusammen und ratschten, was das Zeug hielt.

»Bist du denn jetzt öfters in Garmisch?«, fragte Philipp Marleen.

»Eigentlich nicht, ich studiere ja in Frankfurt. Noch ungefähr zwei Jahre.«

»Ach, in Frankfurt.« Philipp sagte das fast enttäuscht. »Ganz schön weit weg.«

»Ja. Aber ich habe vor, wieder nach Bayern zurückzukommen. Ganz bestimmt.« Darüber hatte sich Marleen zwar noch keine Gedanken gemacht, aber sie sagte es trotzdem.

»Das versteh ich. Ich würde auch immer wieder heimkommen«, sagte Philipp. »Zum Glück wohne ich hier.«

»Was machst du, wenn du nicht fliegst?«

»Ich bin Veterinär«, antwortete Philipp. »Derzeit bin ich noch angestellt in einer Praxis weiter außerhalb, aber in zwei Monaten übernehme ich die Praxis vom Emil Brettmacher, der geht in den Ruhestand. Dann zieh ich auch nach Garmisch rüber.«

»Wo wohnst du denn jetzt?«

»In Mittenwald.«

»Ach, das ist ja gar nicht weit.«

»Nein.«

Sie sahen sich an, und die Welt stand eine Sekunde lang still.

»Ich finde es schön, dass wir uns kennenlernen«, sagte Philipp. »Erzähl doch ein bisschen von dir.«

Marleen nickte und wollte gerade beginnen, da wurde die Tür aufgerissen. Leonhard raste herein, sagte kein Wort, blieb am Stammtisch stehen, zog Xaver hoch und streckte ihn mit einem gezielten Handkantenschlag nieder. Xaver ging krachend zu Boden, und Leonhard mit ihm.

»Papa!«, schrie Marleen.

»Du hast mich belogen und betrogen!«, brüllte Leonhard, und die anwesenden Gäste sprangen von ihren Stühlen auf und wichen zurück.

»Was ist denn?«, schrie Xaver. »Was meinst du?«

»Das fragst du noch, du Arsch, du Mistkerl? Du willst mein bester Freund sein?«

Xaver hatte sich halb aufgerappelt, aber Leonhard warf sich über ihn, setzte sich auf seine Brust und verpasste ihm einen deftigen Kinnhaken. Xaver schrie auf und schlug nach Leonhard, traf ihn an der Nase, und dann begannen beide, sich auf dem Boden zu wälzen.

Das Bergretter-Team schaute dem Treiben fassungslos zu.

»Tut doch was!«, schrie Marleen. »Oh Gott, die bringen sich noch um!«

Die beiden Kampfhähne zerrten sich nun gegenseitig über den Boden, schlugen aufeinander ein und brüllten unverständliche Sätze.

Endlich sprangen Philipp und Heribert auf und versuchten, die beiden auseinanderzuziehen, was ihnen nicht gelang. Sie waren so ineinander verkeilt, dass es kein Rankommen gab.

»Du Schwein!«, hörte Marleen ihren Vater brüllen. »Du warst mein bester Freund. Schon immer mein bester Freund. Und dann beginnst du eine Affäre mit meiner Frau!«

Marleen riss die Augen auf. Aha! Sie sah, wie andere Gäste vielsagende Blicke tauschten.

»Es tut mir leid, es tut mir leid!«, keuchte Xaver. »Ich wollte nicht, dass du es jemals erfährst, das hatte ich mit Doro ausgemacht. Niemals!«

»Ach, jetzt ist Doro schuld, oder was?«, rief Leonhard heiser. »Noch nicht mal einen Funken Stolz hast du im Leib! Nichts! Du mieser Betrüger!«

»Schluss jetzt!«, schrie Frederika. »Hört auf! Auseinander!«

Sie hörten gar nicht auf sie, beschimpften sich mit den übelsten Worten und schlugen wie besessen aufeinander ein.

Und auf einmal war es vorbei.

Nina war mit einem großen Putzeimer voll kaltem Wasser herangekommen und hatte ihn über den beiden ausgeleert.

Einen Moment lang herrschte Totenstille im *Altenhofer*.

Leonhard und Xaver rappelten sich auf, gingen langsam auseinander, und schüttelten sich wie nasse Hunde. Beide sahen entsetzlich aus. Xavers Lippen waren aufgeplatzt, Blut tropfte auf den alten Boden. Auch an der Stirn hatte er eine Wunde von Leonhards Schlägen davongetragen. Der sah auch nicht besser aus. Sein linkes Auge war komplett zugeschwollen, er blutete aus der Nase, die ungewohnt krumm aussah, und über den Augenbrauen bildeten sich schon Beulen. Beide sahen aus wie nasse Quasimodos.

Nun standen sie da und keuchten vor sich hin.

»Leo …«, fing Xaver an, aber Leonhard ballte wieder die Fäuste.

»Nichts da. Ihr prügelt euch jetzt nicht mehr!«, rief Frederika streng und stellte sich zwischen die beiden. »Genug! Es ist genug!«

Xaver und Leonhard sahen sich an. Keiner sagte ein Wort.

Dann drehte Leonhard sich um und verließ nass, wie er war, die Gaststube. Marleen starrte ihm hinterher, unfähig, sich zu bewegen oder etwas zu sagen.

Xaver stand da wie ein begossener Pudel.

»Was hab ich da gehört?«, fragte Frederika. »Du hattest was mit Doro?«

Alle im Gasthof schienen auf die Antwort zu warten.

»Ja«, sagte Xaver nur.

Damit drehte er sich um und begab sich Richtung Hintertür, um hoch in seine Wohnung zu gehen.

»Du liebe Güte«, sagte Marleen. »Das wusste ich nicht. Wusstet ihr das?«

Frederika und Heribert schüttelten den Kopf. Philipp schaute betreten auf den Boden.

»Mama und Xaver. Das kann ich mir gar nicht vorstellen«, sagte Marleen ungläubig.

»Das ist meistens so, dass man sich das nicht vorstellen kann«, meinte Frederika. »Oder man sagt, man hätte es gleich gewusst.«

»Ich wusste es nicht«, sagte Marleen.

»Na, ich auch nicht. Wie haben die beiden das nur angestellt, dass niemand was mitbekommen hat?«

Die anderen Gäste hatten sich mittlerweile beruhigt und setzten sich wieder, während Nina den Boden wischte.

Marleen war völlig durcheinander. »Ich gehe jetzt heim«, sagte sie in die Runde und verließ die Wirtschaft, ohne sich noch einmal umzudrehen.

• • •

Xaver stand in seinem Badezimmer und begutachtete den Schaden, den Leonhard angerichtet hatte. Er sah aus, als hätte er sich mit einem der Klitschko-Brüder eingelassen. Sein Gesicht würde sich mit Sicherheit blau und lila verfärben.

Verdammte Axt! Wie konnte Doro Leonhard das nur erzählen? War es denn die Möglichkeit! Sie hatten ausgemacht, dass es geheim bleiben sollte. Für immer und ewig. Es war so lange gutgegangen.

Sein Handy klingelte.

»Xaver«, sagte Dorothea. »Es tut mir leid. Aber ich musste es Leo sagen.«

»Du hättest es vorher mit mir besprechen sollen.« Himmel, tat sein Kopf weh.

»Das wollte ich auch. Ich war sogar bei euch und hab nach dir gefragt, aber du warst unterwegs.«

»Woher weißt du eigentlich schon, was passiert ist?«

»Weil Leo wie ein wütender Löwe aus dem *Mohrenplatz* gerannt ist. Da wusste ich, dass er zu dir will. Er hat gebrüllt, dass er dich fertigmachen würde. Ich wollte noch anrufen, aber hatte mein Handy nicht dabei. Habt ihr euch schlimm verletzt?«

»Das kann man laut sagen. Gut möglich, dass ich eine Gehirnerschütterung habe. Und auch sonst sehe ich verheerend aus. Aber das ist mir egal. Nicht egal ist mir, dass es das war mit meinem besten Freund.«

»Nun lass doch ein wenig Wasser die Klamm runterfließen.«

»Das richtet kein Wasser«, sagte Xaver. »Eine der Eigenschaften, die ich an Leo schätze, ist, dass er mir gegenüber immer aufrichtig war. Und ehrlich.«

»Mir gegenüber nicht, vergiss das bitte nicht«, sagte Doro.

»Schon. Aber das ist was anderes. Leo und ich sind beste Freunde … gewesen.« Er verließ das Badezimmer, ging ins Wohnzimmer und ließ sich in einen Sessel fallen. Seine nassen Klamotten hatte er einfach in die Wanne geworfen. Seine Kopfschmerzen wurden immer schlimmer.

»Ich werde mit Leo reden«, meinte Dorothea.

»Das wird nichts nützen.«

»Aber ich kann es versuchen.«

»Wenn du meinst.«

Sie legten auf.

Du lieber Himmel. Alle hatten es mitbekommen, alle in

der Wirtschaft. Spätestens am Abend würde die ganze Marktgemeinde es wissen.

Auf einmal war Xaver so müde. Erst der Einsatz, dann diese unwürdige Prügelei. Er musste unbedingt schlafen.

...

»Wunderbar, den haben wir«, sagte Victoria Falk zu Benedikt. »Gute Arbeit. Jetzt überweisen wir Frau Moosinger und ihrem Sohn die zehn Prozent Anzahlung, dann ziehen sie aus, und, zack, ist leider der Schwamm im Haus, was nachträglich den Kaufpreis schmälert.«

»Genau«, sagte Nico. »Der zuständige Gutachter ist schon geschmiert. Sollte alles kein Problem sein.«

»Und dann?«, fragte Benedikt.

»Dann werden wir die restlichen neunzig Prozent nicht bezahlen. Die alte Dame und ihr Sohn können sich natürlich auf einen Rechtsstreit einlassen, aber der wird Jahre dauern und viel Geld kosten, das sie nicht haben.«

»Weil ja nur zehn Prozent geflossen sind«, sagte Benedikt.

Victoria lachte. »Gut erkannt. Das heißt, wir können das Haus schön sanieren und vermieten oder verkaufen. Je nachdem.«

Ihr Bruder klatschte in die Hände. »Herrlich ist das.«

Benedikt sagte nichts.

Kapitel 29

Leonhard stand in seiner Wohnung im Bademantel am Fenster und schaute auf die Berge. Behäbig und selbstbewusst lagen sie einfach da und würden immer da sein. Auch wenn er und viele andere schon längst nicht mehr hier wären.

Er hatte heiß geduscht, seine Wunden versorgt und zwei Aspirin eingeworfen.

Was war denn gerade nur los mit seinem Leben? Das durfte doch nicht wahr sein, dass alles so aus dem Ruder lief. Alles schien ein einziges Durcheinander zu sein. In seinem Kopf schwirrte es. Tausend Gedankenfetzen tobten durch sein Hirn.

Warum hatte er sich so gehen lassen? Wie ein eifersüchtiger Sechzehnjähriger war er in die Wirtschaft gestürmt und hatte zugeschlagen. Wie peinlich. Vor allen Leuten.

Langsam wirkte das Aspirin. Er machte sich einen Cappuccino und setzte sich raus auf seinen Balkon. Unten liefen lachend Touristen vorbei, die ihren Urlaub genossen und eine schöne Zeit hatten. Wie gut, dass er heute Nachmittag freihatte. Er hätte sich wirklich nicht auf seine kleinen Patienten konzentrieren können.

Wie wohl das Gespräch mit Sybilla von Behringhausen ausgegangen war?

Eigentlich müsste er Stümpfchen mal anrufen, aber er hatte die Kraft nicht. Er hatte für überhaupt nichts Kraft. Die Nachmittagssonne schien ihm ins Gesicht, und er schloss die Augen.

Da klingelte es an der Tür.

Nein. Er würde nicht öffnen.

Wenn das Xaver war, der reden wollte, oder Doro oder Marleen oder seine Mutter, wenn das überhaupt irgendjemand war, vor dem er sich verantworten sollte … Er konnte das jetzt nicht.

Es klingelte wieder. Nein. Und wieder. Nein.

»Leo!«, hörte er da eine Stimme von unten. »Nun mach schon auf.«

»Ach was«, sagte Frederika. »Ich halte dich überhaupt nicht für gestört. Das war doch absolut nachvollziehbar.«

»Trotzdem«, meinte Leonhard bitter. »Wie ein Halbstarker bin ich auf Xaver los.«

»Du warst eben blind vor Wut.«

»Hoffentlich hab ich ihm nichts gebrochen.«

»Nein, hast du nicht. Ich war schon bei ihm. Nur der Kopf tut ihm weh. Er bleibt für heut einfach mal in der Wohnung und ruht sich aus. Und bald wird schon überhaupt nicht mehr über diese Sache geredet.«

»Das glaubst du wohl selbst nicht! Nina wird es jedem stecken. Und wenn Hedda in der Bäckerei es erst erfährt, ist der

Ofen aus. Dann weiß es der ganze Landkreis und noch halb Österreich.«

»Ach wo. Nun mal den Teufel nicht an die Wand. Komm wieder runter. Woher weißt du es übrigens?«

»Ach, hat sich das noch nicht rumgesprochen? Ich dachte, das wüsste auch schon jeder. Ich hab mich vorhin mit Doro im *Mohrenplatz* getroffen, weil sie mir was sagen wollte.«

»Das wollte sie dir sagen? Ist das nicht ein wenig spät?«

»Ja, find ich auch. Jedenfalls bin ich laut geworden. Ach so, sie hat es mir gesagt, damit ich schneller über unsere Scheidung und ihre neue Ehe hinwegkomme. Nett, oder?«

»Das kann ich nicht beurteilen. Jedenfalls bist du jetzt nicht mehr der einzige Sünder mit deiner Affäre damals.«

»Davon kann ich mir auch nichts kaufen«, sagte er verbittert. »Ich bin ein alter, betrogener, gebrochener Mann ohne Perspektive.«

Nun lachte Frederika laut auf. »Du spinnst ja völlig. Weißt du was? Ich koch uns jetzt was. Essen hält Leib und Seele zusammen. Oder hast du schon gegessen?«

»Nein, dazu bin ich nicht gekommen«, sagte er. »Dann koch halt was. Ach, ich bin froh, dass du da bist.«

Frederika nickte. »Sag ich doch.«

Während Frederika zur Wohnküche ging und in den Schränken nach Zutaten suchte, legte er sich lang aufs Sofa und beobachtete sie. Nach ein paar Minuten dämmerte er weg, ein paar Sekunden später war er eingeschlafen.

»Leo …«

»Mhmmmm …«

»Leo, aufwachen.«

Er öffnete die Augen und sah in Frederikas. Er war tatsächlich eingeschlafen, und sie hatte eine Decke über ihn gebreitet.

»Oh, Rika … Entschuldige, Frederika … riecht das köstlich.«

»Ja, meine Bolognese ist der Hit, weißt du doch. Zum Glück hattest du Hackfleisch eingefroren. Und im Kühlschrank hab ich einen Salatkopf gefunden.«

»Herrlich.« Er setzte sich auf und griff sich an die Stirn. »Geht schon besser«, sagte er. »Ich glaub, der Schlaf hat mir gutgetan.«

»Glaub ich auch. Du hast geschnarcht wie ein ganzes Kraftwerk.«

»Oh, das tut mir leid. Bestimmt, weil Xaver und ich uns auf die Nasen gehauen haben.«

»Hast du Hunger?«

»Und ob.« Er stand auf und streckte sich.

»Wir essen draußen«, sagte sie. »Es ist so schön heute. Ich hab den Tisch schon gedeckt. Was möchtest du trinken?«

»Ach, eigentlich nur Sprudel.«

»Gut, kommt sofort. Ich gieße nur eben das Spaghettiwasser ab.«

Kurze Zeit später saßen sie am Tisch in der tief stehenden Nachmittagssonne.

»Eigentlich müsstest du dich doch um Xaver kümmern, oder? Und nicht um mich«, sagte Leonhard.

»Ach, bei dem war ich ja. Der wollte sich auch hinlegen. Außerdem kommt später Victoria vorbei.«

»Was hältst du von ihr?«

»Ich kann es dir nicht sagen. Einerseits scheint sie sehr nett zu sein, aber sie hat was in den Augen, das mir nicht gefällt.«

»So ähnlich geht es mir auch. Sie wirkt so verschlagen. Natürlich kann man ihr nicht vorwerfen, Geld verdienen zu wollen, und das, was sie machen will, ist vielleicht gar nicht so schlecht, gerade wenn die alten Leute wirklich ausziehen wollen. Aber da ist irgendetwas, das mir nicht gefällt.«

Er nahm sich Soße zu den Spaghetti und begann zu essen. »Grandios schmeckt das. Bolo hast du schon immer gut gekonnt. Danke, Ri … Frederika.«

»Ach, weißt du was, wenn es dich glücklich macht, dann nenn mich halt wieder Rika.« Sie grinste ihn an. »Hier, Parmesan.«

»Danke.«

Eine Weile aßen sie schweigend. Unten auf der Straße lachten Leute, Gesprächsfetzen und Musik drangen nach oben, es war ein herrlicher Spätsommernachmittag, der sich langsam zum Abend hinbewegte.

Leonhard liebte diese Zeit im Jahr, wenn es ganz langsam und immer ein wenig früher dunkel wurde, auf eine samtene Art, ruhig und besonnen. Dann wurden die Stimmen auf den Straßen leiser, wobei sie natürlich nie ganz weg waren. Weniger Autos fuhren, und die Straßenbeleuchtung ging an und verbreitete mildes Licht. Die Leute begaben sich in die Wirtshäuser zum Essen, manch einer saß noch im Biergarten, vielen war es abends schon zu kühl. Irgendwann dann atmete Garmisch-Partenkirchen Ruhe und Frieden.

»Es wird ein wenig kühl«, sagte Frederika, als sie mit dem Essen fertig waren. »Soll ich uns Decken holen?«

»Eine gute Idee. Lass uns eben abräumen. Ich mach uns einen guten Barolo auf. Jetzt hab ich doch Lust auf einen guten Wein.«

»Oh, gern.« Sie nahm die Teller, und er ging ans Weinregal, entkorkte eine Flasche und kam mit zwei Gläsern zurück.

»Er hat zwar noch nicht geatmet, aber ich bin sicher, er schmeckt auch so.« Langsam ließ er den dunkelroten Wein in die Gläser laufen, dann setzte er sich wieder hin. Frederika gab ihm eine Decke.

»Wir wohnen wirklich nicht schlecht«, sagte sie und nickte in Richtung der Berge.

»Oh nein, das tun wir nicht. Es gibt Schlimmeres.« Leonhard lächelte sie an. »Lieb, dass du bei mir bist, Rika. Schön ist das.«

»Ach, wozu hat man Freunde«, entgegnete sie lapidar und hob ihr Glas. »Auf die Freundschaft!«

Er tat es ihr nach. »Auf die Freundschaft!«

Dann stießen sie an und tranken.

Gegen acht Uhr wurde es draußen zu kühl, und sie gingen ins Wohnzimmer und setzten sich aufs Sofa. Beide breiteten ihre Decken über sich.

»Ach, ist das gemütlich«, seufzte Frederika. »Ich muss aufpassen, dass ich hier nicht einschlafe.«

»Wäre kein Problem, das weißt du. Wie oft haben wir schon beieinander übernachtet?«

Sie nickte. »Weißt du noch, als wir diese Klettertour gemacht haben und in einem Hängezelt schlafen mussten? Du hattest mir das vorher nicht erzählt, weil du genau gewusst hast, dass ich dann nicht mitgekommen wäre.«

Er lachte. »Oh Gott, ja. Und dann dieser Wind. Ich habe vor Angst kein Auge zugetan.«

»Vor mir hast du so getan, als ob es das Normalste der Welt wäre, in so einem Wackelding zu schlafen.«

»Du konntest ja wenigstens schlafen, aber ich war die ganze Nacht wach.«

»Ich dachte, wenn ich schlafe, dann kriege ich nicht mit, wenn wir abstürzen und zweihundert Meter in die Tiefe sausen«, erinnerte sich Frederika.

»Ich weiß. Und unser Frühstück bestand aus Kidney-Bohnen aus der Dose.«

»Weil du nicht auf die Dose geschaut hattest, beim Packen. In der richtigen wäre Porridge gewesen mit Trockenobst. Hat aber trotzdem geschmeckt.«

»Und weißt du noch, als wir mit Xaver und seiner damaligen Freundin … Wie hieß noch die blonde, kleine, die alles ›sooo süüüß‹ fand?«

»Marietta …«, warf Frederika ein. Er nickte.

»Die behauptet hat, sie könne supergut Skifahren, und dann stellte sich raus, dass sie das nur wegen Xaver gesagt hat. In Wirklichkeit hatte sie in ihrem Leben vielleicht zweimal auf Skiern gestanden, und das ungefähr fünf Minuten lang.«

Frederika kicherte. »Sie hat dauernd geschrien und ›Huch, huch‹ gerufen.«

»Xaver ist zu ihr gefahren und hat sie huckepack genommen. Dann sind sie beide in einer Schneewehe verschwunden, weil sie aus Versehen ihre Hände über seine Augen gelegt hatte.«

Sie ergossen sich in »Weißt du noch«-Geschichten, lachten sich halbtot und tranken Wein, öffneten eine zweite Flasche und tranken weiter.

Dann klingelte es an der Tür.

Wie ertappt schauten sie sich an.

»Wer kann das sein?«, fragte Frederika, die vom Lachen ganz außer Atem war.

»Ich habe nicht die geringste Ahnung.«

»Ich schau mal über den Balkon nach unten«, flüsterte Frederika.

»Nein, nein, was, wenn derjenige da gerade hochguckt? Wir machen einfach nicht auf.«

»Ich will aber wissen, wer es ist.«

»Du Neugierige! Das hat sich auch nicht geändert.«

»Nö.« Frederika grinste ihn an. »Ich geh mal an die Gegensprechanlage. Aufmachen müssen wir ja nicht.«

»Nein, jetzt lass. Ich hab jetzt keine Lust auf irgendjemanden.«

»Och, du, bitte!« Sie wollte schon zur Anlage gehen, aber Leonhard hielt sie fest und rutschte auf seiner Socke aus. Er strauchelte, und sie landeten gemeinsam auf dem Parkett.

Es klingelte wieder, und Frederika kicherte und rieb sich gleichzeitig den Ellenbogen. Leonhard musste auch lachen.

Dann hielt er ihr die Hand vor den Mund und zog sie mit dem anderen Arm fest an sich.

Ihre Blicke trafen sich, und sie hörten nicht auf, einander anzusehen.

Plötzlich war alles ganz einfach, ganz selbstverständlich. Leonhard lehnte sich näher und näher zu ihr, und dann begannen sie, sich zu küssen. So, als ob sie nie etwas anderes getan hätten.

Es war ein anderer Kuss als der in der Klamm, er war intensiver, länger, inniger.

Irgendwann versuchten sie, aufzustehen, rutschten fast wieder aus, lachten zusammen und küssten sich weiter, während sie Richtung Schlafzimmer gingen. Keiner von ihnen sagte ein Wort, aber alles war so klar, dass es gar nicht ausgesprochen werden musste.

Sie zogen sich gegenseitig aus, ließen sich in die weißen Federbetten sinken, und Leonhard erkundete mit seinen Händen ihren Körper, ließ sie überall hingleiten und spürte, wie sie erschauerte.

Er hatte das Gefühl, noch nie etwas richtiger gemacht zu haben als das, was er gerade tat. Sie war weich und warm, sie roch so gut, und wie sie mit geschlossenen Augen in seinen Armen lag, das war so wunderschön.

Als sollte es so sein.

Kapitel 30

Es war fast Mitternacht, als sie sich gegenüberlagen und einander anschauten. Keiner von ihnen sagte etwas. Irgendwann stand Leonhard auf, ging nackt ins Wohnzimmer und holte Wein und Gläser. Dann bauten sie sich aus Kissen Rückenlehnen und tranken.

»Leo …«, sagte Frederika schließlich.

»Hm?« Er sah sie an.

»War das richtig?«

»Was glaubst du?«

»Ich weiß nicht. Aber ich konnte nicht anders.« Sie seufzte.

»Mir ging es genauso«, sagte er. »Und ich fühle mich gerade nicht so, als hätte ich einen Fehler gemacht. Oder wir. Es fühlt sich richtig an.«

»Stimmt«, sagte sie leise. »Ich möchte nur nicht, dass du in mir einen Ersatz für Doro siehst. Weil Doro dich nicht will.«

»Glaub mir, Rika. An Doro habe ich nicht eine Sekunde gedacht. Nicht eine einzige.«

Das stimmte. Er hatte nur an Frederika gedacht. So wie jetzt. Jetzt dachte er auch nur an sie. Sie sah so süß aus, wie sie da saß, mit verwuscheltem Haar und geröteten Wangen. So lieb und zart und sexy und verführerisch.

»Ich fand es großartig«, sagte Frederika.

»Ich auch. Komm her.«

Sie legte sich in seinen Arm und trank einen Schluck Wein. Dann seufzte sie. »Weißt du was, Leo?«

»Hm?«

»Ich bin gerade richtig glücklich.« Sie gab ihm ihr Glas, und er stellte es auf dem Nachttisch ab, während sie sich wieder in seine Armbeuge kuschelte.

Er hielt sie fest und genoss es, dass sie bei ihm war.

Ihre regelmäßigen Atemzüge verrieten ihm einige Sekunden später, dass sie eingeschlafen war.

Auch am nächsten Morgen war alles ganz normal. Leonhard holte Brötchen, sie frühstückten zusammen, und dann ging Frederika in ihre Wohnung, um zu duschen und sich frische Sachen anzuziehen. Sie hatte ihm erzählt, dass sie gleich um neun einen Patienten hatte.

Leonhard ging beschwingt in die Klinik, wo Stümpfchen schon auf ihn wartete.

»Guten Morgen, Chef. Hatten Sie gestern einen angenehmen Nachmittag?«

Aha, sie wusste es also schon. Natürlich.

»Ja, danke, Stümpfchen. Bekomme ich einen Kaffee?«

»Man sagt, Sie seien wie ein wilder Stier ins *Altenhofer* gestürmt.«

»Soso. Sagt man das. Was ist denn nun mit dem Kaffee?«

»Nina hat gesagt, sie hätte Todesangst gehabt.«

»Sie lebt aber sicher noch.«

»Natürlich lebt sie. Das wäre ja noch schöner. Was für eine Geschichte, Chef. Also so was. Hätte ich nie von der Frau Doktor gedacht. Nie.«

»Tja, so ist das Leben manchmal, Stümpfchen. Hart und ungerecht. Dürfte ich jetzt um einen Kaffee bitten?«

»Der Bernie hat gesehen, wie heute Morgen die Frau Altenhofer aus Ihrem Haus gekommen ist.« Stümpfchen bewegte sich keinen Zentimeter.

Nun schlug Leonhard auf den Tisch. »Schluss jetzt!«, rief er. »Das ist alles meine Privatangelegenheit. Und jetzt möchte ich bitte einen Kaffee und das Protokoll von dem gestrigen Termin mit dieser Gräfin. Falls Sie den Bericht überhaupt fertig machen konnten bei all der anderen Aufregung.«

Stümpfchen zischte beleidigt ab, und kurze Zeit später stellte sie ihm scheppernd eine Tasse Kaffee hin und pfefferte den Bericht vor ihn. Die Kekse hatte sie offensichtlich absichtlich weggelassen, um Leonhard zu bestrafen.

Der bedankte sich und widmete sich dann dem Bericht.

Aha. Die Gegenseite war eingeknickt. Eins zu null für die Klinik. Ein Triumphgefühl verspürte Leonhard trotzdem nicht. Ihm tat der kleine Donatus leid, der sich mit einer solchen Mutter herumschlagen musste.

Und dann fing er an, im Internet nach einem Therapeuten zu suchen, der sich mit Spielsucht auskannte. Er musste sein Problem nun angehen.

• • •

»Mein armer, armer Xaver«, gurrte Victoria. »Dass er dich so zugerichtet hat wegen einer Sache, die längst Geschichte ist. Wie böse er ist. Ganz ehrlich, ich mochte ihn von Anfang an nicht, den großen Herrn Doktor Gerstorff. Mischt sich überall ein und denkt, er kann überall mitreden. Dabei hat er von Immobilien doch überhaupt keine Ahnung. Ich streich dir noch mal Salbe auf die Wunde. Dann gehen wir rüber ins ehemalige Hotel und schauen, wie wir weiter vorgehen.« Vorsichtig versorgte sie den Riss auf seiner Stirn.

Xaver suhlte sich in ihrem Mitleid. Genau. Leonhard hatte völlig überreagiert. Das hätte man unter Freunden anders regeln müssen. Er hatte gestern noch Doro angerufen, die völlig aus dem Häuschen gewesen war, weil Kilian natürlich alles mitbekommen hatte, was vorgefallen war.

»Das war alles ein Riesenfehler«, sagte sie verzweifelt. »Ich hätte nichts sagen dürfen von dir, aber Leo hat so gedrängelt. Oh Gott, was ist, wenn Kilian sich jetzt noch zehnmal überlegt, ob er mich heiraten soll? Weil er denkt, ich bin eine notorische Fremdgängerin.«

»Das hättest du dir vielleicht mal vorher überlegen sollen, Doro«, hatte er gesagt.

Dann war er zu Leonhard gegangen, um ihm zu sagen, was er von seinem Verhalten hielt. Aber der hatte nicht geöffnet.

• • •

Marleen und Philipp saßen in einem Ausflugscafé und konnten die Hände nicht voneinander lassen.

»So ist es mir noch nie ergangen«, gestand Philipp, und seine hellen Augen waren voller Liebe, als er Marleen anschaute.

Ihr ging es nicht anders.

Sie hatten natürlich über Leonhard und Xaver gesprochen, das war ja das Thema Nummer eins in Garmisch, aber irgendwann hatten sie beschlossen, dass dies alles nicht ihr Problem war. Sie würden sich einfach mal miteinander beschäftigen.

Philipp beugte sich zu ihr vor und küsste sie mit Hingabe, sie erwiderte den Kuss.

»Kommst du nachher mit zu mir?«, fragte er leise, und sie nickte. Natürlich würde sie! Aber da war noch diese Sache. Marleen war ein aufrichtiger Mensch, sie konnte und wollte das nicht geheim halten.

»Sag mal, willst du eigentlich mal Kinder haben?«, fragte sie verliebt.

Er sah sie immer noch verträumt an. »Nein, auf gar keinen Fall«, sagte er dann. »Ich hab mich schon lange gegen Kinder entschieden.«

• • •

Lisbeth, Greta und Sophie trafen sich um ein Uhr vor der Koppel. Die drei dreizehn- und vierzehnjährigen Mädchen hatten sich im Hotel kennengelernt und sich sofort gut verstanden.

Greta hatte den Vorschlag gemacht, dass sie nachts drei Pferde von der Koppel holen sollten, um durch die Finsternis zu reiten, und Lisbeth sowie Sophie hatten sofort zugestimmt, waren sie doch begeisterte Reiterinnen.

Im glitzernden Mondlicht stiegen sie über den hölzernen Zaun und liefen zu den drei Pferden, die hier immer grasten. Sie wussten zwar ihre Namen, aber nicht, ob man sie reiten konnte, da die Tiere bislang immer nur auf der Koppel gestanden hatten.

»Wie wollen wir eigentlich rauskommen?«, fragte Sophie leise.

»Das Gatter ist nicht gesichert«, flüsterte Greta zurück. »Wir müssen einfach nur von innen zwei Riegel zurückschieben. Ganz easy.«

»Ob die Pferde wohl brav sind?«, fragte Lisbeth zögerlich.

»Ach, hier in Garmisch ist doch alles brav«, erwiderte Greta. »Und ich mag einfach mal was anderes machen, als in der Klinik zu sein und am Wochenende mit meinen Eltern zu wandern. Das ist alles so langweilig.«

Sophie nickte und deutete auf einen großen Braunen mit schöner Blesse. »Ich nehm Sperber. Ihr müsst mir raufhelfen. Macht mal eine Räuberleiter, Greta.«

Dann saß sie oben und klopfte Sperber den Hals. »Braver Junge.«

Sperber schnaubte, und Sophie trieb ihn etwas an, hielt sich in seiner Mähne fest. Sie war eine gute Reiterin und kam ohne Sattel klar. Sperber reagierte auf ihre Hilfen und fiel dann in einen langsamen Galopp.

»Juhu!«, rief Sophie verhalten. »Das macht mega Spaß. Los, steigt ihr auch auf.«

Greta half Lisbeth auf eine Schimmelstute namens

Schneeflocke und führte dann den Rappen Milano zum Holzgatter, kletterte daran hoch und ließ sich auf seinen Rücken gleiten. Ein paar Runden drehten die Mädchen in Trab und Galopp, dann wollten sie die Gegend erkunden. Lisbeth öffnete von Schneeflocke aus das Gatter. Im gemächlichen Schritt verließen sie die Koppel.

Um diese Zeit war in Garmisch wenig los. Einige späte Nachtschwärmer kamen aus einer Wirtschaft, hakten sich unter und sangen ein unverständliches Lied. Sie lachten auf, als sie die Mädchen hoch zu Pferd sahen, aber kümmerten sich nicht weiter um sie. Die drei bogen schon bald ab auf einen kleinen Feldweg, und die Pferde trabten ruhig hintereinander her.

»Oh, das ist mega, oder?«, rief Lisbeth von vorn.

»Und wie«, sagte Greta.

»Hammer!«, rief Sophie von hinten. »Wo reiten wir eigentlich hin?«

»Keine Ahnung, ich lass Schneeflocke einfach laufen.«

»Nicht, dass wir uns verirren«, sagte Sophie, die Ängstlichste von ihnen.

»Ach Quatsch, wie soll man sich denn hier verirren?«, meinte Greta. »Lasst uns mal galoppieren!«

»Au ja, auf geht's!«, rief Lisbeth und trieb ihre Stute an.

Die Pferde genossen den unerwarteten Ausflug und legten an Tempo zu. Sie ritten den langen Weg entlang, dann bogen sie ab und kamen in ein Waldstück. Hier waren kaum noch die Lichter der Stadt zu sehen, Mondlicht fiel durch die Blätter und erhellte den Waldboden. Die Pferde gingen nun wieder Schritt.

»Das ist gruselig«, meinte Sophie und krallte sich in die Mähne von Sperber. »Findet ihr es nicht gruselig?«

»Nö«, kam es von den anderen.

Sophie seufzte.

»Da ist ein Flüsschen, hört ihr das?«, fragte sie nach einer Weile. »Lasst uns da mal absitzen, vielleicht können wir ein bisschen schwimmen. Habt ihr eure Badeanzüge drunter?«

»Klar, hast du doch gesagt«, meinte Lisbeth, und auch Greta bejahte.

Die drei ließen sich von den Pferden gleiten. Die Tiere machten sich sofort daran, Essbares zu suchen.

»Das ist ja wie im Märchen hier mit dem kleinen Wasserfall«, freute sich Greta und begann schon, sich zu entkleiden.

»Meint ihr nicht, dass es zu kalt ist?«, fragte Sophie, die wieder ängstlich wurde.

»Du bist lustig. Du hast doch vorgeschlagen, baden zu gehen«, sagte Greta lachend.

Dann standen sie alle drei in ihren Badeanzügen da.

»Puh, ist das kalt«, meinte Greta und schüttelte sich.

»Dabei bist du erst mit einem Fuß im Wasser«, gab Lisbeth zurück. »Meine Mutter sagt immer, einfach reingehen ohne nachzudenken.«

Greta zog den Fuß aus dem Wasser. »Dann mach es vor. Das will ich sehen!«

»Klar.« Ohne zu zögern, begab sich Lisbeth ins Wasser, schon stand sie bis zur Hüfte drin. »Es ist herrlich, kommt rein!«, rief sie und ging noch ein Stück weiter, bis sie schwimmen konnte. »Ist da keine Strömung?«, fragte Greta.

»Nee, gar nicht, und ich kann immer noch stehen. Ich schwimm mal zum Wasserfall. Kommt jetzt rein, los!«

Nun gingen Greta und Sophie auch langsam ins Wasser, und schließlich schwammen sie alle drei im Kreis herum und tauchten unter den kleinen Wasserfall, der unaufhaltsam aus dem Berg sprudelte.

»Wie herrlich ist das denn? Das ist ja wie in der Karibik oder so«, schwärmte Sophie und hob die Arme, ließ das Wasser auf sich herunterprasseln.

Sie schwammen noch eine Runde, um sich danach zum Trocknen auf die Wiese vor dem Flussbett zu legen.

»Schaut mal, die Sterne. Wow, die sind so nah«, flüsterte Lisbeth. »Wenn man sich überlegt, dass das, was wir sehen, eigentlich schon längst erloschen ist …«

»Das kann ich mir gar nicht vorstellen. Und auch nicht, dass das Weltall endlos sein soll«, stellte Greta fest. »Irgendwo muss es doch zu Ende sein.«

»Ja, meinst du, da ist dann eine Tür, oder was?«, fragte Sophie.

»Vielleicht, vielleicht auch nicht. Jedenfalls ist es nicht vorstellbar.«

»Aber die Sterne sind schön. Kennt ihr euch mit Sternen aus?«, fragte Lisbeth, aber die beiden anderen verneinten.

»Schade, wäre mein Bruder jetzt hier, wüsste er alles, ich schwöre es euch. Robin ist ein Alleswisser, er liest, was ihm unter die Finger kommt. Ich leider nicht«, sagte Lisbeth.

»Ich finde ihn total süß«, meinte Greta. »Er hat so süße Grübchen. Und er ist immer so höflich.«

»Ja, das stimmt. Früher war er nicht so nett. Vielleicht

liegt es daran, dass er eine Freundin hat. Natalie und er spielen zusammen Tennis.«

»Nur Tennis?«, gickelte Sophie.

»Keine Ahnung, das will ich auch gar nicht wissen. Robin ist mein Bruder«, gab Lisbeth zurück.

»Hört ihr die Stille?«, fragte Greta.

»Ja«, wisperte Lisbeth, und sie schloss die Augen.

In diesem Moment wieherte ein Pferd, und die drei Mädchen fuhren erschrocken hoch. Hufgetrappel verkündete ihnen, dass die Pferde sich aus dem Staub gemacht hatten.

»Oh nein«, sagte Lisbeth. »Mist! Dann müssen wir wohl heim laufen.«

»Hoffentlich passiert den Pferden nichts«, sagte Sophie aufgeregt. »Finden die von alleine zurück zur Koppel? Wenn das rauskommt, kriegen wir einen Riesenärger!«

»Psst, seid mal leise«, flüsterte Greta. »Da knackt was, hört ihr das auch?«

»Es knackt doch ständig irgendwo im Wald«, sagte Lisbeth. »Das sind irgendwelche Marder oder so.«

»Es knackt aber dauernd. Und es wird lauter.« Sophie riss die Augen auf.

»Jetzt hör ich es auch«, sagte Lisbeth.

»Oh Gott!« Sophie sprang auf. »Da ist was! Da ist jemand!«

»Was ist denn da?« Auch Lisbeth rappelte sich auf und half Greta hoch.

Das Gebüsch vor ihnen teilte sich, und heraus kam ein riesiges braunes Tier, das sich auf die Hinterbeine stellte und bedrohlich die Zähne fletschte.

• • •

Sebastian saß auf seinem Bett in der Klinik.

Die Aussichten waren schlecht, sehr schlecht. Die Krankheit nahm einen schnellen Verlauf. Er würde zwar nicht an Parkinson sterben, aber mit vielen Begleiterscheinungen leben müssen, die schließlich zum Tod führen konnten. Demenz zum Beispiel. Er könnte im Rollstuhl enden. Er würde Pflege brauchen. Bald schon.

Er stand auf, setzte sich an den Tisch und holte einen Block aus einer Schublade.

Dann nahm er einen Stift und begann, einen ersten Abschiedsbrief zu schreiben. Sein Entschluss stand fest.

• • •

Anna Klinghuber saß in ihrer guten Stube im Schaukelstuhl und wippte sanft vor sich hin. Sobald ihr Tagewerk erledigt war, gab sie sich ihren Tagträumen hin. Carlo spielte darin eine große Rolle. Sie stellte sich vor, wie sie und Carlo heirateten, wie ihre Kinder ausgesehen, wie ihr gemeinsames Leben ausgesehen hätte.

Anna seufzte. Eine tiefe Traurigkeit war über sie gekommen, seitdem sie alles erfahren hatte.

Und sie hatte einen Wunsch. Sie wollte beim Carlo sein.

Anna drehte den Granatring an ihrem Finger, hielt die Hand dann dicht vor die Augen. Wie schön er doch war!

Dann schloss sie die Augen.

Und machte sie nicht mehr auf.

Große Gefühle in den Alpen: Die Bergretter-Reihe geht weiter

Winterzauber in Garmisch-Partenkirchen! Dr. Leonhard Gerstorff hat in der Kinder-Rheumaklinik alle Hände voll zu tun. Er kämpft verzweifelt für das Wohl der kleinen Annabelle, deren letzte Hoffnung der Alpenarzt ist. Doch als Annabelles Eltern von einer Wanderung im Schnee nicht zurückkehren, setzt Leonard alles daran, diese zu finden. Die zerstrittenen Bergretter müssen sich zusammenraufen, damit Annabelles Eltern eine Chance haben. Aber kann Frederika ihrem Leonhard verzeihen, dass dieser sich wieder seiner Exfrau annähert? Und als Xaver angetrunken den Einsatz gefährdet, muss Leonhard eine harte Entscheidung fällen.

Vero Adler

Der Bergretter

Zwischen den Gipfeln die Liebe

Taschenbuch
Auch als E-Book erhältlich
www.ullstein.de

Sommer, Genuss und Lebensfreude – auf Sylt haben Diäten keine Chance

Hotelchefin Doreen Grüning, 43, durchtrainiert, kontrolliert und immer im Kaloriendefizit, soll einen abgerockten Zeltplatz auf Sylt zum Luxus-Glamping-Resort umgestalten. Keine leichte Aufgabe, denn alles soll heimlich und unauffällig vonstatten gehen, um nicht den Zorn der Sylter Heimatschutz-Aktivisten zu erregen. Doch die Jungs vom Camping-Restaurant und die eigenwillige Rezeptionistin Stine kommen ihr auf die Schliche und sind alles andere als begeistert, dass auch noch dieses Sylter Kleinod den Reichen und Schönen geopfert werden soll. Heimlich beschließt die Campingplatz-Crew, Doreen umzustimmen. Die Jungs gehen mit ihr surfen und bekochen sie. Und Stine bringt ihr zur Entspannung das Stricken bei. Schon lange hatte Doreen nicht mehr so viel Spaß. Doch als ihr ihre Hosen nicht mehr passen und das ganze Projekt zu scheitern droht, zieht sie die Notbremse: Ab sofort hält sie wieder eisern Diät und bestellt schon mal die Bagger. Wäre da nur nicht der Ur-Sylter Hinnerk, der ein so freies und anderes Leben lebt und ihr zeigt, wie gut es tut, loszulassen …

Claudia Thesenfitz

Sylt oder Süßes

Ein Glücksroman

Taschenbuch

Auch als E-Book erhältlich

www.ullstein.de

ullstein